THE
CITY
城市映像

BEIJING
GATED CITY OF ROMANCE

北京

四九城里的风流岁月

孙晔◇编

Beijing

北方文艺出版社

图书在版编目（CIP）数据

北京：四九城里的风流岁月 / 孙晔编 . -- 哈尔滨：北方文艺出版社，2016.6

（城市映像 / 林冬冬主编）

ISBN 978-7-5317-3573-1

Ⅰ . ①北… Ⅱ . ①孙… Ⅲ . ①散文集 – 中国 – 现代②散文集 – 中国 – 当代 Ⅳ . ① I266

中国版本图书馆 CIP 数据核字（2016）第 077908 号

北京：四九城里的风流岁月

Beijing Sijiucheng li de Fengliu Suiyue

编　者 / 孙　晔

责任编辑 / 王金秋　牟国煜

封面设计 / 袁　洁

出版发行 / 北方文艺出版社

网　址 / www.bfwy.com

邮　编 / 150080

经　销 / 新华书店

地　址 / 黑龙江现代文化艺术产业园 D 栋 526 室

印　刷 / 北京凯达印务有限公司

开　本 / 787 × 1092　1/32

字　数 / 238 千

印　张 / 11

版　次 / 2016 年 6 月第 1 版

印　次 / 2016 年 6 月第 1 次印刷

书　号 / ISBN 978-7-5317-3573-1

定　价 / 36.00 元

目　录

四时风光

帝京风情

京城风味

京华人物

京都旧梦

四时风光

迷人的北平

林语堂

北平和南京相比拟，正像西京和东京一样。北平和西京都是古代的京都，四周是环绕着一种芬芳和带历史性的神秘的魔力。那些在新都——南京和东京，是见不到的。南京（一九三八年以前）和东京一样，代表了现代化的，代表进步，和工业主义、民族主义的象征；而北平呢，却代表旧中国的灵魂、文化和平静，代表和顺安适的生活，代表了生活的协调，使文化发展到最美丽、最和谐的顶点，同时含蓄着城市生活及乡村生活的协调。

假使你问一问某个人，他是对北平和南京都熟悉的中国人，究竟他是喜欢其中哪一处？无疑的，他会回答北平是他最喜欢的居处。这也是无论什么人——不问是中国人、日本人，或是欧洲人——只要他在北平住上一年以后，便不愿再到别的中国城市去的了。因为北平真可以说是世界上宝石城之一。除了巴黎和（传说）维也纳，世界上没有一个城市像北平一样地近于理想，注意自然、文化、娇媚，和生活的方法。

北平像是一个宏大的老人，具有宏大而古老的人格。城市是和人一样的，也具有它们不同的品格。有些是卑贱的，褊狭，古怪，和考究；有些是慷慨，宏伟，大度，和同仁。北平是宏伟的。北平是大度的。它容纳古时和近代，但不曾改变它自己的面目。

年轻的“密司”们穿着高跟鞋，偕了穿木屐鞋的满洲贵妇并肩走过它的身边，但北平并不理会这些。老年的画家，生了白色伟大的长须住在那里，并且穿过青年大学生所住着的公寓的院子，但北平也不管这些。

在这巍然的北京大旅社后面，是一条狭胡同，那里进行着的生活，正如一千年前一般——有谁注意呢？离开协和大学不远的地方，是许多古玩铺，一群群的古董商吸着他们的水烟袋，依照着古代的方法做买卖——有谁注意它？你尽管穿你自己爱好的服装，选用你自己喜欢的酒店，享受着你自己的癖好，或是追求爱情和美丽，以至真理，实习踢毽子或玩着“梵哑铃”——但有谁注意呢？

北平像一棵高大的古树，根是深入在地下层，而获得所滋养的，数百万的昆虫，生活在它影蔽的下面，也有些在树叶和枝干里面。这些昆虫怎能知道这树有多少高大，生长是怎么快，深入地下的有多远，住在这另一树枝上的又是那些什么昆虫？一个住在北平的居民，他怎会说述这样古老这样宏大的北平历史呢？

没有谁能感觉到，他已知道北平的整个了。住上十年以后，也许有时发现小胡同中的一个怪癖的老年人，而不抱恨着不能和他早些会晤；或是一个年老的高尚画家，裸着大肚子坐在大槐树下的竹椅上，拿着蒲扇而做着甜蜜的梦，或是一个玩毽子的老手，能使毽子在他的头上一寸一寸地高跳，又平稳地落在他背后的鞋底上；或是剑客的尚武会；或是儿童的戏剧学校；或是旗人出身洋车夫的满清王族的子弟；或是一个从前帝制时代的官吏。谁敢说他能完全了解北平呢？

北平是一个宝石城，正像一个人的眼睛从没有见过的宝石城相同。这里有一个金色和紫色及蓝色的王家屋顶，有宫殿、亭阁、湖池、公园和王孙私人花园。这里有一串西山的紫边，和玉泉的蓝带，中央公园、天坛和先农坛俯视着人类所种植的数百年的古松。在这城里，有九个公园，三个王家湖泊，是以三海出名的，现在都在公开展览了。而且北平还有这样蔚蓝色的天和这样美丽的月色，这样多雨的夏天，这样爽快的秋天，和这样干燥清朗的冬日。

北平正像一个帝王的梦，有宫殿、花园、百尺林荫地、艺术博物院、专修院、大学、医院、庙寺、宝塔，街上陈列着艺术铺和旧书店。北平更像一个饕餮家的乐园，开设了几百年的酒馆挂着古老被烟熏黄的招牌，古怪的酒保，肩上搭着一条手巾，完全学习着专制时代传说中的旧礼节而招待高级的官僚。这里是一个贫民杂集的地方，每一个相邻的店铺，肯借钱给贫苦老弱的居民，小贩在廉价出售他的珍玩，茶馆里的茶客也可以泡一壶茶而消磨整个的下午。

北平也是商人的乐园，这里充满着中国古代的手工艺品——书籍、画帖、印刷、古董、刺绣、玉器、景泰蓝、瓷器、灯笼。在这些地方，你可以足不出户而买得所要的东西，因为商人常是带着他们的商品到你门前来兜售的。在清晨里胡同中充满了最迷人的音乐，那便是小贩叫卖声。

北平是清静的。这是一所适于住家的城市，在那里每一所的房屋有一个院子，每一个院子中有一个金鱼缸和一棵石榴树，那里的蔬果是新鲜的，要生梨有生梨，要柿子也有柿子。这是一个理想的城市，那里有空旷的地方使每个人都得到新鲜的空气，那里虽是城市却调和着乡村的清静，街道、狭胡同、运河，这样适当地配合着。使人们得能找着一果园，或是花园的余地，在晨光熹微中，种植着蔬菜，还同时可以望见西山——而离开巨大的百货商店，也不过一箭的远近。

这里也是复杂的——有复杂的人类。律师和犯人，警察和侦探，窃贼和窃贼的保护人，叫花子和叫花头脑，有圣人、罪犯、回教徒、西藏的驱鬼者、预言家、拳教师、和尚、娼妓、俄国和中国的舞女、高丽的走私者、画家、哲学家、诗人、古董收藏家、青年大学生和影迷。还有投机政治家、退隐的旧官僚、新生活的实行者、神学家、曾为满清官太太而沦为仆役的女用人。

这里也是多色彩的——有旧的色素和新的色素。有王家宏大的，历史时代的，和蒙古平原的色素。蒙古和中国的商人带着骆驼队从张家口和南口来进入这有历史的城门，有数里相接的城墙，四五十英尺阔的城门。有城楼和鼓楼，那是在黄昏时报告给居民听的。有寺宇、古花园和宝塔，那里的每一块石头和每一棵树，以及每一座桥都有历史和古迹的。

这些都是使北平成为一个居住的理想城市了，我再简单地指出三件来：第一，是建筑；第二，是生活的方法；而第三，是人民。

北平城建筑于十二世纪时代的，但现在的形式，却是在十五世纪初明朝的永乐帝所建造成——永乐帝也是重修长城的一个——深具着伟大帝王的气象。南面的城为外城，比北面的内城略为小些，从内城最外面的地方，那是南门；从那里起，有五里多的长度，穿过了一重重的城门，而到达中央的皇宫所在地。

内城的中央，是皇城，四周修筑着堑壕和城墙，盖着金色的瓦片，背部是枕着煤山。城中有五座宫殿，在虹色的屋顶上，铺着闪眼的明瓦。在煤山上，可俯视城市的中央部分，附近的是鼓楼。皇城的西面和西南面是三海，以前是王家游息的私湖。

城里有两条平行的大道，成为城市的主要轴心，在东城的是安定大街，在西城的是宣武门大街，每条街有六十尺阔，在皇城前面把这东西两条大街连接起来的是天安门大街，阔度在百尺以外。外城南门郊外大街的两旁，是天坛和先农坛，那是帝王们常用以祭祀而祈求丰年乐岁的庙。

中国人所具建筑美术的概念，不是纯取崇巍而采取静朗的，像皇宫的屋顶，多是低阔的式样，这说明了除帝王以外，没有人可享用两层以上的房屋，于是它的效能却显着惊人的地位了。

沿着中央道衢观察北平，那首先要穿过接连不断的拱形城门，然后到达皇城的宫殿，游客们常可在蔚蓝的天空下，见到闪耀着金色瓦片的皇宫屋顶。景象是十分动人的。

但是使北平成为这样动人的，还是在于生活的方式。因为组织得这样好，所以即使住在闹市附近，也能有平静闲逸的享受。生活费是低廉的，生活的享受却是舒适的。官僚和富人能在大酒楼宴饮，穷苦的洋车夫也能用两个铜板去买油盐酱醋以外，还加一些香料的菜肴。不管一个人住在哪里，在他住宅邻近总不会没有肉铺、酒店和茶馆的。

你可自由地，十分自由地寻求你的学业，你的娱乐，你的嗜好，或是你的赌博和你的政治生活。没有人来干涉，也没有人来注意，你穿些什么，或是做些什么，没有人会顾问你一句话。这是北平的宏大和世界化。你可和圣贤和犯人做朋友，就是赌博或学者，画家或政客，任你自己愿意就行。假使你有做帝王的意念，你不妨到皇宫里的龙座上去徘徊一下，消磨整个上午或下午，使你做帝王的幻想，也可以实现一下。

但是如果你是一个诗人，你更可在城中几个公园里选择任何一个去徘徊散步，或是在茶桌边消磨整个的下午。在松树下面的竹椅上靠了或是斜依在藤榻里，这样总共也消费不了两角半钱的。而且你也一定不致为常带笑容，有礼貌的茶房所怠慢。

要是在夏天的下午，你可到什刹海去。那是一半种田而半为荷池的所在，那里你可混在工作人群中共享安适的生活，你可以欣赏一下，那些卖膏药的拳师和变戏法的手艺者。你走出西直门，在王家大道上逍遥漫游，那不妨到柳树凉荫下的避暑山庄去小憩一下。

你的四周是村庄和麦田，那里有完全裸体的小叫花，他们在路上希望讨着一个钱。你可开始同他们闲谈，或是你可闭着眼睛假睡而听着像音乐一般抑扬顿挫的声调，渐渐在你背后消逝。或是你可走进万牲园，俗称三贝子花园，那是恰正在西直门的外边。或是你到避暑山庄中意大利式宫殿的废墟上去凭吊古迹。

在你走到避暑山庄的路途上，你能消磨整个的白天，享受着田园的美丽景象。你如到了玉泉，那是有大理石的宝塔做它的标记的，自然可使你消磨另一个安适的下午，在深绿色凉爽的流泉中你可洗濯你的脚。或是走得远些，你可以到西山去把整个的夏季在那里消磨了。

北平最大的动人处是平民。绝不是圣哲的学者或大学教授，而是拉洋车的苦力。从西山到避暑山庄有五英里路的距离，你乘了洋车去旅行只消一块钱，就足够了，你也许是认为这是廉价的旅行，那真不错，但更不是愉快的消遣。你会觉得奇怪的，是那些拉车的苦力们，也很愉快地在路上闲谈，对于他人的不幸，也会发着戏谑和欢笑。

当你回来时，也许在夜里，你可遇到衣服褴褛年老的洋车夫，他会带着幽默而闲雅的笑脸和宿命观，向你诉说他的贫穷和不幸的悲哀故事。假使你想他拉洋车是太年老而要下车时，他会坚持着一定要拉你回家里。但是假使你跳下来而给他全程的车资，那么他会惊异得连喉咙哽塞着的，这时你的感觉，那是他终生从来没有受过的感谢。

北平的四季

郁达夫

对于一个已经化为异物的故人，追怀起来，总要先想到他或她的好处；随后再慢慢地想想，则觉得当时所感到的一切坏处，也会变作很可寻味的一些纪念，在回忆里开花。关于一个曾经住过的旧地，觉得此生再也不会第二次去长住了，身处入了远离的一角，向这方向的云天遥望一下，回想起来的，自然也同样地只是它的好处。

中国的大都会，我前半生住过的地方，原也不在少数；可是当一个人静下来回想起从前，上海的闹热，南京的辽阔，广州的乌烟瘴气，汉口武昌的杂乱无章，甚至于青岛的清幽，福州的秀丽，以及杭州的沉着，总归都还比不上北京——我住在那里的时候，当然还是北京——的典丽堂皇，幽闲清妙。

先说人的分子罢，在当时的北京——民国十一二年前后——上自军财阀政客名优起，中经学者名人，文士美女教育家，下而至于负贩拉车铺小摊的人，都可以谈谈，都有一艺之长，而无憎人之貌；就是由荐头店荐来的老妈子，除上炕者是当然以外，也总是衣冠楚楚，看起来不觉得会令人讨嫌。

其次说到北京物质的供给哩，又是山珍海错，洋广杂货，以及萝卜白菜等本地产品，无一不备，无一不好的地方。（所以在北京住上两三年的人，每一遇到要走的时候，总只感到北京的空气太沉闷，灰沙太暗淡，生活太无变化；一鞭出走，出前门便觉胸舒，过卢沟方知天晓，仿佛一出都门，就上了新生活开始的坦道似的；但是一年半载，在北京以外的各地——除了在自己幼年的故乡以外——去一住，谁也会得重想起北京，再希望回去，隐隐地对北京害起剧烈的怀乡病来。）这一种经验，原是住过北京的人，个个都有，而在我自己，却感觉得格外地浓，格外地切。最大的原因或许是为了我那长子之骨，现在也还埋在郊外广谊园的坟山，而几位极要好的知己，又是在那里同时毙命的受难者的一群。

北平的人事品物，原是无一不可爱的，就是大家觉得最要不得的北平的天候，和地理联合上一起，在我也觉得是中国各大都会中所寻不出几处来的好地。为叙述的便利起见，想分成四季来约略地说说。

北平自入旧历的十月之后，就是灰沙满地，寒风刺骨的节季了，所以北平的冬天，是一般人所最怕过的日子。但是要想认识一个地方的特异之处，我以为顶好是当这特异处表现得最圆满的时候去领略；故而夏天去热带，寒天去北极，是我一向所持的哲理。北平的冬天，冷虽则比南方要冷得多，但是北方生活的伟大幽闲，也只有在冬季，使人感受得最彻底。

先说房屋的防寒装置罢，北方的住房，并不同南方的摩登都市一样，用的是钢骨水泥，冷热气管；一般的北方人家，总只是矮矮的一所四合房，四面是很厚的泥墙！上面花厅内都有一张暖炕，一所回廊；廊子上是一带明窗，窗眼里糊着薄纸，薄纸内又装上风门，另外就没有什么了。在这样简陋的房屋之内，你只教把炉子一生，电灯一点，棉门帘一挂上，在屋里住着，却一辈子总是暖炖炖像是春三四月里的样子。尤其会得使你感觉到屋内的温软堪恋的，是屋外窗外面呜呜在叫啸的西北风。天色老是灰沉沉的，路上面也老是灰的围障，而从风尘灰土中下车，一踏进屋里，就觉得一团春气，包围在你的左右四周，使你马上就忘记了屋外的一切寒冬的苦楚。若是喜欢吃吃酒，烧烧羊肉锅的人，那冬天的北方生活，就更加不能够割舍；酒已经是御寒的妙药了，再加上以大蒜与羊肉酱油合煮的香味，简直可以使一室之内，涨满了白蒙蒙的水蒸温气。玻璃窗内，前半夜，会流下一条条的清汗，后半夜就变成了花色奇异的冰纹。

到了下雪的时候哩，景象当然又要一变。早晨从厚棉被里张开眼来，一室的清光，会使你的眼睛眩晕。在阳光照耀之下，雪也一粒一粒地放起光来了，蛰伏得很久的小鸟，在这时候会飞出来觅食振翎，谈天说地，吱吱地叫个不休。数日来的灰暗天空，愁云一扫，忽然变得澄清见底，翳障全无；于是年轻的北方住民，就可以营屋外的生活了，溜冰，做雪人，赶冰车雪车，就在这一种日子里最有劲儿。

我曾于这一种大雪时晴的傍晚，和几位朋友，跨上跛驴，出西直门上骆驼庄去过过一夜。北平郊外的一片大雪地，无数枯树林，以及西山隐隐现现的不少白峰头，和时时吹来的几阵雪样的西北风，所给与人的印象，实在是深刻，伟大，神秘到了不可以言语来形容。直到了十余年后的现在，我一想起当时的情景，还会得打一个寒颤而吐一口清气，如同在钓鱼台溪旁立着的一瞬间一样。

北平的冬宵，更是一个特别适合于看书，写信，追思过去，与做闲谈说废话的绝妙时间。记得当时我们兄弟三人，都住在北京，每到了冬天的晚上，总不远千里地走拢来聚在一道，会谈少年时候在故乡所遇见的事事物物。小孩们上床去了，用人们也都去睡觉了，我们弟兄三个，还会得再加一次煤再加一次煤地长谈下去。有几宵因为屋外面风紧天寒之故，到了后半夜的一二点钟的时候，便不约而同地会说出索性坐到天亮的话来。像这一种可宝贵的记忆，像这一种最深沉的情调，本来也就是一生中不能够多享受几次的昙花佳境，可是若不是在北平的冬天的夜里，那趣味也一定不会得像如此的悠长。

总而言之，北平的冬季，是想尝识尝识北方异味者之唯一的机会；这一季里的好处，这一季里的琐事杂忆，若要详细地写起来，总也有一部《帝京景物略》那么大的书好做；我只记下了一点点自身的经历，就觉得过长了，下面只能再来略写一点春和夏以及秋季的感怀梦境，聊作我的对这日就沦亡的故国的哀歌。

春与秋，本来是在什么地方都属可爱的时节，但在北平，却与别的地方也有点儿两样。北国的春，来得较迟，所以时间也比较地短。西北风停后，积雪渐渐地消了，赶牲口的车夫身上，看不见那件光板老羊皮的大袄的时候，你就得预备着游春的服饰与金钱；因为春来也无信，春去也无踪，眼睛一眨，在北平市内，春光就会同飞马似的溜过。屋内的炉子，刚拆去不久，说不定你就马上得去叫盖凉棚的才行。

而北方春天的最值得记忆的痕迹，是城厢内外的那一层新绿，同洪水似的新绿。北京城，本来就是一个只见树木不见屋顶的绿色的都会，一踏出九城的门户，四面的黄土坡上，更是杂树丛生的森林地了；在日光里颤抖着的嫩绿的波浪，油光光，亮晶晶，若是神经系统不十分健全的人，骤然间身入到这一个淡绿色的海洋涛浪里去一看，包管你要张不开眼，立不住脚，而昏厥过去。

北京市内外的新绿，“琼岛春阴”“西山挹翠”诸景里的新绿，真是一幅何等奇伟的外光派的妙画！但是这画的框子，或者简直说这画的画布，现在却已经完全掌握在一只满长着黑毛的巨魔的手里了！北望中原，究竟要到哪一日才能够重见得到天日呢？

从地势纬度上讲来，北方的夏天，当然要比南方的夏天来得凉爽。在北平城里过夏，实在是并没有上北戴河或西山去避暑的必要。一天到晚，最热的时候，只有中午到午后三四点钟的几个钟头，晚上太阳一下山，总没有一处不是凉阴阴要穿单衫才能过去的；半夜以后，更是非盖薄棉被不可了。而北平的天然冰的便宜耐久，又是夏天住过北平的人所忘不了的一件恩惠。

我在北平，曾经过过三个夏天；像什刹海、菱角沟、二闸等暑天游耍的地方，当然是都到过的；但是在三伏的当中，不问是白天或是晚上，你只教有一张藤榻，搬到院子里的葡萄架下或藤花阴处去躺着，吃吃冰茶雪藕，听听盲人的鼓词与树上的蝉鸣，也可以一点儿也感不到炎热与熏蒸。而夏天最热的时候，在北平顶多总不过九十四五度，这一种大热的天气，全夏顶多顶多又不过十日的样子。

在北平，春夏秋的三季，是连成一片；一年之中，仿佛只有一段寒冷的时期，和一段比较的温暖的时期相对立。由春到夏，是短短的一瞬间，自夏到秋，也只觉得是过了一次午睡，就有点儿凉冷起来了。因此，北方的秋季也特别地觉得长，而秋天的回味，也更觉得比别处来得浓厚。前两年，因去北戴河回来，我曾在北平过过一个秋，在那时候，已经写过一篇《故都的秋》，对这北平的秋季颂赞过一道了，所以在这里不想再来重复；可是北平近郊的秋色，实在也正像一册百读不厌的奇书，使你愈翻愈会感到兴趣。

秋高气爽，风日晴和的早晨，你且骑着一匹驴子，上西山八大处或玉泉山碧云寺去走走看；山上的红柿，远处的烟树人家，郊野里的芦苇黍稷，以及在驴背上驮着生果进城来卖的农户佃家，包管你看一个月也不会看厌。春秋两季，本来是到处都好的，但是北方的秋空，看起来似乎更高一点，北方的空气，吸起来似乎更干燥健全一点。而那一种草木摇落，金风肃杀之感，在北方似乎也更觉得要严肃，凄凉，沉静得多。你若不信，你且去西山脚下，农民的家里或古寺的殿前，自阴历八月至十月下旬，去住它三个月看看。古人的“悲哉秋之为气”以及“胡笳互动，牧马悲鸣”的那一种哀感，在南方是不大感觉得到的，但在北平，尤其是在郊外，你真会得感至极而涕零，思千里兮命驾。所以我说，北平的秋，才是真正的秋；南方的秋天，只不过是英国话里所说的Indian Summer或叫作小春天气而已。

统观北平的四季，每季每节，都有它的特别的好处；冬天是室内饮食奄息的时期，秋天是郊外走马调鹰的日子，春天好看新绿，夏天饱受清凉。至于各节各季，正当移换中的一段时间哩，又是别一种情趣，是一种两不相连，而又两都相合的中间风味，如雍和宫的打鬼，净业庵的放灯，丰台的看芍药，万牲园的寻梅花之类。

五六百年来文化所聚萃的北平，一年四季无一月不好的北平，我在遥忆，我也在深祝，祝她的平安进展，永久地为我们黄帝子孙所保有的旧都城。

一九三六年五月廿七日

北平的春天

周作人

北平的春天似乎已经开始了，虽然我还不大觉得。立春已过了十天，现在是七九六十三的起头了，布衲摊在两肩，穷人该有欣欣向荣之意。光绪甲辰即一九〇四年小除那时我在江南水师学堂曾作一诗云：

一年倏就除，风物何凄紧。百岁良悠悠，向日催人尽。既不为大椿，便应如朝菌。一死息群生，何处问灵蠢。

但是第二天除夕我又做了这样一首云：

东风三月烟花好，凉意千山云树幽。冬最无情今归去，明朝又得及春游。

这诗是一样的不成东西，不过可以表示我总是很爱春天的。春天有什么好呢，要讲它的力量及其道德的意义，最好去查盲诗人爱罗先珂的抒情诗的演说，那篇世界语原稿是由我笔录，译本也是我写的，所以约略都还记得，但是这里誊录自然也更可不必了。春天的是官能的美，是要去直接领略的，关门歌颂一无是处，所以这里抽象的话暂且割爱。

且说我自己的关于春的经验，都是与游有相关的。古人虽说以鸟鸣春，但我觉得还是在别方面更感到春的印象，即是水与花木。迂阔地说一句，或者这正是活物的根本的缘故罢。小时候，在春天总有些出游的机会，扫墓与香市是主要的两件事，而通行只有水路，所在又多是山上野外，那么这水与花木自然就不会缺少的。

香市是公众的行事，禹庙南镇香炉峰为其代表。扫墓是私家的，会稽的乌石头调马场等地方至今在我的记忆中还是一种代表的春景。庚子年三月十六日的日记云：

晨坐船出东郭门，挽纤行十里，至绕门山，今称东湖，为陶心云先生所创修，堤计长二百丈，皆植千叶桃垂柳及女贞子各树，游人颇多。又三十里至富盛埠，乘兜桥过市行三里许，越岭，约千余级。山中映山红牛郎花甚多，又有蕉藤数株，着花蔚蓝色，状如豆花，结实即刀豆也，可入药。路皆竹林，竹萌之出土者粗于碗口而长仅二三寸，颇为可观。忽闻有声如鸡鸣，阁阁然，山谷皆响，问之轿夫，云系雉鸡叫也。又二里许过一溪，阔数丈，水没及骭，舁者乱流而渡，水中圆石颗颗，大如鹅卵，整洁可喜。行一二里至墓所，松柏夹道，颇称闳壮。方祭时，小雨簌簌落衣袂间，幸即晴霁。下山午餐，下午开船。将进城门，忽天色如墨，雷电并作，大雨倾注，至家不息。

旧事重提，本来没有多大意思，这里只是举个例子，说明我春游的观念而已。我们本是水乡的居民，平常对于水不觉得怎么新奇，要去临流赏玩一番，可是生平与水太相习了，自有一种情分，仿佛觉得生活的美与悦乐之背景里都有水在，由水而生的草木次之，禽虫又次之。我非不喜禽虫，但它总离不了草木，不但是吃食，也实是必要的寄托，盖即使以鸟鸣春，这鸣也得在枝头或草原上才好，若是雕笼金锁，无论怎样的鸣得起劲，总使人听了索然兴尽也。

话休烦絮。到底北京的春天怎么样了呢，老实说，我住在北京和北平已将二十年，不可谓不久矣，对于春游却并无什么经验。妙峰山虽热闹，尚无暇瞻仰，清明郊游只有野哭可听耳。北平缺少水汽，使春光减了成色，而气候变化稍剧，春天似不曾独立存在，如不算它是夏的头，亦不妨称为冬的尾，总之风和日暖让我们着了单袷可以随意徜徉的时候是极少，刚觉得不冷就要热了起来了。不过这春的季候自然还是有的。第一，冬之后明明是春，且不说节气上的立春也已过了。第二，生物的发生当然是春的证据，牛山和尚诗云，春叫猫儿猫叫春，是也。人在春天却只是懒散，雅人称曰春困，这似乎是别一种表示。所以北平到底还是有它的春天，不过太慌张一点了，又欠腴润一点，叫人有时来不及尝它的味儿，有时尝了觉得稍枯燥了，虽然名字还叫作春天，但是实在就把它当作冬的尾，要不然便是夏的头，反正这两者在表面上虽差得远，实际上对于不大承认它是春天原是一样的。

我倒还是爱北平的冬天。春天总是故乡的有意思，虽然这是三四十年前的事，现在怎么样我不知道。至于冬天，就是三四十年前的故乡的冬天我也不喜欢：那些手脚生冻瘃，半夜里醒过来像是悬空挂着似的上下四旁都是冷气的感觉，很不好受，在北平的纸糊过的屋子里就不会有的。在屋里不苦寒，冬天便有一种好处，可以让人家做事：手不僵冻，不必炙砚呵笔，于我们写文章的人大有利益。北平虽几乎没有春天，我并无什么不满意，盖吾以冬读代春游之乐久矣。

一九三六年二月十四日

故都的秋

郁达夫

秋天，无论在什么地方的秋天，总是好的；可是啊，北国的秋，却特别地来得清，来得静，来得悲凉。我的不远千里，要从杭州赶上青岛，更要从青岛赶上北平来的理由，也不过想饱尝一尝这“秋”，这故都的秋味。

江南，秋当然也是有的；但草木凋得慢，空气来得润，天的颜色显得淡，并且又时常多雨而少风；一个人夹在苏州上海杭州，或厦门香港广州的市民中间，混混沌沌地过去，只能感到一点点清凉，秋的味，秋的色，秋的意境与姿态，总看不饱，尝不透，赏玩不到十足。秋并不是名花，也并不是美酒，那一种半开，半醉的状态，在领略秋的过程上，是不合适的。

不逢北国之秋，已将近十余年了。在南方每年到了秋天，总要想起陶然亭的芦花，钓鱼台的柳影，西山的虫唱，玉泉的夜月，潭柘寺的钟声。在北平即使不出门去罢，就是在皇城人海之中，租人家一椽破屋来住着，早晨起来，泡一碗浓茶，向院子一坐，你也能看得到很高很高的碧绿的天色，听得到青天下驯鸽的飞声。从槐树叶底，朝东细数着一丝一丝漏下来的日光，或在破壁腰中，静对着像喇叭似的牵牛花（朝荣）的蓝朵，自然而然地也能够感觉到十分的秋意。说到了牵牛花，我以为以蓝色或白色者为佳，紫黑色次之，淡红色最下。最好，还要在牵牛花底，教长着几根疏疏落落的尖细且长的秋草，使作陪衬。

北国的槐树，也是一种能使人联想起秋来的点缀。像花而又不是花的那一种落蕊，早晨起来，会铺得满地。脚踏上去，声音也没有，气味也没有，只能感出一点点极微细极柔软的触觉。扫街的在树影下一阵扫后，灰土上留下来的一条条扫帚的丝纹，看起来既觉得细腻，又觉得清闲，潜意识下并且还觉得有点儿落寞，古人所说的梧桐一叶而天下知秋的遥想，大约也就在这些深沉的地方。

秋蝉的衰弱的残声，更是北国的特产；因为北平处处全长着树，屋子又低，所以无论在什么地方，都听得见它们的啼唱。在南方是非要上郊外或山上去才听得到的。这秋蝉的嘶叫，在北平可和蟋蟀耗子一样，简直像是家家户户都养在家里的家虫。

还有秋雨哩，北方的秋雨，也似乎比南方的下得奇，下得有味，下得更像样。

在灰沉沉的天底下，忽而来一阵凉风，便息列索落地下起雨来了。一层雨过，云渐渐地卷向了西去，天又晴了，太阳又露出脸来了；着着很厚的青布单衣或夹袄的都市闲人，咬着烟管，在雨后的斜桥影里，上桥头树底下去一立，遇见熟人，便会用了缓慢悠闲的声调，微叹着互答着地说：

“唉，天可真凉了——”（这了字念得很高，拖得很长。）

“可不是么？一层秋雨一层凉啦！”

北方人念阵字，总老像是层字，平平仄仄起来，这念错的歧韵，倒来得正好。

北方的果树，到秋来，也是一种奇景。第一是枣子树；屋角，墙头，茅房边上，灶房门口，它都会一株株地长大起来。像橄榄又像鸽蛋似的这枣子颗儿，在小椭圆形的细叶中间，显出淡绿微黄的颜色的时候，正是秋的全盛时期；等枣树叶落，枣子红完，西北风就要起来了，北方便是尘沙灰土的世界，只有这枣子，柿子，葡萄，成熟到八九分的七八月之交，是北国的清秋的佳日，是一年之中最好也没有的 Golden Days。

有些批评家说，中国的文人学士，尤其是诗人，都带着很浓厚的颓废色彩，所以中国的诗文里，颂赞秋的文字特别的多。但外国的诗人，又何尝不然？我虽则外国诗文念得不多，也不想开出账来，做一篇秋的诗歌散文钞，但你若去一翻英德法意等诗人的集子，或各国的诗文的 Anthology 来，总能够看到许多关于秋的歌颂与悲啼。各著名的大诗人的长篇田园诗或四季诗里，也总以关于秋的部分，写得最出色而最有味。足见有感觉的动物，有情趣的人类，对于秋，总是一样地能特别引起深沉，幽远，严厉，萧索的感触来的。不单是诗人，就是被关闭在牢狱里的囚犯，到了秋天，我想也一定会感到一种不能自已的深情。秋之于人，何尝有国别，更何尝有人种阶级的区别呢？不过在中国，文字里有一个“秋士”的成语，读本里又有着很普遍的欧阳子的《秋声》与苏东坡的《赤壁赋》等，就觉得中国的文人，与秋的关系特别深了。可是这秋的深味，尤其是中国的秋的深味，非要在北方，才感受得到底。

南国之秋，当然是也有它的特异的地方的，比如廿四桥的明月，钱塘江的秋潮，普陀山的凉雾，荔枝湾的残荷等等，可是色彩不浓，回味不永。比起北国的秋来，正像是黄酒之与白干，稀饭之与馍馍，鲈鱼之与大蟹，黄犬之与骆驼。

秋天，这北国的秋天，若留得住的话，我愿把寿命的三分之二折去，换得一个三分之一的零头。

一九三四年八月，在北平

碧云寺的秋色

钟敬文

这几天，碧云寺的秋意一天天浓起来了。

寺门口石桥下的水声，越来越显得清壮了。晚上风来时，树木的呼啸，自然不是近来才有的，可是，最近这种声响更加来得频繁了，而且声势是那么浩大，活像冲近堤岸的钱塘江的夜潮一样。

最显著的变化，还在那些树木叶子的颜色上。

碧云寺是一个大寺院。它里面有不少殿塔、亭坊，有许多形态生动的造像。同时，它又是一个大林子。在那些大小不等的院子里，都有树木或花草。那些树木，种类繁多，其中不少还是活上了几百岁的参天老干。寺的附近，那些高地和山岭上，人工种植的和野生的树木也相当繁密。如果登上金刚宝座塔的高台向四周望去，就会觉得这里正是一片久历年代的丛林，而殿堂、牌坊等，不过是点缀在苍翠的林子里的一些建筑物罢了。

我是旧历中秋节那天搬到寺里来的。那时候山上的气温自然已经比城里的来得低些。可是，在那些繁茂的树丛中，还很少看到黄色的或红色的叶子。

秋色正在怀孕呢。

约略半个月过去了。寺里有些树木渐渐开始在变换着颜色。石塔前的几株柿子树，泉水院前面院子里那些沿着石桥和假山的爬山虎，它们好像先得秋意似的，叶子慢慢地黄的黄，赤的赤了。

可是，从碧云寺的整个景色看来，这不能算是什么大变化。绿色的统治基本上还没有动摇，尽管它已经走近了这种动摇的边沿。

到了近日，情景就突然改变了。黄的、红的、赤的颜色触目都是。而且它来得那么神速，正像我们新中国各方面前进的步子一样。

我模糊的季节感被惊醒过来了。

在那些树木里变化最分明的，首先要算爬山虎。碧云寺里，在这个院子，在那个院子，在石山上，在墙壁上……我们都可以看见它那蔓延的枝条和桃形及笔架形的叶子。前些时，这种叶子变了颜色的，还只限于某些院子里。现在，不论这里那里的，都在急速地换上了新装。它们大都由绿变黄，变红，变丹，变赤……我们要找出它整片的绿叶已经不很容易了。

叫我最难忘情的，是罗汉堂前院子里靠北墙的那株缠绕着大槐树的爬山虎。它的年龄自然没有大槐树那么老大，可是，从它粗大的根干看来，也绝不是怎样年轻了。它的枝条从槐树的老干上向上爬，到了分叉的地方，那些枝条也分头跟着枝丫爬了上去，一直爬到它们的末梢。它的叶子繁密而又肥大（有些简直大过了我们的手掌），密密地缀满了槐树的那些枝丫。平常的时候，我们没有注意到它跟槐树叶子的差别。因为彼此形态上尽管不同，颜色却是一样的。几天来，可大不同了。槐树的叶子，有一些也渐渐变成黄色，可是，全树还是绿沉沉的。而那株爬山虎的无数叶子，却由绿变黄，变赤，在树干上、树枝上非常鲜明地显出自己的艳丽来。特别是在阳光的照射下，那些深红的、浅红的、金黄的、柑黄的……叶子都闪着亮光，人们从下面向上望去，每片叶子都好像是透明的。它把大槐树也反衬得美丽可爱了。

我每天走过那里，总要抬头望望那些艳丽的叶子，停留好些时刻，才舍得走开。

像这样地显明而急速地变化着颜色的，除了爬山虎，当然还有别的树木。释迦牟尼佛殿前的两株梧桐，弥勒佛殿前的那些高耸的白果树，泉水院前院石桥边的那株黑枣树……它们全都披上黄袍了。中山纪念堂一株婆罗树的大部分叶子镶了黄边，堂阶下那株沿着老柏上升到高处的凌霄花树，它的许多叶子也都变成咖啡色的了。……

碧云寺的附近，特别是右边和后面的山地上，那些柿子树和别的许多树木……我们就近望去，更是丹黄满眼了。

自然，寺内外那些高耸的老柏和松树之类，是比较保守的，尽管有很少的叶子已经变成了刀锈色，可是，它们身上那件墨绿袍子是不肯轻易褪下的。许多槐树的叶子，也改变得不踊跃。但是，不管怎样，现在，碧云寺的景色却成为多彩的了。这里一片黄，那里一片赤……不像过去那样，到处都只见到青青绿绿的。

这种景象，自然地叫我们想起那春夏之间群花盛开的花园来。可是，彩色的秋林，到底有它自己特别的情调和风格。它的美景是豪壮的、庄严的。花园的美不能代替它，也不能概括它。

我们古代的诗人，多喜欢把秋天看作悲伤的季节。“悲秋”，是我们古诗歌传统上一个最常用的名词。引起诗人们伤感的自然现象，当然不是单纯的，草木的变色和零落，却可以说是当中有力的一种。我们知道，过去许多“悲秋”的诗篇或诗句，多半是提到“草木黄落”的景象的。

其实，引起人们的伤感，并不一定是秋天固有的特性。从许多方面看，它倒可以说是叫人感到愉快的一种时辰。在农业经济上，秋天是收成的季节；在气候上，在一般自然景色上，秋天也是很可爱的（这，你只要把它去跟接着来的冬天比一比就得了）。古人所谓“春秋佳日”，绝不是没有根据的一句赞语。

我们还是谈谈叶子变色的话罢。

在夏天，草木的叶子都是绿油油的，这固然象征着生长，象征着繁荣。但是，从视角上说，从审美的眼光上说，它到底不免单调些。到了秋天，尤其是到深秋，许多树木的叶子变色了，柿红的、朱红的、金黄的、古铜色的、赭色的，还有那半黄半绿，或半黄半赤的……五颜十色，把山野打扮得像个盛装的姑娘。加以这时节天色是澄明的，气候是清爽的。你想想，它应该怎样唤起人们那种欢快的感情啊!

自然，我们晓得古代诗人所以对秋风感喟，见黄叶伤情，是有一定的社会生活的原因的。在过去的社会里，诗人们或因为同情人民的苦难，或因为叹惜自己阶级的衰败，或因为伤悼个人遭逢的不幸……那种悲哀的心情，往往容易由某些自然现象的感触而发泄出来。加以他们对自然、社会的知识的局限，就更加强了这种情思的表现。他们对于变色或凋零的草木感到悲伤，主要的原因就在这里。

现在，造成过去诗人哀感的那种社会根源，基本上已经不存在了。人们对于事物也有了比较正确的认识能力。今天，我们的诗人，我们的广大人民，都以饱满的精神，健康的思想，参与着雄伟的新社会建设工程。美好的自然景象，对于我们只有激起欢乐的情怀。旧诗词中那种常见的哀愁，跟我们的诗的灵感是缺少缘分的。

就说在古代，也并不是所有的诗人，或诗人们的一切作品，对于那些变了色的叶子都是唉声叹气的。“停车坐爱枫林晚，霜叶红于二月花”（杜牧句），这固然是明白地颂扬红叶的美丽的。“扁舟一棹归何处？家在江南黄叶村”（苏轼句），诗人对于那种江南秋色，不正是带着羡慕的神气吗？此外，如像“红树青山好放船”（吴伟业句）、“半江红树卖鲈鱼”（王士祯句）……这些美丽的诗句，都不是像“满山红叶，尽是离人眼中血”那样饱含着哀伤情调的。大家知道，“现在”跟“过去”是对立的。但是，在历史的长河中，它们又有着一脉相连的源流。因此，即使是生活在旧时代里的诗人，对于某些事物也可以具有一定的正常感情。我们没有权利判定，过去一切诗人对于红叶和黄叶的美，都必然是色盲的。

我不是什么老北京。可是，凭我这些年来的经验，我敢大胆地说，秋色是北京最可爱的一个季节，尽管我们还嫌它的日子短了些。当这房子里火炉还没生火，气候凉爽可是并不寒冷的时候，观览香山一带（包含碧云寺在内）自然的丰富色彩，正是北京市民和远方游客一种难得的眼福。让古代那些别有怀抱的伤心人，去对叶子叹息或掉泪吧！我们却要在这种红、黄、赤、绿的自然色彩的展览中，做一个纵情的、会心的鉴赏家！

陶然亭的雪

俞平伯

小　引

悄然的北风，黯然的彤云，炉火不温了，灯还没有上呢。这又是一年的冬天。在海滨草草营巢，暂止飘零的我，似乎不必再学黄叶们故意沙沙地作成那繁响了。老实说，近来时序的迁流，无非逼我换了几回衣裳；把夹衣叠起，把棉衣抖开，这就是秋尽冬来的唯一大事。至于秋之为秋，冬之为冬，我之为我，一切之为一切，固依然自若，并非可叹可悲可怜可喜的意味，而且连那些意味的残痕也觉无从觅哩。千条万派活跃的流泉似全然消释于无何有之乡土，剩下“漠然”这么一味来相伴了。看看窗外酿雪的彤云，倒活画出我那潦倒的影儿一个。像这样喑哑无声的蠢然一物，除血脉呼吸的轻颤以外，安息在冬天的晚上，真真再也没有了。有人说，这不是静止——静止是没有的——是均衡的动，如两匹马以同速同向去跑着，即不异于比肩站着的石马。但这些问题虽另有人耐烦去想，而我则岂其人呢。所以于我顶顶合式，莫如学那冬晚的停云。（你听见它说过话吗？）无如编辑《星海》的朋友们逼我饶舌。我将怎样呢？——有了！在“悄然的北风，黯然的彤云，炉火不温了，灯还没有上呢”这个光景下，令我追忆昔年北京陶然亭之雪。

我虽生长于江南，而自曾北去以后，对于第二故乡的北京也真不能无所恋恋了。尤其是在那样一个冬晚，有银花纸糊裱的顶棚和新衣裳一样綷䌨的纸窗，一半已烬一半还红着，可以照人须眉的泥炉火，还有墙外边三两声的担子吆喝。因房这样矮而洁，窗这样低而明，越显出天上的彤云格外地沉凝欲堕，酿雪的意思格外浓鲜而成熟了。我房中照例上灯独迟些，对面或侧面的火光常浅浅耀在我的窗纸上，似比月色还多了些静穆，还多了些凄清。当我听见廓落的院子里有脚步声，一会儿必要跟着“砰”关风门了，或者“砣搭”下帘子了。我便料到必有寒紧的风在走道的人颈傍拂着，所以他要那样匆匆地走。如此，类乎此的黯淡的寒姿，在我忆中至少可以匹敌江南春与秋的姝丽了，至少也可以使惯住江南的朋友了解一点名说苦寒的北方，也有足以系人思念的冬之黄昏啊。有人说：“这岂不将勾惹我们的迟暮之感？”真的！——可是，咱们谁又是专喝蜜水的人呢。

总是冬天罢，（谁要你说？）年月日忘怀了。读者们想绝不屑介意于此琐琐的，所以忘怀倒也没要紧。那天是雪后的下午。我其时住在东华门侧一条曲折的小胡同里，而G君所居更偏东些。我们雇了两辆“胶皮”，向着陶然亭去，但车只雇到前门大外郎营。（从东城至陶然亭路很远，冒雪雇车很不便。）车轮咯咯吱吱地切碾着白雪，留下凹纹的平行线，我们遂由南池子而天安门东，渐逼近车马纷填，兀然在目的前门了。街衢上已是一半儿泥泞，一半儿雪了。幸而北风还时时吹下一阵雪珠，蒙络那一切，正如疏朗冥濛的银雾。亦幸而雪在北京，似乎是白面捏的，又似乎是白泥塑的。（往往到初春时，人家庭院里还堆着与土同色的雪，结果是成筐地挑了出去完事。）若移在江南，檐漏的滴答，不终朝而消尽了。

言归正传。我们下了车，踏着雪，穿粉房琉璃街而南，炫眼的雪光愈白，栉比的人家渐寥落了。不久就远远望见清旷莹明的原野，这正是在城圈里耽腻了的我们所期待的。累累的荒冢，白着头的，地名叫作窑台。我不禁联想那“会向瑶台月下逢”的所谓瑶台。这本是比拟不伦，但我总不住地那么想。

那时江亭之北似尚未有通衢。我们踯躅于白蓑衣广覆着的田野之间，望望这里，望望那里，都很像江亭似的。商量着，偏西南方较高大的屋，或者就是了。但为什么不见一个亭子呢？藏在里边罢？

到拾级而登时，已确信所测不误了。然踏穿了内外竟不见有什么亭子。幸而上面挂着的一方匾；否则那天到的是不是陶然亭，若至今还是疑问，岂非是个笑话。江亭无亭，这样的名实乖违，总使我们怅然若失。我来时是这样预期的，一座四望极目的危亭，无碍无遮，在雪海中沐浴而嬉，宛如回旋的灯塔在银涛万沸之中，浅礁之上，亭亭矗立一般。而今竟只见拙钝的几间老屋，为城圈之中所习见而不一见的，则已往的名流觞咏，想起来真不免黯然寡色了。

然其时雪又纷纷扬扬而下来，跳舞在灰空里的雪羽，任意地飞集到我们的粗呢氅衣上。趁它们未及融为明珠的时候，我即用手那么一拍，大半掉在地上，小半已渗进衣襟去。“下马先寻题壁字”，来来回回地循墙而走，咱们也大有古人之风呢。看看咱们能拾得什么？至少也当有如“白丁香折玉亭亭”一样的句子被传诵着罢。然而竟终于不见！可证“一蟹不如一蟹”这句老话真是有一点意思的。后来幸而觅得略可解嘲的断句，所谓“卅年戎马尽秋尘”者，从此就在咱们嘴里咕噜着了。

在曲折廓落的游廊间，当北风卷雪渺无片响的时分，忽近处递来琅琅的书声。谛听，分明得很，是小孩子的。它对于我们十分亲密，因为和从前我们在书房里所唱出的正是一个样子的。这尽可以使我重温热久未曾尝的儿时的甜酒，使我俯拾眠歌声里的温馨梦痕；并可以减轻北风的尖冷，抚慰素雪的飘零。换一句干脆点的话，就是在清冷双绝的况味中，它恰好给喝了一点热热酽酽的东西，使一切已凝的，一切凝着的，一切将凝的，都软洋洋弹着腰肢不自支持了。

书声还正琅琅然呢。我们寻诗的闲趣被窥人的热念给岔开了。从回廊下踅过去，两明一暗的三间屋，玻璃窗上帷子亦未下。天色其时尚未近黄昏；唯云天密吻，酿雪意的浓酣，阡陌明胸，积雪痕的寒皎，似乎全与迟暮合缘，催着黄昏快些来罢。至屋内的陈设，人物的须眉，已尽随年月日时的迁移，送进茫茫昧昧的乡土，在此也只好从缺。几个较鲜明的印象，尚可片片掇拾以告诸君的，是厚的棉门帘一个；肥短的旱烟袋一支；老黄色的《孟子》一册，上有银朱圈点，正翻到《离娄》篇首；照例还有白灰泥炉一个，高高的火苗蹿着；以外……“算了罢，你不要在这儿写账哟！”

游览必终之以大嚼，是我们的惯例，这里边好像有鬼催着似的。我曾和我姊姊说过：“咱们以后不用说逛什么地方，老实说吃什么地方好了。”她虽付之一笑，却不斥我为胡闹，可见中非无故了。我且曾以之问过吾师。吾师说得尤妙，“好吃是文人的天性”。这更令我不便追问下去。因为既曰天性，已是第一因了。还要求它的因，似乎不很知趣。如理化学家说到电子，心理学家说到本能，生机哲学者说到什么“隐得而希”……

闲言少表。天性既不许有例外，谈到白雪，自然会归到一条条的白面上去。不过这种说法是很辱没胜地的，且有点文不对题。所以在江亭中吃的素面，只好割爱不谈。我只记得青汪汪的一炉火，温煦最先散在人的双颊上。那户外的尖风呜呜地独自去响。倚着北窗，恰好鸟瞰那南郊的旷莽积雪。玻璃上偶沾了几片鹅毛碎雪，更显得它的莹明不滓。雪固白得可爱，但它干净得尤好。酿雪的云，融雪的泥，各有各的意思；但总不如一半留着的雪痕，一半飘着的雪华，上上下下，迷眩难分得尤为美满。脚步声听不到，门帘也不动，屋里没有第三个人。我们手都插在衣袋里，悄对着那排向北的窗。窗外有几方妙绝的素雪装成的册页。累累的坟，弯弯的路，枝枝丫丫的树，高高低低的屋顶，都秃着白头，耸着白肩膀，危立在卷雪的北风之中。上边不见一只鸟儿展着翅，下边不见一条虫儿蠢然地动（或者要归功于我的近视眼），不用提路上的行人，更不用提马足车尘了。唯有背后已热的瓶笙吱吱地响，是为静之独一异品；然依昔人所谓“蝉噪林愈静”的静这种诠释，它虽努力思与岑寂绝缘终究是失败的哟。死样的寂每每促生胎动的潜能，唯万寂之中留下一分两分的喧哗，使就烬的赤灰不致以内炎而重生烟焰；故未全枯寂的外缘正能孕育着止水一泓似的心境。这也无烦高谈妙谛，只当咱们清眠不熟的时光便可以稍稍体验这番悬谈了。闲闲的意想，乍生乍灭，如行云流水一般的不关痛痒，比强制吾心，一念不着的滋味如何？这想必有人能辨别的。

炉火使我们的颊热，素面使我们的胃饱，飘零的暮雪使我们的心越过越黯淡。我们到底不得不出去一走，到底不得不面迎着雪，脚踹着雪，齐向北快快地走。离亭数十步外有一土坡，上开着一家油厂；厂右有小小的断坟并立。从坟头的小碣，知道一个葬的是鹦鹉，一个名为香冢，想又是美人黄土那类把戏了。只是一件，油厂有狗，喜拦门乱吠。G 君是怕狗的；因怕它咬，并怕那未必就咬的吠，并怕那未必就吠的狗。而我又是怯登土坡的，雪覆着的坡子滑滑的难走，更有点望之生畏。故我们商量商量，还是别去为妙。

我们绕坡北去时，G 君抬头而望（我记得其时狗没有吠）对我说，来年春归时，种些红杜鹃花在上面。我点点头。路上还商量着买杜鹃花的价钱。……现在呢，然而现在呢？我惆怅着夙愿的虚设。区区的愿原不妨辜负；然区区的愿亦未免辜负，则以外的岂不又可知了。——北京冬间早又见了三两寸的雪，而上海至今只是黯然的彤云，说是酿雪，说是酿雪，而终于不来。这令我由不得追忆那年江亭玩雪的故事。

一九二四、一、十二

慈慧殿三号

朱光潜

慈慧殿并没有殿，它只是后门里一个小胡同，因西口一座小庙得名。庙中供的是什么菩萨，我在此住了三年，始终没有探头去一看，虽然路过庙门时，心里总要费一番揣测。慈慧殿三号和这座小庙隔着三四家居户，初次来访的朋友们都疑心它是庙，至少，它给他们的是一座古庙的印象，尤其是在树没有叶的时候；在北平，只有夏天才真是春天，所以慈慧殿三号像古庙的时候是很长的。它像庙，一则是因为它荒凉，二则是因为它冷清，但是最大的类似点恐怕在它的建筑，它孤零零地兀立在破墙荒园之中，显然与一般民房不同。这三年来，我做了它的临时“住持”，到现在仍没有请书家题一个某某斋或某某馆之类的匾额来点缀，始终很固执地叫它“慈慧殿三号”，这正如有庙无佛，多一事不如省一事。

慈慧殿三号的左右邻家都有崭新的朱漆大门，它的破烂污秽的门楼居在中间，越发显得它是一个破落户的样子。一进门，右手是一个煤栈，是今年新搬来的，天晴时天井里右方隙地总是晒着煤球，有时门口停着运煤的大车以及它所应有的附属品——黑麻布袋，黑牲口，满面涂着黑煤灰的车夫。在北方居过的人会立刻联想到一种类型的龌龊场所。一粘上煤没有不黑不脏的，你想想德胜门外，门头沟车站或是旧工厂的锅炉房，你对于慈慧殿三号的门面就可以想象得一个大概。

和煤栈对面的——仍然在慈慧殿三号疆域以内——是一个车房，所谓车房就是停人力车和人力车夫居住的地方。无论是停车的或是住车夫的房子照例是只有三面墙，一面露天，房子对于他们的用处只是遮风雨；至于防贼，掩盖秘密，都全是另一个阶级的需要。慈慧殿三号的门楼右手只有两间这样三面墙的房子，五六个车子占了一间；在其余的一间里，车夫，车夫的妻子和猫狗进行他们的一切活动：做饭，吃饭，睡觉，养儿子，会客谈天等等。晚上回来，你总可以看见车夫和他的大肚子的妻子“举案齐眉”式地蹲在地上用晚饭，房东的看门的老太婆捧着长烟杆，闭着眼睛，坐在旁边吸旱烟。有时他们围着那位精明强干的车夫听他演说时事或故事。虽无瓜架豆棚，却是乡村式的太平岁月。

这些都在二道门以外。进二道门一直望进去是一座高大而空阔的四合房子。里面整年地鸦雀无声，原因是唯一的男主人天天是夜出早归，白天里是他的高卧时间；其余尽是妇道之家，都挤在最后一进房子，让前面的房子空着。房子里面从“御赐”的屏风到四足不全的椅凳都已逐渐典卖干净，连这座空房子也已经抵押了超过卖价的债项。这里面七八口之家怎样撑持他们的槁木死灰的生命是谁也猜不出来的疑案。在三十年以前他们是声威煊赫的“皇带子”，杀人不用偿命的。我和他们整年无交涉，除非是他们的“大爷”偶尔拿一部宋拓圣教序或是一块端砚来向我换一点烟资，他们的小姐们每年照例到我的园子里来两次，春天来摘一次丁香花，秋天来打一次枣子。

煤栈，车房，破落户的旗人，北平的本地风光算是应有尽有了。我所住持的“庙”原来和这几家共一个大门出入，和它们公用“慈慧殿三号”的门牌，不过在事实上是和它们隔开来的。进二道门之后向右转，当头就是一道隔墙。进这隔墙的门才是我所特指的“慈慧殿三号”。本来这园子的几十丈左右长的围墙随处可以打一个孔，开一个独立的门户。有些朋友们嫌大门口太不像样子，常劝我这样办，但是我始终没有听从，因为我舍不得煤栈车房给我的那一点劳动生活的景象，舍不得进门时那一点曲折和跨进园子时那一点突然惊讶。如果自营一个独立门户，这几个美点就全毁了。

从煤栈车房转弯走进隔墙的门，你不能不感到一种突然惊讶。如果是早晨的话，你会立刻想到“清晨入古寺，初日照高林，曲径通幽处，禅房花木深”几句诗是恰好配用在这里的。百年以上的老树到处都可爱，尤其是在城市里成林；什么种类都可爱，尤其是松柏和楸。这里没有一棵松树，我有时不免埋怨百年以前经营这个园子的主人太疏忽。柏树也只有一棵大的，但它确实是大，而且一走进隔墙门就是它，它的浓荫布满了一个小院子，还分润到三间厢房。柏树以外，最多的是枣树，最稀奇的是楸树。北平城里人家有三棵两棵楸树的便视为珍宝，这里的楸树一数就可以数上十来棵，沿后院东墙脚的一排七棵俨然形成一段天然的墙。我到北平以后才见识楸树，一见就欢喜它。它在树木中间是神仙中间的铁拐李，庄子所说的“大本臃肿而不中绳墨，小枝卷曲而不中规矩”，拿来形容楸似乎比形容樗更恰当。最奇怪的是这臃肿卷曲的老树到春天来会开类似牵牛的白花，到夏天来会放类似桑榆的碧绿的嫩叶。这园子里树木本来很杂乱，大的小的，高的低的，不伦不类地混在一起；但是这十来棵楸树在杂乱中辟出一个头绪来，替园子注定一个很明显的个性。

我不是能雇用园丁的阶级中人，要说自己动手拿锄头喷壶吧，一时兴到，容或暂以此为消遣，但是“一日曝之，十日寒之”，究竟无济于事，所以园子终年是荒着的。一到夏天来，狗尾草，蒿子，前几年枣核落下地所长生的小树，以及许多只有植物学家才能辨别的草都长得有腰深。偶尔栽几棵丝瓜，玉蜀黍，以及西红柿之类的蔬菜，到后来都没在草里看不见。我自己特别挖过一片地，种了几棵芍药，两年没有开过一朵花。所以园子里所有的草木花都是自生自长用不着人经营的。秋天栽菊花比较成功，因为那时节没有多少乱草和它做剧烈的“生存竞争”。这一年以来，厨子稍分余暇来做“开荒”的工作，但是乱草总是比他勤快，随拔随长，日夜不息。如果任我自己的脾胃，我觉得对于园子还是取绝对的放任主义较好。我的理由并不像浪漫时代诗人们所怀想的，并不是要找一个荒凉凄惨的境界来配合一种可笑的伤感。我欢喜一切生物和无生物尽量地维持它们的本来面目，我欢喜自然的粗率和芜乱，所以我始终不能真正地欣赏一个很整齐有秩序，路像棋盘，常青树剪成几何形体的园子，这正如我不欢喜赵子昂的字，仇英的画，或是一个中年妇女的油头粉面。我不要求房东把后院三间有顶无墙的破屋拆去或修理好，也是因为这个缘故。它要倒塌，就随它自己倒塌去；它一日不倒塌，我一日尊重它的生存权。

园子里没有什么家畜动物。三年前宗岱和我合住的时节，他在北海里捉得一只刺猬回来放在园子里养着。后来它在夜里常作怪声气，惹得老妈见神见鬼。近来它穿墙迁到邻家去了，朋友送来了一只小猫来，算是补了它的缺。鸟雀儿北方本来就不多，但是因为几十棵老树的招邀，北方所有的鸟雀儿这里也算应有尽有。长年的顾客要算老鸹。它大概是鸦的别名，不过我没有下过考证。在南方它是不祥之鸟，在北方听说它有什么神话传说保护它，所以它虽然那样地“语言无味，面目可憎”，却没有人肯剿灭它。它在鸟类中大概是最爱叫苦爱吵嘴的。你整年都听它在叫，但是永远听不出一点叫声是表现它对于生命的欣悦。在天要亮未亮的时候，它叫得特别起劲，它仿佛拼命地不让你享受香甜的晨睡，你不醒，它也引你做惊惧梦。我初来时曾买了弓弹去射它，后来弓坏了，弹完了，也就只得向它投降。反正披衣冒冷风起来驱逐它，你也还是不能睡早觉。老鸹之外，麻雀甚多，无可记载。秋冬之季常有一种颜色极漂亮的鸟雀成群飞来，形状很类似画眉，不过不会歌唱。宗岱在此时硬说它来有喜兆，相信它和他请铁板神算家所批的八字都预兆他的婚姻恋爱的成功，但是他的讼事终于是败诉，他所追求的人终于是高飞远扬。他搬走以后，这奇怪的鸟雀到了节令仍旧成群飞来。鉴于往事，我也就不肯多存奢望了。

有一位朋友的太太说慈慧殿三号颇类似《聊斋志异》中所常见的故家第宅，“旷废无居人，久之蓬蒿渐满，双扉常闭，日昼亦无敢入者……”但是如果有一位好奇的书生在月夜里探头进去一看，会瞟见一位散花天女，嫣然微笑，叫他“不觉神摇意夺”，如此等情……我本凡胎，无此缘分，但是有一件“异”事也颇堪一“志”。有一天晚上，我躺在沙发上看书，凌坐在对面的沙发上共着一盏灯做针钱，一切都沉在寂静里，猛然间听见一位穿革履的女人滴滴搭搭地从外面走廊的砖地上一步一步地走进来。我听见了，她也听见了，都猜着这是沉樱来了——她有时踏这种步声走进来。我走到门前掀帘子去迎她，声音却没有了，什么也没有看见。后来再四推测所得的解释是街上行人的步声，因为夜静，虽然是很远，听起来就好像近在咫尺。这究竟很奇怪，因为我们坐的地方是一个很空旷的园子里，离街很远，平时在房子里绝对听不见街上行人的步声，而且那次听见步声分明是在走廊的砖地上。这件事常存在我的心里，我仿佛得到一种启示，觉得我在这城市中所听到的一切声音都像那一夜所听到的步声，听起来那么近，而实在却又那么远。

北海纪游

朱　湘

九日下午，去北海，想在那里作完我的洛神，呈给一位不认识的女郎，路上遇到刘兄梦苇，我就变更计划，邀他一同去逛一天北海。那里面有一条槐树的路，长约四里，路旁是两行高而且大的槐树，倚傍着小山，山外便是海水了；每当夕阳西下清风徐来的时候，到这槐荫之路上来散步，仰望是一片凉润的青碧，旁视是一片渺茫的波浪，波上有黄白各色的小艇往来其间，衬着水边的芦荻，路上的小红桥，枝叶之间偶尔瞧得见白塔高耸在远方，与它的赭色的塔门，黄金的塔尖，这条槐路的景致也可说是兼有清幽与富丽之美了。我本来是想去那条路上闲行的，但是到的时候天气还早，我们就转入濠濮园的后堂暂息。

这间后堂傍着一个小池，上有一座白石桥，池的两旁是小山，山上长着柏树，两山之间竖着一座石门，池中游鱼往来，间或有金鱼浮上。我们坐定之后，谈了些闲话，谈到我们这一班人所作的诗行由规律的字数组成的新诗之上去。梦苇告诉我，有许多人对于我们的这种举动大不以为然，但同时有两种人，一种是向来对新诗取厌恶态度的人，一种是新诗作了许久与我们悟出同样的道理的人，他们看见我们的这种新诗以后，起了深度的同情。后来又谈到一班作新诗的人当初本是轰轰烈烈，但是出了一个或两个集子之后，便销声匿迹，不仅没有集子陆续出来，并且连一首好诗都看不见了。梦苇对于这种现象的解释很激烈，他说这完全是因为一班人拿诗作进身之阶，等到名气成了，地位有了，诗也就跟着扔开了。他的话虽激烈，却也有部分的真理，不过我觉着主要的原因另有两个：浅尝的倾向，抒情的偏重。我所说的浅尝者，便是那班本来不打算终身致力于诗，不过因了一时的风气而舍些工夫来此尝试一下的人。他们当中虽然不能说是竟无一人有诗的禀赋、涵养、见解、毅力，但是即使有的时候，也不深。等到这一点子热心与能耐用完之后，他们也就从此销声匿迹了。诗，与旁的学问旁的艺术一般，是一种终身的事业，并非靠了浅尝可以兴盛得起来的。最可恨的便是这些浅尝者之中有人居然连一点自知之明都没有，他们居然坚执着他们的荒谬主张，溺爱着他们的浅陋作品，对于真正的方在萌芽的新诗加以热骂与冷嘲，并且挂起他们的新诗老前辈的招牌来蒙蔽大众：这是新诗发达上的一个大阻梗。还有一个阻梗便是胡适的一种浅薄可笑的主张，他说，现代的诗应当偏重抒情的一方面，庶几可以适应忙碌的现代人的需要。殊不知诗之长短与其需时之多寡当中毫无比例可言。李白的《敬亭独坐》虽然只有寥寥的二十个字，但是要领略出它的好处，所需的时间之多，只有过于《木兰辞》而无不及。进一层，我们可以说，像《敬亭独坐》这一类的抒情诗，忙碌的现代人简直看不懂。再进一层说，忙碌的现代人干脆就不需要诗，小说他们都嫌没有工夫与精神去看，更何况诗？电影，我说，最不艺术的电影是最为现代人所需要的了。所以，我们如想迎合现代人的心理，就不必作诗；想作诗，就不必顾及现代人的嗜好。诗的种类很多，抒情不过是一种，此外如叙事诗、史诗、诗剧、讽刺诗、写景诗等等哪一种不是充满了丰富的希望，值得致力于诗的人去努力？上述的两种现象，抒情的偏重，使诗不能作多方面的发展，浅尝的倾向，使诗不能作到深宏与丰富的田地，便是新诗之所以不兴旺的两个主因。

我们谈完之后，时候已经不早了；我们便起身，转上槐路，绕海水的北岸，经过用黄色与淡青的琉璃瓦造成的琉璃牌楼，在路上谈了一些话，便租定一只小划船。这时候西北方已经起了乌云，并且时时有凉风吹过白色的水面，颇有雨意，但是我们下了船。我们看见一个女郎独划着一只绿色的船，她身上穿着白色的衣裙，手上戴着白色的手套，草帽是淡黄色的，她的身躯节奏地与双桨交互地低昂着，在船身转弯的时候，那种一手顺划一手逆划两臂错综而动的姿势更将女身的曲线美表现出来；我们看看，一边艳羡，一边自家划船的勇气也不觉地陡增十倍。本来我的右手是因为前几天划船过猛擦破了几块皮到如今刚合了创口的，到此也就忘记掉了。我们先从松坡图书馆向漪澜堂划了一个直过，接着便向金鳌玉蛛桥放船过去；半路之上，果然有雨点稀疏地洒下来了。雨点落在水面之上，激起一个小涡，涡的外缘凸起，向中心凹下去，但是到了中心的时候，又突然地高起来，形成一个白的圆锥，上联着雨丝。这不过是刹那中的事。雨涡接着迅捷地向四周展开去，波纹越远越淡，以至于无。我此时不觉地联想起济慈的四行诗来：

Ever let the Fancy roam，

Pleasure never is at home：

At a touch sweet Pleasure melteth，

Like to bubbles when rain pelteth.

雨大了起来。雨点含着光有如水银粒似的密密落下。雨阵有如一排排的戈矛，在空中熠耀；忽促的雨点敲水声便是衔枚疾走时脚步的声息。这一片飒飒之中，还听到一种较高的声响，那就是雨落在新出水的荷叶上面时候发出来的。我们掉转船头，一面愉快地划着，一面避到水心的席棚下休息。

棹　歌

水心

仰身呀桨落水中，
对长空；
俯首呀双桨如翼，
鸟凭风。
头上是天，
水在两边，
更无障碍当前；
白云驶空，
鱼游水中，
快乐呀与此正同。

岸侧

仰身呀桨在水中，
对长空；
俯首呀双桨如翼，
鸟凭风。
树有浓荫，

葭苇青青，
野花长满水滨；
鸟啼叶中，
鸥投苇丛，
蜻蜓呀头绿身红。

风朝

仰身呀桨落水中，
对长空；
俯首呀双桨如翼，
鸟凭风。
白浪扑来，
水雾拂腮，
天边布满云霾；
船晃得凶，
快往前冲，
小心呀翻进波中。

雨天

仰身呀桨落水中，
对长空；

俯首呀双桨如翼，
鸟凭风。
雨丝像帘，
水涡像钱，
一片缭乱轻烟；
雨势偶松，
暂展朦胧，
瞧见呀青的远峰。

春波

仰身呀桨落水中，
对长空；
俯首呀双桨如翼，
鸟凭风。
鸟儿高歌，
燕儿掠波，
鱼儿来往如梭；
白的云峰，
青的天空，
黄金呀日色融融。

夏荷

仰身呀桨落水中，
对长空；
俯首呀双桨如翼，
鸟凭风。
荷花清香，
缭绕船旁，
轻风飘起衣裳；
菱藻重重，
长在水中，
双桨呀欲举无从。

秋月

仰身呀桨落水中，
对长空；
俯首呀双桨如翼，
鸟凭风。
月在上飘，
船在下摇，
何人远处吹箫？
芦荻丛中，

吹过秋风，
水蚓呀应着寒蛩。

冬雪

仰身呀桨落水中，
对长空；
俯首呀双桨如翼，
鸟凭风。
雪花轻飞，
飞满山隈，
飞向树枝上垂；
到了水中，
它却消溶，
绿波呀载过渔翁。

雨势稍停，我们又划了出来。划了一程之后，忽然间刮起了劲风来；风在海面上吹起一阵阵的水雾，迷人眼睛，朦胧里只见黑浪一个个向我们滚来。浪的上缘俯向前方，浪的下部凹入，真像一群张口的海兽要跑来吞我们似的，水在船旁舐吮作响，船身的颠摇十分厉害：这刻的心境介于悦乐与惊恐之间，一心一目之中只记着，向前划！向前划！虽然两臂麻木了，右手上已合的创口又裂了，还是记着，向前划！

上岸之后，虽然休息了许久，身体与手臂尚自在那里摆动。还记得许多年前，头一次凫水，出水之后，身子轻飘飘的，好像鸟儿在空中飞翔一般；不料那时所感到的快乐又复现于今天了。

吃完点心之后，（今天的点心真鲜！）我们离开漪澜堂，又向对岸渡过去，这次坐的是敞篷船。此刻雨阵过了，只有很疏的雨点偶尔飘来。展目远观，见鱼肚白的夕空渲染着浓灰色以及淡灰色的未尽的雨云，深浅不一，下面是暗青的海水，水畔低昂着嫩绿色的芦苇，时有玄脊白腹的水鸟在一片绿色之中飞过。加上天水之间远山上的翠柏之色，密叶中的几点灯光，还有布谷高高地隐在雨云之中发出清脆的啼声，真令人想起了江南的烟雨之景。

上岸后，雨又重新下起来。但是我们两人的兴却发作了：梦苇嚷着要征服自然；我嚷着要上天王殿的楼上去听雨。我们走到殿的前头，瞧见琉璃牌楼的三座孤门之上一毫未湿，便先在这里停歇下来。这时候天已经黑了，我们从槐树的叶中可以看得见天空已经转成了与海水一样深青的颜色，远处的琼岛亮着一片灯光，灯光倒映在水中，晃动闪的，有波纹把它分隔成许多层。雨点打在远近无数的树上，有时急，有时缓；急时，像独坐在佛殿中，峥嵘的殿柱与庄严的佛像只在隐约的琉璃灯光与炉香的光点内可以瞧见；沉默充满了寺内殿堂，寂静弥漫了寺外的山岭；忽然之间，一阵风来，吹得檐角与塔尖的铁马铜铃不断地响，山中的老松怪柏谡谡地呼吼，杂着从远峰飘来的瀑布的声响，真是战马奔腾，怒潮澎湃。缓时，像在一座墓园之内，黄昏的时候，鸟儿在树枝上栖息定了，乡人已经离开了田野与牧场回到家中安歇，坟墓中的幽灵一齐无声地偷了出来，伴着空中的蝙蝠作回旋的哑舞；他们的脚步落得真轻，一点声息不闻，只有萤虫燃着的小青灯照见他们幢幢的影子在暗中来往；他们舞得愈出神，在旁观看的人也愈屏息无声；最后，白杨萧萧地叹起气来，惋惜舞蹈之易终以及墓中人的逐渐零落投阳去了；一群面庞黄瘪的小草也跟着点头，飒飒地微语，说是这些话不错。

雨声之中，我们转身瞧天王殿，只见黑魆魆的一点灯火俱无，我们登楼听雨的计划于是不得不终止了。我们又闲谈起来。我们评论时人，预想未来，归根又是谈到文学上去。说到文学与艺术之关系的时候，我讲：插图极能增进读者对于文学书籍的兴趣，我们中国旧文学书中的插图工细别致，《红楼梦》一书更得到画家不断地为它装画。在西方这一方面的人才真是多不胜数，只拿英国来讲，如从前的克鲁可贤（Cruikshank），现代的毕兹雷（Beardsley），又如自己替自己的小说作插图的萨克雷（Thackeray），都是脍炙人口的；还有文学与音乐的关系，我国古代与西方都是很密切的，好的抒情诗差不多都已谱入了音乐，成了人民生活的一部分；新诗则尚未得到音乐上的人才来在这方面致力。

我们谈着，时刻已经不早了。雨算是过去了，但枝叶间雨滴依然纷乱地洒下，好像雨并没有停住一般。偶尔有一辆人力车拖过，想必是迟归的游客乘着园内预备的车；还偶尔有人撑着纸伞拖着钉鞋低头走过，这想必是园中的夫役。我们起身走上路时，只见两行树的黑影围在路的左右，走到许远，才看见一盏被雨雾朦了罩的路灯。大半时候还是凭着路中雨水洼的微光前进。

我们一面走着，一面还谈。我说出了我所以作新诗的理由，不为这个，不为那个，只为它是一种崭新的工具，有充分发展的可能；它是一方未垦的膏壤，有丰美收成的希望。诗的本质是一成不变万古长新的；它便是人性。诗的形体则是一代有一代的：一种形体的长处发展完了，便应当另外创造一种形体来代替；一种形体的时代之长短完全由这种形体的含性之大小而定。诗的本质是向内发展的；诗的形体是向外发展的。《诗经》《楚辞》，何默尔的史诗，这些都是几千年上的文学产品，但是我们这班后生几千年的人读起它们来仍然受很深的感动；这便是因为它们能把永恒的人性捉到一相或多相，于是它们就跟着人性一同不朽了。至于诗的形体则我们常看见它们在那里新陈代谢。拿中国的诗来讲，赋体在楚汉发展到了极点，便有“诗”体代之而兴。“诗”体的含性最大，它的时代也最长；自汉代上溯战国下达唐代，都是它的时代。在这长的时代当中，四言盛于战国，五古盛于汉魏六朝唐代，七古盛于唐宋，乐府盛的时代与五古相同，律绝盛于唐。到了五代两宋，便有词体代“诗”体而兴。到了元明与清，词体又一衍而成曲体。再拿英国的诗来讲，无韵体（Blankverse）与十四行诗（Sonnet）盛于伊丽莎白时代，乐府体（Balladmeasure）盛于十七世纪中叶，骈韵体（Rhymedcouplet）盛于多莱登（Dryden）蒲卜（Pope）两人的手中。我们的新诗不过说是一种代曲体而兴的诗体，将来它的内含一齐发展出来了的时候，自然会另有一种别的更新的诗体来代替它。但是如今正是新诗的时代，我们应当尽力来搜求，发展它的长处。就文学史上看来，差不多每种诗体的最盛时期都是这种诗体运用的初期；所以现在工具是有了，看我们会不会运用它。我们要是争气，那我们便有身预或目击盛况的福气；要是不争气，那新诗的兴盛只好再等五十年甚至一百年了。现在的新诗，在抒情方面，近两年来已经略具雏形；但叙事诗与诗剧则仍在胚胎之中。据我的推测，叙事诗将在未来的新诗上占最重要的位置。因为叙事体的弹性极大，《孔雀东南飞》与何默尔的两部史诗（叙事诗之一种）便是强有力的证据，所以我推想新诗将以叙事体来作人性的综合描写。

两行高大的树影矗立在两旁，我们已经走到槐路上了。雨滴稀疏地淅沥着。右望海水，一片昏黑，只有灯光的倒影与海那边的几点灯光闪亮。倒是为了这个缘故，我们的面前更觉得空旷了。

我们走到了团城下的石桥，走上桥时，两人的脚步不期然而然地同时停下。桥左的一泓水中长满了荷叶：有初出水的，贴水浮着；有已出水的，荷梗承着叶盘，或高或矮，或正或欹；叶面是青色，叶底则淡青中带黄。在暗淡的灯光之下，一切的水禽皆已栖息了，只有鱼儿唼喋的声音，跃波的声音，杂着曼长的水蚓的轻嘶，可以听到。夜风吹过我们的耳边，低语道：一切皆已休息了，连月姊都在云中闭了眼安眠，不上天空之内走她孤寂的路程；你们也听着鱼蚓的催眠歌，入梦去吧。

国子监

汪曾祺

为了写国子监，我到国子监去逛了一趟，不得要领。从首都图书馆抱了几十本书回来，看了几天，看得眼花气闷，而所得不多。后来，我去找了一个“老”朋友聊了两个晚上，倒像是明白了不少事情。我这朋友世代在国子监当差，“侍候”过翁同龢、陆润庠、王垿等祭酒，给新科状元打过“状元及第”的旗，国子监生人，今年七十三岁，姓董。

国子监，就是从前的大学。

这个地方原先是什么样子，没法知道了（也许是一片荒郊）。立为国子监，是在元代迁都大都以后，至元二十四年（一二八八年），距今约已七百年。

元代的遗迹，已经难于查考。给这段时间做证的，有两棵老树：一棵槐树，一棵柏树。一在彝伦堂前，一在大成殿阶下。据说，这都是元朝的第一任国立大学校长——国子监祭酒许衡手植的。柏树至今仍颇顽健，老干横枝，婆娑弄碧，看样子还能再活个几百年。那棵槐树，约有北方常用二号洗衣绿盆粗细，稀稀疏疏地披着几根细瘦的枝条，干枯僵直，全无一点生气，已经老得不成样子了，很难断定它是否还活着。传说它老早就已经死过一次，死了几十年，有一年不知道怎么又活了。这是乾隆年间的事，这年正赶上是慈宁太后的六十“万寿”，嗬，这是大喜事！于是皇上、大臣赋诗作记，还给老槐树画了像，全都刻在石头上，着实热闹了一通。这些石碑，至今犹在。

国子监是学校，除了一些大树和石碑之外，主要的是一些作为大学校舍的建筑。这些建筑的规模大概是明朝的永乐所创建的（大体依据洪武帝在南京所创立的国子监，而规模似不如原来之大），清朝又改建或修改过。其中修建最多的，是那位站在大清帝国极盛的峰顶，喜武功亦好文事的乾隆。

一进国子监的大门——集贤门，是一个黄色琉璃牌楼。牌楼之里是一座十分庞大华丽的建筑。这就是辟雍。这是国子监最中心、最突出的一个建筑。这就是乾隆所创建的。辟雍者，天子之学也。天子之学，到底该是个什么样子，从汉朝以来就众说纷纭，谁也闹不清楚。照现在看起来，是在平地上开出一个正圆的池子，当中留出一块四方的陆地，上面盖起一座十分宏大的四方的大殿，重檐，有两层廊柱，盖黄色琉璃瓦，安一个巨大的镏金顶子，梁柱檐饰，皆朱漆描金，透刻敷彩，看起来像一顶大花轿子似的。辟雍殿四面开门，可以洞启。池上围以白石栏杆，四面有石桥通达。这样的格局是有许多讲究的，这里不必说它。辟雍，是乾隆以前的皇帝就想到要建筑的，但都因为没有水而作罢了（据说天子之学必得有水）。到了乾隆，气魄果然要大些，认为“北京为天下都会，教化所先也，大典缺如，非所以崇儒重道，古与稽而今与居也”（《御制国学新建辟雍圜水工成碑记》）。没有水，那有什么关系！下令打了四口井，从井里把水汲上来，从暗道里注入，通过四个龙头（螭首），喷到白石砌就的水池里，于是石池中涵空照影，泛着潋滟的波光了。二、八月里，祀孔释奠之后，乾隆来了。前面钟楼里撞钟，鼓楼里擂鼓，殿前四个大香炉里烧着檀香，他走入讲台，坐上宝座，讲《大学》或《孝经》一章，叫王公大臣和国子监的学生跪在石池的桥边听着，这个盛典，叫作“临雍”。

这“临雍”的盛典，道光、嘉庆年间，似乎还举行过，到了光绪，据我那朋友老董说，就根本没有这档子事了。大殿里一年难得打扫两回，月牙河（老董管辟雍殿四边的池子叫作四个“月牙河”）里整年是干的，只有在夏天大雨之后，各处的雨水一齐奔到这里面来。这水是死水，那光景是不难想象的。

然而辟雍殿确实是个美丽的、独特的建筑。北京有名的建筑，除了天安门、天坛祈年殿那个蓝色的圆顶、九梁十八柱的故宫角楼，应该数到这顶四方的大花轿。

辟雍之后，正面一间大厅，是彝伦堂，是校长——祭酒和教务长——司业办公的地方。此外有“四厅六堂”，敬一亭，东厢西厢。四厅是教职员办公室。六堂本来应该是教室，但清朝另于国子监斜对门盖了一些房子作为学生住宿进修之所，叫作“南学”（北方戏文动辄说“到南学去攻书”，指的即是这个地方），六堂作为考场时似更多些。学生的月考、季考在此举行，每科的乡会试也要先在这里考一天，然后才能到贡院下场。

六堂之中原来排列着一套世界上最重的书，这书一页有三四尺宽，七八尺长，一尺许厚，重不知几千斤。这是一套石刻的十三经，是一个老书生蒋衡一手写出来的。据老董说，这是他默出来的！他把这套书献给皇帝，皇帝接受了，刻在国子监中，作为重要的装点。这皇帝，就是高宗纯皇帝乾隆陛下。

国子监碑刻甚多，数量最多的，便是蒋衡所写的经。著名的，旧称有赵松雪临写的“黄庭”“乐毅”“兰亭定武本”，颜鲁公“争座位”，这几块碑不晓得现在还在不在，我这回未暇查考。不过我觉得最有意思、最值得一看的是明太祖训示太学生的一通敕谕：

> 恁学生每听著：先前那宗讷做祭酒呵，学规好生严肃，秀才每循规蹈矩，都肯向学，所以教出来的

个个中用，朝廷好生得人。后来他善终了，以礼送他回乡安葬，沿路上著有司官祭他。

近年著那老秀才每做祭酒呵，他每都怀着异心，不肯教诲，把宗讷的学规都改坏了，所以生徒全不务学，用著他呵，好生坏事。

如今著那年纪小的秀才官人每来署学事，他定的学规，恁每当依著行。敢有抗拒不服，撒泼皮，违犯学规的，若祭酒来奏著恁呵，都不饶！全家发向烟瘴地面去，或充军，或充吏，或做首领官。

今后学规严紧，若有无籍之徒，敢有似前贴没头帖子，诽谤师长的，许诸人出首，或绑缚将来，赏大银两个。若先前贴了票子，有知道的，或出首，或绑缚将来呵，也一般赏他大银两个。将那犯人凌迟了，枭令在监前，全家抄没，人口发往烟瘴地面。钦此！

这里面有一个血淋淋的故事：明太祖为了要“人才”，对于办学校非常热心。他的办学的政策只有一个字：严。他所委任的第一任国子监祭酒宗讷，就秉承他的意旨，订出许多规条，待学生非常地残酷，学生曾有饿死吊死的。学生受不了这样的迫害和饥饿，曾经闹过两次学潮。第二次学潮起事的是学生赵麟，出了一张壁报（没头帖子）。太祖闻之，龙颜大怒，把赵麟杀了，并在国子监立一长竿，把他的脑袋挂在上面示众（照明太祖的语言，是“枭令”）。隔了十年，他还忘不了这件事，有一天又召集全体教职员和学生训话。碑上所刻，就是训话的原文。

这些本来是发生在南京国子监的事，怎么北京的国子监也有这么一块碑呢？想必是永乐皇帝觉得他老大人的这通话训得十分精彩，应该垂之久远，所以特在北京又刻了一个复本。是的，这值得一看。他的这篇白话训词比历朝皇帝的“崇儒重道”之类的话都要真实得多，有力得多。

这块碑在国子监仪门外侧右手，很容易找到。碑分上下两截，下截是对工役膳夫的规矩，那更不得了：“打五十竹篦”！“处斩”！“割了脚筋”……

历代皇帝虽然都似乎颇为重视国子监，不断地订立了许多学规，但不知道为什么，国子监出的人才并不是那样的多。

《戴斗夜谈》一书中说，北京人已把国子监打入“十可笑”之列：

> 京师相传有十可笑：光禄寺茶汤，太医院药方，神乐观祈禳，武库司刀枪，营缮司作场，养济院衣粮，教坊司婆娘，都察院宪纲，国子监学堂，翰林院文章。

国子监的课业历来似颇为稀松。学生主要的功课是读书、写字、作文。国子监学生——监生的肄业、待遇情况各时期都有变革。到清朝末年，据老董说，是每隔六日作一次文，每一年转堂（升级）一次，六年毕业，学生每月领助学金（膏火）八两。学生毕业之后，大部分发作为县级干部，或为县长（知县）、副县长（县丞），或为教育科长（训导）。另外还有一种特殊的用途，是调到中央去写字（清朝有一个时期光禄寺的面袋都是国子监学生的仿纸做的）。从明朝起就有调国子监善书学生去抄录《实录》的例。明朝的一部大丛书《永乐大典》，清朝的一部更大的丛书《四库全书》的底稿，那里面的端正严谨（也毫无个性）的馆阁体楷书，有些就是出自国子监高才生的手笔。这种工作，叫作“在誊桌上行走”。

国子监监生的身份不十分为人所看重。从明景泰帝开生员纳粟纳马入监之例以后，国子监的门槛就低了。尔后捐监之风大开，监生就更不值钱了。

国子监是个清高的学府，国子监祭酒是个清贵的官员——京官中，四品而掌印的，只有这么一个。做祭酒的，生活实在颇为清闲，每月只逢六逢一上班，去了之后，当差的在门口喝一声短道，沏上一碗盖碗茶，他到彝伦堂上坐了一阵，给学生出出题目，看看卷子；初一、十五带着学生上大成殿磕头，此外简直没有什么事情。清朝时他们还有两桩特殊任务：一是每年十月初一，率领属官到午门去领来年的皇历；一是遇到日食、月食，穿了素服到礼部和太常寺去“救护”，但领皇历一年只一次，日食、月食，更是难得碰到的事。戴璐《藤阴杂记》说此官

“清简恬静”，这几个字是下得很恰当的。

但是，一般做官的似乎都对这个差事不大发生兴趣。朝廷似乎也知道这种心理，所以，除了特殊例外，祭酒不上三年就会迁调。这是为什么？因为这个差事没有油水。

查清朝的旧例，祭酒每月的俸银是一百零五两，一年一千二百六十两；外加办公费每月三两，一年三十六两，加在一起，实在不算多。国子监一没人打官司告状，二没有盐税河工可以承揽，没有什么外快。但是毕竟能够养住上上下下的堂官皂役的，赖有相当稳定的银子，这就是每年捐监的手续费。

据朋友老董说，纳监的监生除了要向吏部交一笔钱，领取一张“护照”外，还需向国子监交钱领“监照”——就是大学毕业证书。照例一张监照，交银一两七钱。国子监旧例，积银二百八十两，算一个“字”，按“千字文”数，有一个字算一个字，平均每年约收入五百字上下。我算了算，每年国子监收入的监照银约有十四万两，即每年有八十二三万不经过入学和考试只花钱向国家买证书而取得大学毕业资格——监生的人。原来这是一种比乌鸦还要多的东西！这十四万两银子照国家的规定是不上缴的，由国子监官吏皂役按份摊分，祭酒每一字分十两，那么一年约可收入五千银子，比他的正薪要多得多。其余司业以下各有差异。据老董说，连他一个“字”也分五钱八分，一年也从这一项上收入二百八九十两银子！

老董说，国子监还有许多定例。比如，像他，是典籍厅的刷印匠，管给学生“做卷”——印制作文用的红格本子，这事包给了他，每月例领十三两银子。他父亲在时还会这宗手艺，到他时则根本没有学过，只是到大栅栏口买一刀毛边纸，拿到琉璃厂找铺子去印，成本共花三两，剩下十两，是他的。所以，老董说，那年头，手里的钱花不清——烩鸭条才一吊四百钱一卖！至于那几位“堂皂”，就更不得了了！单是每科给应考的举子包“枪手”（这事值得专写一文），就是一笔大财。那时候，当差的都兴喝黄酒，街头巷尾都是黄酒馆，跟茶馆似的，就是专为当差的预备着的。所以，像国子监的差事也都是世袭。这是一宗产业，可以卖，也可以顶出去！

老董的记性极好，我的复述倘无错误，这实在是一宗未见载录的珍贵史料。我所以不惮其烦地缕写出来，用意是在告诉比我更年轻的人，封建时代的经济、财政、人事制度，是一个多么古怪的东西！

国子监，现在已经作为首都图书馆的馆址了。首都图书馆的老底子是头发胡同的北京市图书馆，即原先的通俗图书馆——由于鲁迅先生的倡议而成立，鲁迅先生曾经襄赞其事，并捐赠过书籍的图书馆；前曾移到天坛，因为天坛地点逼仄，又挪到这里了。首都图书馆藏书除原头发胡同的和建国后新买的以外，主要为原来孔德学校和法文图书馆的藏书。就中最具特色，在国内搜藏较富的，是鼓词俗曲。

卢沟晓月

王统照

“苍凉自是长安日，呜咽原非陇头水。”

这是清代诗人咏卢沟桥的佳句，兴许，长安日与陇头水六字有过分的古典气息，读去有点碍口？但，如果你们明了这六个字的来源，用联想与想象的力气凑合起、提示起这地方的环境、风物，以及历代的变化，你自然感到像这样“古典”的应用确能增加卢沟桥的伟大与美丽。

打开一本详明的地图，从现在的河北省、清代的京兆区域里你可找得那条历史上著名的桑干河。在往古的战史上，在多少吊古伤今的诗人的笔下，桑干河三字并不生疏。但，说到治水、㶟水、灅水这三个专名似乎就不是一般人所知了。还有，凡到过北平的人，谁不记得北平城外的永定河；——即不记得永定河，而外城的正南门——永定门，大概可说是“无人不晓”罢。我虽不来与大家谈考证，讲水经，因为要叙叙卢沟桥，却不能不谈到桥下的水流。

治水、㶟水、灅水，以及俗名的永定河，其实都是那一道河流——桑干。

还有，河名不甚生疏，而在普通地理书上不大注意的是另外一道大流——浑河。浑河源出浑源，距离著名的恒山不远，水色浑浊，所以又有小黄河之称。在山西境内已经混入桑干河，经怀仁、大同，委弯曲折，至河北的怀来县。向东南流入长城，在昌平县境的大山中如黄龙似的转入宛平县城，二百多里，才到这条巨大雄壮的古桥下。

原非陇头水，是不错的，这桥下的汤汤流水，原是桑干与浑河的合流；也就是所谓的治水、㶟水、灅水、永定河与浑河、小黄河、黑水河（浑河的俗名）的合流。

桥工的建造既不在北宋时期，也不开始于蒙古人的占据北平。金人与南宋南北相争时，于大定二十九年六月方将这河上的木桥换了，用石料造成。这是见之于金代的诏书，据说：“明昌二年三月桥成，敕命名广利，并建东西廊以便旅客。”

马哥孛罗来游中国，服官于元代初年时，他已看见这雄伟的工程，曾在他的游记里赞美过。

经过元明两代都有重修，但以正统九年的加工比较伟大，桥上的石栏、石狮，大约都是这一次重修的成绩。

清代对此桥的大工役也有数次，乾隆十七年与五十年两次的动工，确为此桥增色不少。

> 东西长六十六丈，南北宽二丈四尺，两栏宽二尺四寸，石栏一百四十，桥孔十有一，第六孔恰当河之中流。

按清乾隆五十年重修的统计，对此桥的长短大小有此说明，使人（没有到过的）可以想象它的雄壮。

从前以北平左近的县分属顺天府，也就是所谓京兆区。经过名人题咏的，京兆区内有八种胜景，例如西山霁雪，居庸叠翠，玉泉垂虹等，都是很幽美的山川风物。卢沟不过有一道大桥，却居然也与西山居庸关一样刊入八景之一，便是极富诗意的“卢沟晓月”。

原来，“杨柳岸晓风残月”是最易引动从前旅人的感喟与欣赏的凌晨早发的光景；何况在远来的巨流上有一道雄伟壮丽的石桥；又是出入京都的孔道，多少官吏、士人、商贾、农、工，为了事业，为了生活，为了游览，他们不能不到这名利所萃的京城，也不能不在夕阳返照，或东方未明时打从这古代的桥上经过。你想：在交通工具还没有如今迅速便利的时候，车马，担签，来往奔驰，再加上每个行人谁没有忧、喜、欣、戚的真感横在心头，谁不为“生之活动”在精神上负一份重担？盛景当前，把一片壮美的感觉移入渗化于本人的忧喜欣戚之中，无论他是有怎样的观照，由于时间与空间的变化错综，面对着这个具有崇高美的压迫力的建筑物，行人如非白痴，天然以其鉴赏力的差别，与环境的相异，生发出种种的触感。于是留在他们的心中，或留在借文字绘画表达出的作品中，对于卢沟桥三字真有很多的酬报。

不过，单以“晓月”形容卢沟桥之美，据传是另有原因：每当旧历的月尽头（晦日），天快晓时，下弦的钩月在别处还看不分明，如有人到此桥上，他偏先得清光。这俗传的道理是否可靠，不能不令人疑惑。其实，卢沟桥也不过高起一些，难道同一时间在西山山顶，或北平城内的白塔（北海山上）上，看那晦晓的月亮，会比卢沟桥上不如？不过，话还是不这么拘板说为妙，用“晓月”陪衬卢沟桥的实是一位善于想象而又身经的艺术家的妙语，本来不预备后人去做科学的测验。你想“一日之计在于晨”，何况是行人的早发。朝气清蒙，衬托出那勾人思感的月亮——上浮青天，下嵌白石的巨桥。京城的雉堞若隐若现，西山的云翳似近似远，大野无边，黄流激奔……这样光，这样色彩，这样地点与建筑，不论是料峭的春晨，凄冷的秋晓，景物虽然随时有变，但若无雨雪的降临，每月末五更头的月亮，白石桥，大野，黄流，总可凑成一幅佳画，渲染飘浮于行旅者的心灵深处，发生出多少样反射的美感。

你说，偏以这“晓月”衬托这“碧草卢沟”（清刘履芬的《鸥梦词》中有《长亭怨》一阕，起语是：叹销春间关轮铁，碧草卢沟，短长程接），不是最相称的“妙境”么？

无论你是否身经其地，现在，你对这名标历史的胜迹，大约不止于“发思古之幽情”罢？其实，即以思古而论也尽够你深思，咏叹，有无穷的兴感！何况血痕染过那些石狮的鬈鬣，白骨在桥上的轮迹里腐化，漠漠风沙，呜咽河流，自然会造成一篇悲壮的史诗。就是万古长存的“晓月”也必定对你惨笑，对你冷觑，不是昔日的温柔，幽丽，只引动你的“清念”。

桥下的黄流，日夜呜咽，泛挹着青空的灏气，伴守着缄默的郊原……

他们都等待着有明光大来与洪涛冲荡的一日——那一日的清晓。

先农坛

许地山

曾经一度繁华过底香厂，现在剩下些破烂不堪的房子，偶尔经过，只见大兵们在广场上练国技。望南再走，排地摊底犹如往日，只是好东西越来越少，到处都看见外国来底空酒瓶、香水樽、胭脂盒，乃至簇新的东洋瓷器，估衣摊上的不入时底衣服，“一块八”“两块四”叫卖底伙计连翻带地兜揽，买主没有，看主却是很多。

在一条凹凸得格别底马路上走，不觉进了先农坛底地界。从前在坛里唯一新建筑，“四面钟”，如今只剩一座空洞的高台，四围的柏树早已变成富人们底棺材或家私了。东边一座礼拜寺是新的。球场上还有人在那里练习。绵羊三五群，遍地披着枯黄的草根。风稍微一动，尘土便随着飞起，可惜颜色太坏，若是雪白或朱红，岂不是很好的国货化妆材料？

到坛北门，照例买票进去。古柏依旧，茶座全空。大兵们住在大殿里，很好看底门窗，都被拆作柴火烧了。希望北平市游览区划定以后，可以有一笔大款来修理。北平底旧建筑，渐次少了，房主不断地卖折货。像最近的定王府，原是明朝胡大海底府邸，论起建筑的年代足有五百多年，假若政府有心保存北平古物决不至于让市民随意拆毁。拆一间是少一间。现在坛里，大兵拆起公有建筑来了。爱国得先从爱惜公共的产业做起，得先从爱惜历史的陈迹做起。

观耕台上坐着一男一女，正在密谈，心情的热真能抵御环境的冷。桃树柳树都脱掉叶衣，做三冬底长眠，风摇，鸟唤，都不听见。雩坛边的鹿，伶俐的眼睛瞭望着过路底人。游客本来有三两个，它们见了格外相亲。在那么空旷的园囿，本不必栏着它们，只要四围开上七八尺深底沟，斜削沟的里壁，使当中成一个圆丘，鹿放在当中，虽没遮栏也跳不上来。这样，园景必定优美得多。星云坛比岳渎坛更破烂不堪。干蒿败艾，满布在砖缝瓦罅之间，拂人衣裾，便发出一种清越的香味。老松在夕阳底下默然站着。人说它像盘旋的虬龙，我说它像开屏的孔雀，一颗一颗底松球，衬着暗绿的针叶，远望着更像得很。松是中国人的理想性格，画家没有不喜欢画它。孔子说它后凋还是屈了它，应当说它不凋才对。英国人对于橡树底情感就和中国对于松树底一样。中国人爱松并不尽是因为它长寿，乃是因它当飘风飞雪底时节能够站得住，生机不断，可发荣的时间一到，便又青绿起来。人对着松树是不会失望的。它能给人一种兴奋，虽然树上留着许多枯枝丫，看来越发增加它底壮美。就是枯死，也不像别的树木等闲地倒下来。千年百年是那么立着，藤萝缠它，薜荔粘它，都不怕，反而使它更优越更秀丽。古人说松籁好听得像龙吟，龙吟我们没有听过，可是它所发出底逸韵，真能使人忘掉名利，动出尘底想头。可是要记得这样的声音，决不是一寸一尺底小松所能发出，非要经得百千年底磨炼，受过风霜或者吃过斧斤底亏，能够立得定以后，否则是做不到的。所以当年壮底时候，应学松柏底抵抗力，忍耐力，和增进力；到年衰的时候，也不妨送出清越的籁。

对着松树坐了半天。金黄色的霞光已经收了，不免离开雩坛直出大门。门外前几年挖的战壕，还没填满，羊群领着我向着归路。道边放着一担菊花，卖花人站在一家门口与那淡妆底女郎讲价。不提防担里底黄花教羊吃了几棵。那人索性将两棵带泥丸底菊花向羊群猛掷过去，口里骂：“你等死的羊孙子！”可也没奈何。吃剩底花散布在道上，也教车轮碾碎了。

北游漫笔

叶灵凤

北国的相思，几年以来不时在我心中掀动。立在上海这银灯万盏的层楼下，摩托声中，我每想起那前门的杂沓，北海的清幽，和在虎虎的秋风中听纸窗外那枣树上簌簌落叶的滋味。有人说，北国的严冬，荒凉干肃的可味，较之江南的春还甚，这句话或许过癖，然而至少是有一部分的理由。尤其是在这软尘十丈的上海住久了的人，谁不渴望去一见那沉睡中的故都？

柔媚的南国，好像灯红酒绿间不时可以纵身到你怀中来的迷人的少妇；北地的冰霜，却是一位使你一见倾心而又无词可通的拘谨的姑娘。你沉醉时你当然迷恋那妖娆的少妇，然而在幻影消灭后酒醒的明朝，你却又会圣洁地去瘖寐你那倾心的姑娘了。

这样，我这缠绵了多年的相思，总未得到宽慰。一直到今年的初夏，我才借故去遨游了一次。虽是在那酷热的炎天中，几十日的勾留，不足以言亲到北方的真味，然而昙花一瞥，已足够我回想时的陶醉了。

最初在天津的一月，除了船进大沽口时两旁见了几个红裤的小孩和几间土堆的茅屋以外，简直不很感觉北国的意味。我身住在租界，街上路牌写的也不是中文，我走在水门泥的旁道上，两旁尽是红砖的层楼，我简直找不见一个嚼馍馍大葱的汉子，我几疑惑此身还是在上海。白昼既无闲出去，而夜晚后天津的所谓“中国地”又因戒严阻隔了不能通行，于是每晚我所消磨时间的地方，我现在想起了还觉得好笑。每晚，在福禄林或国民饭店的跳舞厅中，在碧眼儿和寥寥几位洋行的写字员之中，总有我一个江南的惨绿少年，面前放了一杯苏打，口里含着纸烟，抱了手倚在椅上，默视场中那肉与色的颤动，一直到夜深一二时才又独自回去。有时我想起我以不远千里之身，从充满了异国意味的上海跑来这里，不料到了这里所尝的还是这异国的情调，我真有点嘲笑我自己的矛盾。

离开天津乘上京奉车去吸着了北京的灰土以后，我才觉得我真是到了北方。那一下正阳门车站后，在烈日高张的前门道上，人力车夫和行人车马的混乱，那立在灰沙中几乎被隐住了的巡士，和四面似乎都蒙上了一层灰雾的高低的建筑，甚至道旁那几株油绿的街树，几乎无一处使我望去不感到它的色调是苍黄。峥立着的干涩的前门，衬了它背后那六月的蔚蓝的天空，没有掩映，也没有间色。下面是灰黄混乱，上面是光秃的高空，我见了这一些，我才突然揉醒了我惺忪的睡眼。啊啊，这不是委婉多情的南国了。

近年北方夏季天气的炎热，实是故老们所感喟的世道人心都剧变了的一个铁证。在京华歇足的二十几日中，所遭的天气几乎无日不在九十度以上。偶尔走出门来，松软的土道上，受了烈日所蒸发出的那种干燥的热气，嗅着了真疑心自己是已置身在沙漠。不幸的我，自离开天津后，两只脚上的湿气已有点痒痒，抵北京后在旅馆中的第一夜更发现脚底添了两处破洞，此后日渐加剧，不能行动，一直在海甸燕京大学友人的床上养息了两整星期后才算差痊。在那两星期中，我每日只是僵卧；天气的闷热，苍蝇的骚扰，长睡的无聊，和想出去游览的意念的热切，每日在我心中循环地交战。我竭力想用书籍来镇压我自己，然而得到的效果很少，我几乎是又尝了一度牢狱的滋味。这样一直到我的脚能勉强走动了才止。我记得在近二十日的长睡后，我第一次披了外衣倚在宿舍走廊朱红漆的大柱下去眺望那对山时的情形，我的心真像小鸟样地在欣慰活跃。

长卧的无聊中，每日药膏纱布之余，睁目乱想，思的能力便较平日加倍地灵敏，燕大的校舍是处在京西的海甸，关置未久，许多建筑还在荒蓁中未曾完竣。我所住的朋友这间宿舍，窗外越过一沼清水，对岸正有一座宝塔式的水亭在兴工建筑。我支枕倚在床上，可以看见木架参差的倒影，工人的邪许和锤声自上历乱地飞下，仿佛来自云端。入夜后那塔顶上的一盏电灯，更给了我不少启示。我醒在床上望了那悬在空际茕茕的一点光明，我好像巡圣者在黑夜遥瞻那远方山上尼庵中的圣火一般，好几次冷然镇定了我彷徨的心情。这迷途的接引，这黑夜的明灯，我仿佛看见一只少女的眼睛在晶晶地注视着我。

据说这一块地基，是一个王府的旧址；所以窗外那一沼清水，虽不甚广阔，然已足够几只小艇的泛游。每到热气清消的傍晚，岸上和水中便逐渐地热闹起来，我坐在床上，从窗里望着他们的逸兴，我真觉得自己已是一只囚在笼中的孤鸟。从水草中送上来的桨声和歌声，好像都在嘲笑我这两只脚的命运。窗外北面一带都是宫殿式的大楼，飞檐画角，朱红的圆柱掩护着白垩的排窗，在这荒山野草间，真像是前朝的遗物。那倚在窗口的闲眺者，仿佛又都是白头宫女，在日暮苍茫，思量她们未流露过的春情。

啊啊，这无限的埋葬了的春情！

这样，在眼望着壁上的日历撕去了十四五页以后，我才能从床上起来，我才能健快地踏着北京的街道。离去海甸搬到城内朋友的住处后，我才住着了纯粹北方式的房屋。环抱了院子矮矮的三楹，纸糊的窗格，竹的门帘，花纸的内壁和墙上自庙会时买来的几幅赝造的古画，都完全洗清了我南方的旧眼。天气虽热，然而你只要躲在屋内便也不觉怎样。在屋内隔了竹帘看院中烈日下的几盆夹竹桃和几只瓦雀往返在地上争食的情形，实在是我那几日中最心赏的一件乐事。入晚后在群星密布的天幕下，大家踞在藤椅上信口闲谈，听夜风掠过院中槐树枝的声音，我真咒诅这上海几年所度的市井的生活。

有一夜大雷雨，我中夜醒来，在屋瓦的急溜和风声雨声的交响乐中，静看那每一道闪电来时，纸窗上映出的被风摇曳着的窗外的树影，那时的心境，那时的情调，真是永值得回忆。

到北京下车后在旅舍中的第一晚，就由朋友的引导去了中央公园一次。去时已是夜十一时了，鼓着痛足，匆匆地在园中走了一遭，在柏树下喝了一瓶苦甜的万寿山汽水后，便走了出来。园中很黑，然而在参天的柏树下，倚了栏杆，遥望对岸那模糊中的宫墙，我觉倒很有趣味，以后白天虽又去过几次，但总觉不如第一夜的好。实在，有一望去几百张藤椅的噪杂人声中，去夹在里面吃瓜子，去品评来往的女人，实在太乏味了。

北海公园便比中央好了。而我觉得它的好处不在有九龙壁的胜迹，有高耸的白塔可以登临；它的好处是在沿海能有那一带杂树蜿蜒的堤岸可以供你闲眺。去倚在柳树的荫下，静看海中双桨徐起的划艇女郎和游廊上品茶的博士，趣味至少要较自己置身其中为甚。这还是夏天，我想象着假若到了愁人的深秋，在斜阳映着衰柳的余晖中，去看将涸的水中的残荷，和败叶披离的倒影，当更有深趣。假若再有一两只踽步的白鹭在这凄凉的景象中点缀着，那即使自己不是诗人，也尽够你出神遐想了。

我爱红灯影下男女杂沓酒精香烟的疯狂混乱的欢乐，我也爱一人黄昏中独坐在就圮的城墙上默看万古苍凉的落日烟景，然而我终不爱那市场中或茶棚下噪杂的闲谈和羼走。

在北方的两月中，除了电影场外，没有看过一次中国的旧戏。去北京而不听京戏，有人说这是入了宝山空手归来，实在太傻了。然而我只好由人奚笑。在幼时虽也曾欢喜过三花大脸和真刀真枪，可惜天真久丧，这个梦早已破了；现在纵使我们的梅兰芳再名驰环球中外倾倒，我的去看京戏的兴致也终不能引起。我觉得假如要听绕梁三日的歌喉不如往上海石路叫卖衣服的伙计口中去寻求，要看漂亮的脸儿不如回到房中拿起镜子看看自己。

这既非写实又非象征的京戏，对它，我真只好叹我自己的浅薄了。

北京茶馆酒楼和公园中“莫谈国事”的红纸贴儿，实在是一件值得大书特书的怪事。

不过，同一的不准谈国事，在北方却明示在墙上，在南方则任着你谈以待你自讨苦吃，两相比较，北方人的忠厚在这里显出了。

去西山的一次是在阴天。西山虽没有江南山气的明秀，虽没有北派诸山的雄壮，然而它高低掩映，峰脉环抱，虽是小小的一带培楼，实在是北京一切风景中的重心和根源。我去的一次，在走到半山中便遇着了雨。所以去的时间虽不多，见到的却很好。雨中看山，山中看雨，看雨前白云自山腰涌出封锁山尖的情形，看雨后山色的润湿和苍翠，实在抵得住了多日。

走上西山道上，回过头来便可望见万寿山的颐和园了，这一座庞然的前朝繁华的遗迹，里面尽有它巧妙的布置，伟大的建筑，可是因为主管的太不注意修理了，便处处望去都是死气沉沉。排云殿的颓败，后面佛阁的颠危，我终恐怕它们有一天会像西湖雷峰塔的骤然崩溃。知命者不立乎岩墙之下，我想着这些我便止不住缓缓地避开了。我更不敢到昆明湖中去。这大约是我还没有像王国维一样找着我可以尽忠的圣主吧？

对于北京前朝的宫殿和园囿，我要欣赏它的各个而弃掉它的全体。一带玉阶的整齐，不如去鉴赏它雕了蟠龙的白石柱子的一个。三殿的雄伟，哪里抵得上金黄的琉璃瓦的一片可爱呢？我不愿去看故宫的博物馆，我只愿看大元帅府前的汽车和卫兵。

这或许是我的渺小，这或许也就是他们的伟大。

北京“三一八”惨案放枪的地点我也总算去看过了。马号中依旧养着马，地上也长着青草。血呢？

琉璃厂中去买旧书，北京饭店去买西书，实在是我在北京中最高兴的事儿，比夜间乘了雪亮的洋车去逛胡同还要可恋。可是，有一次雨天，当我从东交民巷光泽平坦的柏油大道上走回了我们泥深三尺的中国地时，我又不知道哪一个是该咒诅的了。

泥虽是那样的深，然而汽车却可以闭了眼睛不顾一切地绝驰而过。在北京，黄牌的汽车，比上海租界内的S.M.C.三字还要有威风哩！我只好揩去我身上的泥，我还是回上海去尝S.M.C.的滋味罢。

在七年以前，曾经由津浦线北上，过黄河，在天津附近的一个小县里住了半年。这一次的北行，往返却都是由海道。回来的一遭，在船中我每日裹了一件毛绒衫躺在甲板上看海。船舷旁飞溅的浪沫，远处缓缓送来的波涛，黄昏时天际的苍茫，新月上升后海上那一派的银雾和月光下海水的晶莹，日落时晚霞的奇幻与波光的金碧错乱，实在使我见了许多意外的奇遇。虽是回来后我额上和手臂都被海风吹得褪了一层皮，我仍是一点也不懊悔。

因了事务的不容缓和朋友的催促，我终于回来了。在回来后一月余的今天，我回想起在京时朋友们待我的盛情和所得的印象，都觉得还是如在目前。

耗去两月的光阴，实际上虽未得到什么，然而一个颠倒了多年的北国的相思梦却终于是实现了，虽是这个梦的实现对于我也与一切恋爱的美梦一般，所得的结果总是不满。

一九二七年九月十六日于上海听车楼

帝京风情

我爱北京的小胡同

季羡林

我爱北京的小胡同，北京的小胡同也爱我，我们已经结下了永恒的缘分。

六十多年前，我到北京来考大学，就下榻于西单大木仓里面一条小胡同中的一个小公寓里，白天忙于到沙滩北大三院去应试。北大与清华各考试三天，考得我焦头烂额，精疲力尽。夜里回到公寓小屋中，还要忍受臭虫的围攻，特别可怕的是那些臭虫的空降部队，防不胜防。

但是，我们这一帮山东来的学生仍然能够苦中作乐。在黄昏时分，总要到西单一带去逛街。街灯并不辉煌，“无风三尺土，有雨一街泥”会令人不快，我们却甘之若饴。耳听铿锵清脆、悠扬有致的京腔，如闻仙乐。此时鼻管里会蓦地涌入一股幽香，是从路旁小花摊上的栀子花和茉莉花那里散发出来的。回到公寓，又能听到小胡同中的叫卖声：“驴肉——驴肉——”“王致和臭豆腐！”其声悠扬、深邃，还含有一点凄清之意。这声音把我送入梦中，送到与臭虫搏斗的战场上。

将近五十年前，我在欧洲待了十多年以后，又回到了故都。这一次是住在东城的一条小胡同里：翠花胡同，与南面的东厂胡同为邻。我住的地方后门在翠花胡同，前门则在东厂胡同，其大可知。里面重楼复阁，回廊盘曲，庭院错落，花园重叠。一个陌生人走进去，必然是如入迷宫，不辨东西。

然而，这样复杂的内容，无论是从前面的东厂胡同，还是从后面的翠花胡同，都是看不出来的。外面十分简单，里面十分复杂；外面十分平凡，里面十分神奇。这是北京许多小胡同共有的特点。

据说当年黎元洪大总统在这里住过。我住在这里的时候，北大校长胡适住在黎元洪曾经住过的房子里。我住的地方仅仅是这个大院子中的一个旮旯，在西北角上。但是这个旮旯也并不小，是一个三进的院子，我第一次体会到“庭院深深深几许”的意境。我住在最深一层院子的东房中，院子里摆满了汉代的砖棺。黄昏时分，总会让人感觉到鬼影幢幢，毛骨悚然。所以很少有人敢在晚上来拜访我，我每日“与鬼为邻”，倒也过得很安静。

第二进院子里有很多树木，我最初没有注意是什么树。有一个夏日的晚上，刚下过一阵雨，我走到树下，忽然闻到一股幽香。原来这些是马缨花树，树上正开着繁花，幽香就是从这里散发出来的。

这一下子让我回忆起十几年前西单的栀子花和茉莉花的香气。当时我是一个十九岁的大孩子，现在已经成为中年人。相距将近二十年的两个我，忽然融合到一起来了。

不管是六十多年还是五十年，都成为过去了。现在北京的面貌天天在改变，层楼摩天，国道宽敞。然而那些可爱的小胡同，却日渐消逝，被摩天大楼吞噬掉了。看来在现实中小胡同的命运和地位都要日趋消沉，这是不可抗御的，也不一定就算是坏事。可是我仍然执着地爱着我的小胡同。就让它们在我的心中占一个地位吧，永远，永远。

我爱北京的小胡同，北京的小胡同也爱我。

东安市场怀旧记

吴祖光

从来旧事物都要被新事物所取代，这是自然规律无法改变。但人有怀旧的天性，常常会想念昔日的风光而引起怅惘之情。听说北京地处最繁盛商业中心王府井大街的东安市场不出两年之后，将会成为最现代化的商场，而旧东安市场将会完全消失不留痕迹，这使我深觉怅惘。其实今天的东安市场早非旧时面貌，而最使我怀恋的还是那个在三十年代我最熟悉的老东安市场。

我家是从江南北迁而来，父籍常州，母籍杭州，自幼惯听双亲的乡音，自己却讲满口京话。然而在学校还常受到同学朋友的指摘，说我字音不纯，尖圆不分。譬如“因音”“程陈”“正镇”就常常念错，教人笑话；自己亦深感惭愧，才知是听惯南音所致，费了很大劲才改正过来。

我生于一九一七年，至今虽老未龙钟，但显著的衰老现象却是记忆力的减退。往往刚拿在手里的东西，转眼便不见了，一天不知要用多少时间在找东西。更为痛苦的是，刚刚相识的朋友，转眼便忘记了姓名；人家十分热情地过来打招呼，我却在费大力气苦想这人是谁，必要的话还要想方设法套出他的名姓。更使我狼狈的是最近一位来自台湾的热情朋友到我家欢然道故，谈到当年我家住过的几处旧址，如何两人一起乘电车，我在车上讲笑话，把全车乘客都逗笑了，又如何和我一起爬墙上房去采海棠花等等往事……分明是一个比我年轻十几岁的小朋友，而我苦思冥想，至今找不出这段回忆。他的名字也毫无印象。糊涂至此，令我伤心惨目。

提这件事是为了说明一下家住北京的居处特点。父亲从二十世纪初便从南方北来做事了。开始是借住在北京做大官的他的舅父家里，后来便迁居出去独立成家。当时北京住房情况与今日大不相同，闲房所在皆是，租房非常容易。从我有记忆的时候开始，就记得北京街头，不管大街小巷，在墙上，尤其是电线杆上，常常贴着“吉房招租”的红纸招贴，上写着：某街某巷，门牌号数，有几重院子，几间房子，每月租金若干。根据招贴地址前去看房，与房东见面洽谈，预付两三个月的房租便说定了。于是择吉搬家便住了下来。

我的双亲多子女，我的上面有两个姐姐，我是男孩中最大的，但是在我后面，母亲一共又生了六个弟弟和六个妹妹，共生十五胎，除长姊和三、四、五弟早逝外，尚余姊妹弟兄十一人，是好大的一家。假如姊弟健在，正符合唐代名将郭子仪“七子八婿”之数。迄今为止，在我一生接触的亲朋好友之中，包括外国友人在内，尚无一保持这项纪录的人家。父母一生饱尝战乱之苦，包括太平天国之役、辛亥革命、日寇侵华、解放战争。尤其是待我长大成人，更遭遇“反右”及“文革”之乱，两次大乱我都是罪魁祸首。由于母亲对我的深爱，越是困难，虽有众多子女却不肯离开我家，父亲殁于“反右”次年，母亲则坚持到“文革”以后病故。

写以上一段与东安市场似无关联的住房情况却为的是说明一下我青年时代及远游归来重新定居北京的往事。

父亲一生精力饱满，很少见他休息。我只记得他在做官的时候上班下班十分认真，下班回家，不是读书便是写字、作画，而且高声吟诵诗词。收藏文物字画是他终身癖好，而现在回想，他还有一项癖好乃是搬家。

半个多世纪过去，我记不清楚我家在北京居住的二十几年中搬过几回家。能够想得起的地址有：东四四条胡同、班大人胡同、遂安伯胡同、南河沿金钩胡同、南池子葡萄园、景山后太平街这六处。而我诞生之处是舅公庄大人的小草厂一所大宅院，北京不止一个小草厂，这是位在东城的小草厂。这七处居住过的宅院，除景山后太平街一处之外，全在北京东城区绕着王府井大街东安市场的地方。写到这里不由得对父亲的酷嗜搬家引起深思。谁都知道，搬家是一件非常劳神费力的麻烦事情，从收拣什物到装箱、转运、打包；再解包、安置，多么辛苦！远的不说，近年来，两位老友的夫人由于搬家过劳致命，一位是钱昌照先生的夫人沈性元女士，另一位是叶浅予先生的夫人王人美女士，众所共知，令人扼腕。而我的母亲，由于多次主持搬家，又忙又累的情景，我至今记忆犹新。而父亲的爱好搬家，我现在想来，除去他生性好动之外，与他的多子女不无关系。孩子多了，奶妈也多，我记得我家经常有三四个带孩子的奶妈，觉得拥挤不够住了，就搬家。更重要的理由是那个“故都”北平——北京在我印象之中，很长时期以来是人口在七十万左右，整所的空房、四合院随处皆是。无论大街小巷、公共场所、戏园饭馆，很少拥挤现象；戏园影院虽然满座，亦大多秩序良好。父亲以搬家为乐，亦正由于他爱新鲜，从容搬迁而不觉其苦。更为有趣的是，在我从十九岁离开北京的老家独闯江湖，历经武汉、南京、长沙、重庆、江安、成都的八年抗战；再到上海，出走香港之后，于一九四九年回到北京，先住东单栖凤楼，又离东安市场不远，而到一九五四年为了把上海的父母亲接回北京买了帅府园马家庙的一座有十八间房的四合院，所在地竟然贴近了王府井大街，出来进去几乎每天都要经过东安市场。

一场无理取闹发展为惨绝人寰的“文化大革命”，把我从马家庙私宅赶了出来，逼得我迁居到较远的和平里，

“文革”结束后又被移居到朝阳区的东大桥；自己旧居的两个院子、十八间房子都白白送给国家了。这使我至今的最后二十六年离开了王府井，亦即远离了东安市场；偶尔去到那里，总难免感到点黯然神伤；虽然现在的东安市场早已大大地改了旧时的面貌。

正是由于对东安市场存在一种难于忘却的怀旧的感情，所以听说东安市场，甚至连同王府井大街的原貌在不久的未来将会从北京东城的这块土地上消失，而接到要我写一篇旧东安市场记的任务时我便毫未犹豫地拿起笔来。

东安市场创建于一九〇三年，而我经常出入市场当是在建场之后的一九三〇年，我年纪在十三岁左右的时候。在我的记忆里，最初是母亲带我去逛市场，然后东安市场便成为对我最有吸引力的一块磁石；更为重要的一个条件，我的母校孔德学校，地处东华门大街，与东安市场近在咫尺。因此每天学校下课之后东安市场便成为我常来常往的地方。我至今记得，当时北京人把东安市场比作“马连良”，意为“没黑过”。在那一段很长的局势动乱、百业萧条的时代，印象中的东安市场却永远是熙来攘往。正如一代京剧明星唱老生的马连良一样，在舞台上占尽风流。然而北京人不知道，而我却亲眼目睹过，在一九四九年的香港，九龙普庆大戏院，马连良也赶上过最“黑”的时刻。记得那次大约是春天，我从香港过海回到九龙，走经弥敦道普庆戏院门口，一看墙上大海报当晚马连良演出的戏码就吃了一惊，他演的是《群英会》《借东风》《华容道》，一赶三，前鲁肃、中孔明、后关公。不由得买票进场，并且进到后台；见到马先生说了两句问好的话，他忙着上场我就走出了化妆间；只见他的“箱官”坐在大衣箱上叹气，对我说：“跟了马老板二十多年亦没见过他这个唱法……咳……”一边说一边摇头。待我走进场，看见剧场里冷冷清清不过坐了四五排寥寥的观众就更觉伤情惨目，坐不到几分钟便出场回家了。落得这般光景主要在于香港不是京剧的天下。又赶上时局动荡，大陆行将易手以致也影响了香港。当时我也不知马先生何自而来到香港，看来这确是他一生最“黑”的时刻。当然，他后来在“文革”中的横遭凌辱致死，更是惨绝人寰，成为千古遗恨。但是，东安市场却从来都是兴旺的。

很多往事都记不得了，可是我却时时记起在东安市场的一所叫作明星的电影院，由父亲带着去看过一部国产影片，名叫《孤儿救祖记》，甚至我如今还能回忆起它的某些画面和场景。多年以后，我才知道这是中国的第一部故事长片，是黑白的无声片，郑正秋编剧，张石川导演，摄成于一九二三年。我的座位在楼上右侧，是一排一排的长木凳，记忆中这影院即是如今吉祥戏院的前身。但是却从来无人提起，我亦一时找不到人来对证，亦再不记得在这里还看过别的电影。而吉祥戏院直到如今从来都是以演出京剧、昆曲，以及传统及现代题材戏曲节目为主的剧院。

东安市场最吸引我的地方亦不是吉祥戏院，而是戏院左侧的一片空地叫作杂耍场的地方。杂耍场里品类繁多，有变魔术的、摔跤的、攀杠子练武术的、拉洋片的、踢毽子的、说书的、唱大鼓的、说相声的。其中最使我感兴趣的就是说相声的。那段时期，东安市场说相声的演员名叫赵蔼如，捧哏的演员很年轻，名叫什么我始终不知道，但他那装傻充愣的憨厚样子我至今印象深刻，相反赵蔼如的模样倒记不真了。相声是语言的艺术，其中很大成分被人叱之为耍贫嘴，而耍贫嘴并不见得就会讨人嫌，有时常会把枯燥的生活增添一点乐趣甚至不无哲理，也时时给人灌输某些知识……譬如我记得有一次和几个同学下课之后又去了东安市场，直奔赵蔼如的场地。这次同去的有一个女同学，赵蔼如一见到就对姑娘鞠了一个躬，说："小姐，您到那边儿瞧变戏法儿的去吧。我们这儿不文明。"虽然不知道有啥不文明，女同学却臊了个大红脸转身跑了。第二天上学就骂我们缺德带她去听相声，并且问到底是个什么"不文明"。其实这种情况我们在相声场子里司空见惯，赵蔼如一见有女客来就是这样把姑娘、小姐们打发走。这回是女同学要跟来，我们有什么法子?

是怎么不文明呢?相声表演里有时说些荤话，就是现在的所谓"黄色"，如此而已。其实这是中国民间文学的传统，譬如专唱京戏的广和楼，当时就不卖女座；亦是由于剧目中，或是对话里有点"荤"的缘故，也就是涉及了两性关系的"性"的问题。说它是民间文学的传统绝对没有丝毫的夸张，中国著名的文学作品，无论小说或是剧本大都有关于两性关系的描写，这没有别的原因，只是由于写的是生活，而性是生活里的主要部分。

孟子说“食色性也”是一针见血的真理，是延续个人、种族、国家的真理。但性又是必须遏制或是控制的，否则便会产生难以想象的恶果。从古以来都为此设置种种的戒律与禁条，历来无论是一国之主或一家之主都是道貌岸然地训诫他的臣民和后代儿孙。但是这些人物自己却背着臣民和儿孙干着同样的勾当甚或更为恶劣，这本身便是一种不文明的滑稽表演。近年来常常在报纸上登载着教育部门关心着在学校里如何进行适当的性教育以免由于无知而引发什么不测的后果。提起当年我在东安市场杂耍场里听相声，便不由得联想起我最初受到的一些性知识竟是从赵蔼如的相声里听来的。相声是滑稽表演，而生活里的两性关系也同样是很滑稽可笑的，但它就是生活。

所以在生活里听到严厉的家长训斥子女和领导发号施令，我总觉得十分滑稽，马上就会产生联想。

听相声和看别的杂耍一样，都是听完一段就往演员捧过来的笸箩里或地下扔钱。那时候兴用铜板，分大的小的两种，一个大的等于两个小的，扔一个两个就行了。也有不给钱转身就走的，一般坐在四周长板凳上的都会扔钱；而站着听的有些就不给钱了，甚至在一个节目快完之前，没等收钱就先溜了。因为演员会说：“有钱的捧个钱场，没钱的捧个人场……”对不给钱就走了的，也会说几句损话，所以不等说就先溜。

所有的表演都是这样要钱的。杂耍场里除上面说的一些项目外，还有算命的、卜卦的、代写书信的，旁边还有小茶馆……但这些地方我都没什么兴趣。

杂耍场是露天的，顶上没有遮盖，碰上阴天下雨便冷清没人来了。

还有我至今记得的是杂耍场里长年停着一辆独轮大板车，上头挂一个一尺多长的牌子，写的是：河间包子。老板是一个中年的胖大汉子，夏天光膀子，冬天穿大棉袄。猪肉包子一屉接一屉蒸出来，热气腾腾，开屉就吃，总是顾客不断。至今六十年过去了，我还觉得这里的河间包子是最好吃的包子。

当然，学生们下了课到市场，除了玩就是吃。本来“民以食为天”嘛，市场的第一要项就是吃。我这里说的吃，不是说吃什么山珍海味，学生嘛，不过吃一些平常的食品。但现在写吃却也难免要和当前做一些对比，对比之下我总觉得现在过分地铺张浪费了。就譬如吃涮羊肉吧，东来顺至今是涮羊肉的王国。当年的东来顺好不威风，门前两边一顺摆着十来个直径约近三尺的大树干锯成的砧板，每块砧板后面站着一个又胖又壮的彪形大汉，每人手里拿着一把又薄又亮的大片刀切削羊肉，把整块的冻肉切得纸一样薄。这是专业的切肉师傅，据说当年每人每月的工钱约为三百银圆，够一个大学教授的薪水，真够气派！而涮羊肉并非多么高贵的食物，吃一顿花不了多少钱，当年即使穷学生也能吃得起。但联想到今天却令人感慨：今天的宴席上如果主题是涮羊肉或是烤鸭，却总是先上四个或更多的冷盘，再上四个乃至八个、十个热菜，等到主题的涮肉或烤鸭上来，座上客人早已吃得心灰意懒周身犯困了。更使人惊讶的是饮食业近年发展的一门“食品”艺术加工业，把食物精心刻制成花朵或动物的形状，把一个大萝卜的红心雕成各种花或龙凤鱼鸟的形状；但无论怎样加工精雕细刻，你能雕刻成真花真叶真动物那样吗？而且把龙凤花鸟咬在嘴里又是什么味道？这真是走火入魔进入邪门歪道了。中国菜的传统讲色香味，与这种“雕刻艺术”全不相干。我想这不算过激之论，且与东安市场也不太相干；但我是缅怀昔日以及老东安市场在食品业方面务实、本色、简朴之风而发发牢骚的。

逛市场在吃的方面说不过来。使我现在还记得的是母亲带我去看病，然后同乘一辆人力车从西城回家，但是经过东安市场时去到五芳斋为我叫了一碗蟹黄面。我低头大吃，母亲满面笑容地看我吃，说：“慢慢吃，回家出身汗就好了……”这是一碗南方如上海一带的汤面，真好吃，从此以后我也没吃过这么好吃的第二碗。

另外还有一家其规模不下于东来顺的润明楼，建筑开阔宏大，但却是个非常平民化的饭庄，菜很便宜，而且每张台子上都经常摆着四碟小菜，虽然都不过是酱豆腐、咸黄瓜、咸水花生、泡酸白菜之类，但都干干净净，给人一种温暖亲切的感觉。大馆子，小价钱，是学生、寒士们常去吃饭的地方。叫一碗面、一盘炒饭也受到十分热情的接待，对比今天，恍如隔世了。

吃甜食的丰盛公是我和同学们去得最多的地方，这家小食店的奶酪、奶卷和奶糕最好。我是从来不吃牛奶的，但对这家的奶制品却都喜欢。

荣华斋食品店可能是东安市场历史最久的点心店了，一位个子高大方面大耳的老伙计在我读中学时代就经常见到，到了一九四九年新中国成立，我离开北京十三年后再回来时仍见到他在店里殷勤待客，只是显得衰老了些，但是显然已经不认识我了。荣华斋的西点和中国的传统点心都做得很好，我尤其喜欢咱们的传统点心“翻毛月饼”，枣泥馅的、玫瑰馅的都是最好吃的，但近些年来的月饼已都被一层薄皮包着一个大馅的广东式月饼所取代。多少年来北京的广东月饼始终做不好，硬得像块砖头，假如当作武器打人的话，我看至少能把人打个半死。从今年起大有改善，估计是得到了广东做饼师傅的真传，做得很像真正的广东月饼了，但是我对广东月饼却总是望而生畏，总觉得那只是用一层薄皮包一个大甜馅，尤其是里面那个完整的大鸭蛋黄腻得难以下咽，比起咱们北京的“翻毛”或曰“酥皮”的月饼相差甚远。估计可能是广东式便于装盒携带而且光亮魁伟之故。中秋节走过一些食品店，见广东月饼堆得像山一样，买月饼的排成长龙，心里真替北京月饼叫冤。目前好像只有西单的桂香村还能买到翻毛月饼，前门外可能也有很老的食品店有卖，但我都久已不去了。对北京古老传统的南味月饼我无限怀恋，而荣华斋不知何时早已渺不存在了。

东安市场另一个规模很大的稻香春，或曰稻香村，我不知何者为正统。这家老店几十年来经历几个社会，生意十分发达，近年来在北京开了多少分店叫人数不过来了。它是个经营南货的食品店，生意做得很灵活，距今七十多年前的事情我竟还记得。我只有四五岁的时候，妈妈抱着我站在住居小草厂的大门外，等着一早就上市的南菜担子过来，叫住他买一块两头圆，当中一个凹形，像一块绕线板似的双层的定胜糕，是上海传过来的小孩们最爱吃的甜食。还能买到新做出来的肉馅油酥的眉毛饺，是父母亲最爱吃的南方点心。南菜担子维持了很长时期，可以买到整只的火腿、新鲜的冬笋、笋干、虾米、虾子……担子是用竹篾条编成的长方形的篓子，上面盖一个篾编的大帽子，一头一个，用一根扁担挑着，走街串巷，给用户很大方便。三十年代我离开北京时，似乎还有南菜担子的存在，四十年代末倦游归来，南菜担子已经消失了。说南菜担子是稻香春的小支队只是我想当然的揣测而已，并没有哪位权威人士向我证实过。我实在怀念这种南菜担子。

有悠久文明传统的北京自然会有许多好吃的东西。在古老的东安市场正街十字路口的甜食摊上，夏天冰镇的果子干，是以柿子为主的甜汤加上冰块，现在却很少见到了；摊主手里拿着两只铜制的冰盏打出响声，唱着："果子干儿雪花酪，好不好吃尝口头。"酸梅汤来自琉璃厂的信远斋，有桂花香，是北京人最爱的夏季饮料，我觉得实在远胜越洋而来的汽水、可口可乐甚多甚多，然而如此美味的酸梅汤今天却很少见到，却又被新兴的“果茶”压倒了，这太说不过去了。

我还记得市场里的西餐馆名叫国强，还有一个吉士林……在西餐馆里给我印象最深的还不是西菜，而是一道甜点心“奶油栗子粉”。把栗子煮熟磨成粉末，上加一层奶油，那真可算作世界上最好吃的甜食了。但不知是什么原因，栗子粉长远失去踪影，这样简单易为的美食为什么被西餐馆、饮食店老板忘记了？

被遗忘了的北京食品还不仅是栗子粉而已，譬如芸豆糕、豆糕、萝卜丝饼等等都很少见到了。见报载北京最近出现了不少食品街和美食城，一片繁盛气象，可惜我不似昔年，没有这多精力，更没有这多时间到处去找吃的了。

近年来常见报上登着假冒伪劣产品，看着让人生气，但有些假货亦实在叫人难以相信、难以想象。譬如有的皮鞋，穿上几天鞋底就折断了，那么买鞋的当时怎么会看不出来呢？这种情况在过去的时代，亦即是说在所谓旧社会，好像从来没有见过。我想不出来是什么时候了，在东安市场西门里，路北有一家皮鞋店名叫佳美丽，我当时在那家店里买的两双皮鞋至今还能穿，鞋底鞋帮都好好的，已经四十年过去了。

因写到穿鞋，我想起今年春天曾去过苏州，在一次谈到生活穿戴消费的小会上，我忽然感到过去很长一个时期，中国妇女穿得最多的衣鞋现在竟然逐渐消失了，那就是最漂亮潇洒又简便经济的旗袍和绣花鞋。

旗袍和绣花鞋都是中国的传统，是别的国家没有的。旗袍根据它的名字，可知是从满族旗装演变成的，和越南人的女袍也有近似处。绣花鞋也就是从满族的女鞋衍化而成，它不是古代传统，因为自宋以后中国汉族妇女缠足。这两种衣鞋都有一个共同特点，就是完全依妇女的身材和足形裁制而成，所以它最能表现身形和脚形的自然美。在大自然里，最美丽的线条就是青春少女的线条，包括双足的线条，而旗袍和绣花鞋正是女性人体美的最好体现者，因为它穿在女人身上和脚上不加任何掩饰。当然，身体和脚有缺欠的又当别论，又不是你非穿它不可。

这种袍和这种鞋在清帝逊位后的中国大概流行了半个世纪之久，是城市妇女最普遍的穿着。只到了新中国成立后，革命的大潮涌来，才被灰色的列宁服和系带鞋所取代，从而在这半个世纪以来基本销声匿迹了。到如今灰色制服又已失势，于是多种西装穿到女人身上，而这种本国的、最美的、最能表现女性青春的最简单的，也就是最合理的衣鞋却为什么被我们自己遗忘了?

半个多世纪以前，中国城市妇女，更多的是少女到中年妇女，穿旗袍和绣花鞋的最多。旗袍当然可以极为考究，也可以十分简朴，从绫罗绸缎丝绣到竹布一袭；绣花鞋当然也可不绣花，和男人穿的黑便鞋一样。那时候城市道路自然远不及今天马路之宽大平坦尚且健步自得，现在穿着绣花鞋在马路上行走自然更得心应脚了。

自然，旗袍现在还没有被完全遗忘，最近看见一些时装展览及表演中亦常有旗袍节目的出现，但生活中却仍罕见，至于平底的绣花鞋则更少更少。让女同胞们，即姑娘小姐们凭良心说一说，绣花鞋比高跟鞋是不是舒服得多，也合理得多吧？何必穿那么高的底！那么硬的帮！高够半尺，把脚绷得够跳芭蕾舞的啦；走一段路下来，回到屋里一屁股坐在床上把鞋一甩老远，双手握着双脚叫疼，这是何苦来？我可见过。当然，你为了个子矮要垫高些，那又是另一种问题了。不久前我见过报上登了一则新闻：说一家鞋厂做了一批绣花鞋是为了卖给老年妇女的，但竟被年轻妇女一买而光。这是个好兆头，让我高兴了半天。

我热忱地盼望女人的旗袍和绣花鞋恢复昔日的声威，迅速占领市场，夺回失去的阵地。当年的东安市场，即是皮鞋店亦有绣花鞋的橱柜，随处可以买到。那种缎面、绣花、薄底都无从假造，一望而知真假；很难出现什么伪劣产品，而价格亦不昂贵。它和旗袍一样，天生都是物美价廉的商品。

东安市场还有个古老的会贤球社，是我小学生时代十分向往的地方。我的母校孔德学校以乒乓球负盛名，同学里面周作人的长子周丰一是学校的出色选手。但几次去到球社，使我最向往的是地球——现在似乎名叫保龄球了。

我年纪小，个子也小，见那木头的大球似乎很有分量，从不敢尝试，只能趴到栏杆外面看别人打。一个猛劲把球扔出去，然后就看见那个大圆球笔直地滚滚向前，一家伙把那立得稳稳的一堆木瓶子全部撞倒，多么痛快！但我总觉自己力量不够，怕上去闹笑话而不敢打。终于有一天我决心试一下，买了个牌子。

轮到我了，我脱了外衣，一拿起球来就感到了球的重量。我掂了几下，该怎么助跑几步，怎么扔出去，我都早已看会了。我使足了劲，拼全身之力，抛球出了手。可是糟了！球不是往地下滚的，而是上了天。方向也偏了，直飞出栏杆上端，冲着一群围观者砸过去了。人群齐声惊喊，一下子跑散，球沉重地落在地上。我趁着大家还没缓过神来，抓起地上的衣服逃出场外，有人笑，有人骂，全都顾不上了。在大庭广众之间当场出丑这是第一回。万幸没有伤人，但却是生平丢人现眼的开始。看来那时民风淳厚，没人出来揍我。

当然不能不写一写东安市场的旧书摊，早在三十年代中期，那条旧书摊集中的小街就成为我和同学们流连忘返的胜地，但那时毕竟年轻，看书只找些符合自己趣味的。到新中国成立后才和琉璃厂以及东安市场的书摊主人建立了深厚的友情，从五十年代初期开始，书店老板们每逢星期天的早晨一定会来到我家。他们基本上掌握了每个送书对象的爱好和需求，把你喜欢的书，也包括一些字画和文物送到你手上。你买也好，不买也好，放下看一阵而仍叫他带走也好，他还会按照你的委托去为你寻求你需要的书，也会根据多方面的情况和别人交换或流通书籍材料……旧北京的文人，我们老一辈的名流学者大多享受过这样幸福的读书生活。然而好景不长，一九五七年“反右”难作，我被流放北大荒三年，六十年代好不容易得到点喘息的机会，到了一九六六年又来了一个斩尽杀绝的“文化大革命”，于是偌大的文化古城来了一个彻底的灰飞烟灭。

东方出现了又一次新的曙光，一切旧事物都会过去。那个古老的，基本上该说是安静的古都北京，当时谁能想到如今的情景呢？现在的北京人口一千万，可我居住过的七十万人口的老北京街头巷尾冷冷清清，很少见到十分拥挤的现象。什么乘车排队，吃饭排队，买邮票也要排队，当年谁也没听说过什么叫排队……现在，旧的王府井将出现新的面貌，而东安市场将突然不复存在。只是由于今天重过王府井，又走了一趟东安市场，所以用这支笔，再抒发一下怀旧之情耳。

记得五十年代，在思想改造受批判的时候，我的重大罪状一条是“怀旧”……然而旧时月色安得不怀？如今我这么写东安市场看来也不会有什么人再来批判我了。社会毕竟在进步，温故而知新，人总是需要历史的。

一九九二年十二月五日　北京朝阳区东大桥头

什刹海梦忆录

朱家溍

我九岁时迁居地安门外帽儿胡同，二十岁迁居炒豆胡同，直到今天，在这一带过了数十年。虽然中间曾经离开北京，但总算北城的老住户了。对于九岁至十余岁时期的什刹海印象，至今还记忆犹新。

从白米斜街西口北行，漫步到什刹海南岸，想一面走着一面“寻梦”。迎面先看见鼓楼钟楼，波光倒影，依旧是当年的景致。

记得当时每天晚上听见鼓楼打鼓由慢而快的三通，据说是一百零八，但我没数过，只觉得有点像《击鼓骂曹》的“渔阳三挝”。打过鼓，停一会儿，又撞钟。夜里十二点钟又一次。早晨天亮以前又一次。早晚两次我每天听得见，觉得很好听，又感觉很严肃，因为我常听见这样口气的话："别闹了，该睡觉了，鼓楼都打鼓了。"夜里十二点钟的鼓我很少听见，偶然正赶上，好像有点可怕，什么理由，说不出来。民国十三年，优待清皇室条件修改，首先取消了第一条"大清皇帝尊号仍存不废……"连带着"銮舆卫"当然就没有了。因而銮舆卫所派专司打鼓的旗鼓手也就失业了，从此北京的钟鼓声不再响了。在远望钟鼓楼的岸边，回首向南看则是南皮张文襄公故宅的后门，从前柳荫下有一对上马石。故宅的前门在白米斜街，从前文襄有自书联："白云青山图开大米；斜风细雨春满天街。"联文内嵌着"白米斜街"四字。联文写景也很自然生动。从这往前走就到了万宁桥，地安门俗称后门，因而桥也就随着叫作后门桥，这座桥和正阳门五牌楼下的正阳桥、天安门前金水桥、太和门前内金水桥，是同在中轴线上最北的一座大石桥。我少年时还看见这座桥完整的白玉石雕栏，东西两面桥墩上石雕螭状的水兽，伏在闸口俯视着桥下从西往东流的水。桥东的两边河岸是石砌的，水虽然很浅，也有岸上人家放养的鸭群。桥面石和金水桥等等中轴线上大桥是一样的。桥北东边的福兴居灌肠铺是最著名的灌肠铺，还有卤馅炸三角、炸肉火烧，都是外焦里嫩，非常好吃。紧挨着福兴居是聚顺和，卖干鲜果品海味等等。店内自己有冰窖，不但鲜果保存最长久，而且夏天的酸梅汤最好。桥北路西宝瑞兴酱园，门前摆着一人多高大红葫芦，"大葫芦"三字流传在顾客们口中代替了宝瑞兴字号。阜成门大街宝瑞兴和这里是一个东家。酱园自己在城外有菜园，可以掌握某种瓜菜在最适宜的时候入缸，所以他的酱菜、咸菜样样好。有一种特制的甜酱瓜，名为“黑菜”，最出名。紧靠着大葫芦是火神庙。《天府广记》《帝京景物略》都说此庙初建在唐贞观年间，历经元、明、清，屡次重修扩建。近年曾在清内务府档案中看到雍正年间命养心殿造办处给火神庙特制铜镀金掐丝珐琅五供和填漆戗金供桌等等器物。我记得从前每年六月二十二日，我家照例接到火神庙住持的请帖，据说这一天是火德真君的诞日，我家并不迷信，但习惯上所谓“有以举之，莫敢废之”，所以也照例应酬。这种上庙烧香的差使总是派我去，当时我已经上初中，当然中学生不会有人接送，可是唯有烧香的事，每次必叫门房派个人随我去。当时我觉得有点可笑，想到戏台上的烧香还愿，不是也有个老家院跟随吗。火神庙临街是一座牌坊（现已不存）。当时已经略有倾斜，匾额有“离德昭明”四字。过了山门才转为坐北朝南的建筑，第一层是灵宫殿，第二层是正殿供奉火祖。火祖是一尊红眉红须的神像。后院是玉皇阁、斗母阁，院落很宽敞。当时的住持名字不记得了，是一个白胡子道士，平时穿着旧蓝布褶子，头戴方巾，仙风道骨很好看的。他的大徒弟名叫田子久，是一个很能交际的人，头戴圆道士帽，穿着道袍，小黑胡子，脸上带着酒肉气，我总觉得他像青石山卖符的王老道。有两个道童，当时的岁数，好像比我还小些，梳着两个抓髻，额前有些短发，眉清目秀。当时我觉得他们两人很像《西游记》里描写五庄观内清风明月两个道童的面貌。

火祖诞日的道场是一次很热闹又很庄严的表演。北京火神庙和白云观做道场是按照道教仪轨，很正规地进行。道士们穿着亮纱道袍，披着绣的法衣，手执法器或乐器；住持穿着鹅黄色亮纱袍，披着缂丝石青地彩色云鹤的法衣，手捧如意，诵经、拜跪……近年在电视屏幕上曾经看过白云观的一次活动，可以说是因陋就简的拼凑，无法和从前相比。

从火神庙出来顺路就走过“一溜胡同”到一溜河沿。由一溜河沿往北走，当年这里有个庆云楼，门脸在烟袋斜街，后楼坐落在河沿，是北城唯一的山东馆，菜的风格与水平和西城同和居、南城泰丰楼、东城东兴楼都是同等的。后楼隔扇外面是一座有栏杆的平台。夏天吃过饭，在这平台上，正是“荷净纳凉时”。当时在平台上凭栏下望，有一个小席棚，里面总有几个人，一脚踩在板凳上，在吃烤羊肉。有一个人在切肉。这个人在什刹海一带，人都叫他“季傻子”。常听人们说：“今天晚上，咱们到‘季傻子’那里去吃烤肉。”这一种爱称后来渐渐被“烤肉季”这个名称代替了。这个小席棚紧靠着临河第一楼，吃完烤肉到小楼上去喝粥，这个小楼也卖酒，还有苏造肉和几样煮花生、酥鱼等等酒菜。

从这里过了银锭桥，绕过海潮庵，什刹海北岸最大的建筑物是会贤堂。从前的饭庄和饭馆有共同点，也有不同点。会贤堂属于饭庄，饭庄的菜另是一路，平时是供办生日、办喜事用的。而到夏天在南楼上为赏荷纳凉的顾客所供应的菜是和东兴楼、泰丰楼等一路的风格，但会贤堂自己也有特点。例如，点心中的枣泥酥盒子、冰糖莲子等等都特别好。我对于会贤堂一次最深的印象，是丁卯年五月初八日，我祖母七十岁寿日，在会贤堂宴客演戏。我记得的戏有梅兰芳的《醉酒》，余叔岩的《骂曹》，尚和玉的《四平山》，陈德霖、刘景然的《三击掌》，程继仙、萧二顺的《连升店》。正值杨小楼不在北京，所以让他外孙刘宗杨演双出，白天一出《连环套》，晚上一出《长坂坡》。李万春的《战马超》，王少楼的《定军山》，俞少庭的《安关会》，赵绮霞的《荷珠配》等戏。这一天是赵芝香的戏提调。

会贤堂原来不在北岸。从前我听会贤堂的老掌柜的说过：“会贤堂原在白米斜街，就是张家的那一所房子，张之洞在北岸买了一所房，就是会贤堂。可是当时没有临河这座楼，只是大门里的门房院，进了垂花门，是上房、东西厢房、东西耳房院和后照房，这样一个宅门。张之洞和会贤堂商妥对换了房子。会贤堂拆了原来大门和群房，盖了这座楼。在上房院搭了一个戏台。”大概现在已经无人知道这段换房的过程。

会贤堂的东边，有一所房子里，当年有个曲会。是陆颖明兄（陆宗达，师大教授，一九八八年一月逝世）租两间房举办的。每周两次，请老笛师何金海拍曲、吹笛伴唱。前两年有个离开北京四十多年的老朋友岳少白，写信寄诗怀念这个曲会和什刹海。他在信上说，有一次散会出来，踏冰步月，陆颖明吹笛，这个滋味至今不能忘。我回他的信中也附一首诗，步他的原韵。现在把这首诗写在下面，作为《什刹海梦忆录》的结束。

黄叶飘零尽，寒烟隔岸林。
笛声惊倦鸟，曲意澈冰心。
盛会应难再，悲时四序侵。
离愁望善遣，雾冷自披襟。

北平的说书

闻国新

读到叶圣陶先生的《说书》那一刹那间自己好像又退回了二十年的时光，仿佛是紧紧地依傍在父亲的肩头，迎着冬夜里呼呼的狂风，向门口挂着洋灯，玻璃上写着红色的“灯下开书”四个字的书馆走去的情景。

那时候的北平的确没有现在这么繁华；全城没有一条中国人自制的洋灰马路，汽车的总数不足一百辆。最厉害是夜间的黑暗世界。只有墙壁上每隔数十步悬挂着一个的四角玻璃灯，火焰摇摇不定，这里那里颤动着忽长忽短的行人的影子。从这样的环境走进那明灯亮烛的书馆中，扑面是温暖的空气，比较起来真是雪地冰天之间的一所避寒的胜地呢。

我还记得我们常去听书的那家书馆，字号是四路居。

我曾经听过许多种的“大书”和“小书”，但以《聊斋》一种给我的印象最深。说书人的姿态，快要到“卖关子”时候那种剑拔弩张的紧张神气，这些都永久存留在我的脑膜上。连有些故事的内容如“田七郎”“云萝公主”等等，如今大略还都想得起来。

说书的规矩是无论大书小书，都说三个月，按旧历算一天也不多，一天也不少。有的书馆是白天晚晌两场，说书的人不同，所说的书也不一样，目的当然为的是多吸收一点听众。白天的我始终没有正式听过，至于路过那里偶尔一驻足却是常有的事。晚上的都是从下午七点钟开始十点钟截止，但若遇见一个有名的说书人，或是所说的是书中最精彩最热闹的一段时，你还得早去。否则便没有你的座位，瘾大的只能站在玻璃窗外遥遥领略而已。

书场中代卖清茶，也和听京戏一样，是一边品着旗枪的滋味，一边品着说书的滋味的。据说，最初原是以吃茶为主，听书为副。但现在没附设书场的茶馆，生意是颇称萧条的了。

说书人所占的位置大半是在墙壁的前面，长桌头里匀出一块见方丈把的地方，只一只小桌，桌上有给说书人预备润嗓音的茗碗，和一块长方形木橛，仿佛是从前衙门里审问官司的“惊堂木”一样。这是“卖关子”时不可缺少的工具。还有一只小凳，是给说书人说到一个节目时休息用的。

所谓“卖关子”便是一回书说到惊险处，引起听众急于想知道下文是怎么回事的心理，却忽然顿住了不说的意思。譬如《儿女英雄传》，叙十三妹弹打恶僧，说到“三儿将刀只一划，便听哎哟一声，红光迸现，鲜血直流……”完了，“惊堂木”一响，说书人脸上带着昂然的表情坐下来喝茶了。究竟安公子死了不曾？这逼迫你非听下去不可。

在这时候茶馆中另外有一个专管敛钱的伙计提着小藤笸箩沿着听众的行列进行，他把小笸箩递到你的面前，这必须要投进几个铜板去才行。这种钱名为“书钱”，一晚上照卖关子回数的多寡，约可敛收十几次。至于茶钱，有限得很；临走时撂在桌上就可以了。

谈到说书人本身他们也自有一个团体，团结得非常坚固，外来人是很难插入的。他们也讲“辈数”，而且一个师傅有一个传授。照目下的情形可分为两派。一派以“文”字排行最老，海文泉便是这一派的首领。他的拿手是《永庆升平》，手眼身法步，无一不佳。看他讲到二马争功的时节，拳打脚踢中，字字清脆，似乎真有柳麻子说《水浒》到武松打店，觉堂中酒瓮都振振有声的样子。一派以“杰”字最占势力，出王杰魁李杰恩都是此中佼佼者。另外还有一个独树一帜的品正三，以《说唐》说得最好。据说他对于这种本领完全是自纂出来的。他在清季还是个正三品的头衔。民国成立，混得没落子了，才隐去了真名实姓的。

在中国过去第一流的小说除了《红楼梦》和《金瓶

梅》两书之外，其余都被装入这一班说书人的嘴里，有枝添叶，更生龙活虎地传布到一般下层社会的民众里去，使他们得到不少人生的经验。他们的势力远在许多处公家设立的民众讲演所之上！

一九三四年

北平的地台戏

孙　犁

在北平的天桥、西单商场、东安市场的游艺场里，和那些说相声的、唱大鼓书的、变戏法的在一起，我们常见到唱地台戏的人们。

和说相声的、唱大鼓书的一样，他们也是靠着嘴吃饭的。不过因为他们的组织，他们演戏的技术和“舞台”的形式的新奇，他们是更容易引起我们的注意。

戏剧本来就是一种特殊的艺术，它能够由视觉与听觉，直接打动民众的心灵而支配其生活的意念，它能够最敏快地最牢紧地把握住民众的情绪。

在任何时代，任何地方，戏剧是最有力的艺术而最普遍地为人们从事着，不论它的形式是怎样的不同，都随时随地在变化着。

在近代，随着社会组织的细密，戏剧，已经成为一种繁重的艺术。这种现象，使戏剧在某一点上，脱离了民众。

这种事实，处处明显地表现着。尤其在都市里，能够到戏院去的人们，是很少的。

然而，一般的贫苦的人们，也是需要戏剧的，这或者比别的人还要迫切，他们过度地疲劳，是渴望着安慰与调剂的。

于是，在都市里，就有一种新的“剧场”来供给他们。

北平的地台戏的精彩，在别的地方是不容易见到的，这或者因为北平是“京戏”发源地。

地台戏的演出，差不多全是京戏。我们知道京戏在北平是最普通的，上自达官贵人，下及劳苦大众，没有一个人不在喜爱着这种玩意。

在平地上，摆好两圈板凳，观众就坐在上面，中间的空地，就成了台面。

还有一张方桌，这可以说是后台，在桌的两旁坐下了拉胡琴和弹月琴的乐师。一切的演员也站在那里。

他们的乐器很简单，除去必用的胡琴外，还有一把月琴，两块硬木板代替了鼓板，至于京戏应有的其他乐具，便全拿嘴来代替了。

他们的角色，也就三四个，全是很年幼的孩子——八九岁至十一二岁。

他们也有领班的，这个人是有舞台的经验和灵活的手脚的。

一出戏要开始了，他便用嘴打着开场锣。他用一条布蒙住了演员的脸，等胡琴拉完了过门，他把那条布一揭，演员便算上了台，一声声地唱起来。

也不化妆，也不照规定动作，小孩子只是站在这里唱。唱得很不错，我们可以猜想，他们曾经怎样地刻苦着学来的。

我曾看见这么一回事，一个小孩饰曹操演捉放宿店，在他要出场的时候，领班的拍了拍他的头发说："用力唱，唱完给你买包子吃。"为了"吃"，那小孩就格外地卖着力气。

在一出戏的终了，小孩们便捧着小盘向观众索钱。人最多的时候，他们可以得到三角或五角。平常的时候，只能得到两角来钱。

在现阶段的社会里，一切"艺术"都脱离了广大的群众。因为戏剧的本身是一种综合的艺术，在这方面，是更明显地表现着。

地台戏，以"原始的"形式来接近广大的群众，而能得到艺术的效果，是很值得我们来探讨着。

话剧运动在中国，是早就为一般人努力着，在过去，每每为了公演筹备不易，便流产了公演，想起来，是很痛心的事情。为了演出上的方便，"自由剧场"运动，"小剧场"运动，在从前，也曾有人从事提倡和创制过。我想如果能够批判地采取了地台戏演出的形式，对于话剧运动的普及是有无限的帮助的；同时，在艺术大众化的口号下，这种工作也是很迫切地期待着有人来从事。

我郑重地提出这个问题，希望大家来讨论。

四合院“入门儿”

邓友梅

报纸上说，今后北京的城市建设，要注意保持京城特点、原有风貌了。此举令人感到高兴，但做起来不易。别的不说，连毛泽东主席都承认是北京特征的四合院，如今还剩下几处？剩下来的也被改得面目全非。有几个完整的，又因无力维修，正在颓圮！

我不想做保守派，更无意复古。时代在发展，历史在前进，旧建筑物不能满足现代人的需要，要新陈代谢世界才会进步……这些道理我全懂。就是有一条还没把握：要完全没有四合院了，这儿还算北京吗？

欧洲也有个名城，叫巴黎。巴黎人在塞纳河边盖了一两组现代派超高层建筑后，越看越别扭，感到照那么干下去就没有巴黎了。于是做出决定，绝不在老城区再盖那类建筑，旧建筑毁了照样复制。维修也整旧如旧，原来砌错了一块石头，画坏了一块壁画，修复时要照样砌错画错，不准改正。要盖新建筑另找地方，巴黎还是巴黎。

如果他们的做法值得借鉴，咱北京拆四合院时也别那么手狠。新盖楼房不一定非在老建筑上除旧布新。既然花钱找地方盖假大观园假荣国府，不如留下点真王府、真园子，用盖假古董的地方盖新楼。

不只是王府宅门，普通而标准的四合院，典型的小胡同，保留几处也绝不算多余。它们有存在的理由，有保留的价值。就是从经济着眼，长远看也比拆了盖洋楼上算。

四合院不只是几间房子。它是中国古人伦理、道德观念的集合体，艺术、美学思想的凝固物，是中华文化的立体结晶。不是砌几堵墙盖上个顶，就叫四合院。四合院是砖瓦石当作笔墨纸，记载了中国人传统的家族观念和生活方式。不要说整个宅院，就那个大门口便有不少讲究。

要进院子先得入门，四合院好比一本大书，这大门就是封面。人们见到一本书，都先看封面了解一下它是谁写的，什么内容，四合院也一样，生人到此，在门前一站，上下左右一瞧，对这家主人就能知道个大概其，是官宦还是商民？若官员又是什么品级？是否王公贵族？有什么爵位？受什么封赏？从这大门上都能找到记号，看到标志。如果要进去拜访，知道这些就不致失礼露怯。从这也看出中国人对大门的重视。要不怎么说亲讲究“门当户对”、交友要问“门第如何”呢！人们还把“奇怪”叫“邪门儿”；“没有希望”叫作“门儿都没有”；老年间要是就有电视剧，那剧名绝对不会叫《爱你没商量》，八成得叫《爱你认准了这一门儿》。

要说整个的四合院太费工夫，我也没那么大学问。对四合院的研究我还刚“入门儿”。所以凑合着能介绍一下这“门儿”。要想把大门看清楚，得先把它关上。咱们站在大门之前，台阶之下，从上往下看。

北京的四合院，大多是明清建筑。多数建的是“屋宇式”正门。这种门实际是一排房子，中间开个过道。这一排是几间？房顶用的什么瓦？门上钉多少钉？却处处有讲究，事事有学问。在有皇上的时代，这些事皇帝都过问，并降旨定为制度。不守制度就叫“逾制”，逾制是要治罪的。

这一套本是汉族统治者兴起来的，满洲皇帝入关后在这一点上则全盘汉化了。满洲八旗入关前本来是不住四合院的。居民多是“三面篱笆一面房，南北大炕生火墙”。冬天室内外温差大，窗纸糊在屋内便会被水汽沤烂；屋架不高，在房梁拴根绳，吊起个篮子就可作小孩的睡床。因而“东北三大怪”中有两怪是“窗户纸糊在外，养活孩子吊起来”。但在沈阳故宫却可看到，入关前皇帝的住房已开始受四合院的影响了。所以进关后全盘接受四合院建筑规制绝非偶然，顺治九年皇帝便命政府对四合院建筑的使用做了新的规定。按这个规定，亲王府正门是一溜七间。其中有三间开门，上盖用绿琉璃瓦，每门金钉六十有三。世子府减亲王七分之二，也就是五间。到贝勒就只能是正门三间，启门一间了。这几间门房上边用大屋脊，设吻，脊上有仙人走兽。（就是房顶四角上那一溜小人小兽，建筑业的行话管那叫“走投无路”！因为最前边骑凤鸟的仙人位置在房顶的四角尖上，前边就是空中，没一点前进余地了。）

这是王府、贝勒贝子府的规制。普通百姓、一般官家没这份威风。大门用房别说七开间、五开间，连三开间也不允许。归里包堆只准用一间房。更没资格用琉璃瓦。不过不用担心，以为这么一来其他那些大门口就没了讲究缺少看头。不，这些四合院才是大多数。既有官居也有民宅。中国人是不会不想办法在划定的跑道中跑出花样来的。官有大小，就要表示出不同的等级，民分贫富，也得区别出不同身份。这就创造出了四合院中使用最为广泛、变化最为多样的“广亮大门”。

一开间的面积，若直不笼统就在中间开个门，那不仅没看头，许多象征性的装饰也无法安排。建筑师们就从门两边想办法。既然是一开门，两侧最边上必定是山墙。就叫这两座山墙向外扩张，伸出两根柱子样的墙腿来像两边的镜框，正面的墙体缩在后边就像是镜面。制度只规定一开间的宽度，可没限制深度。那就在前后方打主意，门框立在屋子中线脊檩之下。门外有足够“余地”。再把地基垫高，使整个大门的地面高出门前街道。大门与街道之间，用层次鲜明、等级繁复的石头台阶联系起来。里边人出来在门口一站，有居高临下之势，外来人要进门，有步步登高之感。这一来就透着点高贵、威严。但是，光这还不够。还不知道这宅门里是当官的还是民户。为此在大门以上，顶瓦之下加了两件装饰物叫作“雀替”和“三幅云”。这两件东西本是木结构的部件之一，中国建筑家巧妙地把它变化成了房屋的肩章和军衔。只要看一眼有它没有，就知道是不是官家。如果有，再看一看颜色花样，便分出是几品几级了。这两样装饰物之下，紧挨着就是叫作走马板的地方。那地方恰好是一块横宽竖短的长方形空地，给挂匾创造了条件。要是状元府，就挂一块“状元及第”的四字匾。若是进士出身就挂上“进士第”三字额。即使是举人出身也可以悬上“文魁”两个大字。做过外任地方官少不了当地绅商送的“爱民如子”“清廉方正”等颂德匾，这些就分悬在正匾的左右。

如果没有雀替、三幅云，那是民家。对民家来说，这走马板所挂的匾额就更为重要。我上小学时和同学打闹，从课桌上掉下来摔坏了臂骨，家人带我到一位著名的正骨大夫家诊治。进了那条胡同，家家都是大宅门。不知正骨大夫住哪一号，就挨门看匾。写“热心教育”的是学校校董，写“陶朱遗风”的是绸缎庄东家，直到找着写“妙手回春”“是乃仁术”才大胆地去敲门。果然就是医生的住所。也有没匾额的，没关系，人们不会叫那块走马板白闲着，画几幅彩绘一样能透出富贵吉祥气氛。

再往下这才是安门框的地方。

七开间者启五门，五开间的中间三间开门，这都既好办也好看。较难办的是一开间。若整面墙全敞开就安两扇门，空空荡荡一览无余，未免粗俗简陋。中国人不会露这个空子的。办法是只在中心留个门口，门口高低宽窄以可以使轿车通行为度。多余的部分，门口上下左右全用木板镶嵌填补起来。上边那块是走马板，刚才说了正好挂匾额。左右则做成边框，既可以漆成朱红、墨绿等色，也可以在框心画画，成为门口装饰的一部分。而下边则是一块可装可卸的高门槛，有车通行时把它拔出来，车过后再把它镶上。中心才是钉了木钉的两扇大门。

大门既要安得稳当，又得开关灵活，这上下两个“轴承”才是真正的“关键”。四合院的这两轴承都有专门的设计。上边一对叫门簪。成长方形从门框左右上角伸出来，把门框、联楹联成一体。里边中间掏个洞把门的上轴插入。外边从门上两侧伸出来像两根触角。正好雕刻成各种花样作为装饰，常见有四季花草，有“吉祥如意”等字幅，有的干脆就一个大福字、大寿字。下边一对轴承因为托着门扇承重，则用石制。这石头长长的像枕头，故称门枕石。里边一半简单，只在平面上打出两个窝放置门轴就行，而伸到外边的一半则要大做文章。可以雕成石狮，也可以做成抱鼓。不论狮子还是抱鼓石都有多种样式，与它前边的石头台阶配合起来组成一个石雕群体。

这中心部位经过匠心巧运，装修得多彩多姿，相对之下那两边的山墙腿子又显得粗陋寒碜了。中国人办事讲究的是完美周到，九十九拜都拜了不能闪下这一哆嗦。于是这两边山墙上也做出学问来。

最上边挨着瓦檐处，高高在上最为显眼，恰是砖雕艺术显能的地方，因而多做立体浮雕。花样有多种，既有动物浮雕（工人称为会喘气儿的），也有花卉番草。下边还要做上盘头等线脚，最下边多半用做一个小花篮为这一组花雕垫底。因为是大门，人们不光能看见正面，而且能从两侧看到侧面，这侧面也不能马虎了事。于是也用砖雕出柿子、如意、万字等花样，并带有“事事如意”“万事如意”的祝愿。

看到这算完了吗？还没有。您看完了门的正脸，难保不回身瞧瞧身后，再不然由远处走来，你会左顾右盼。既看了大门本身，绝不会不瞧瞧它的对面。门前大街两侧是一个建筑单元，一个艺术空间。大门修得再好，对面乱七八糟也不成体统，也造不成完整的艺术形象。

大门对面作为陪衬和对应的建筑物就是影壁。

这院外的影壁是段独立的墙壁。有一字形与八字形两种。不论哪种，上边都要起脊，其做法与屋顶一样。下边则要建须弥座或碱墙。

影壁的要点是影壁心，影壁心有硬心与软心之分。硬心要用斧刃方砖磨砖对缝斜砌而成，四周及中间可以加上各种雕饰花样。按雕饰花样多少而分，又可分作中心四岔带三层檐，中心四岔带柱枋，中心带雕砖匾牌……多种。而中心雕砖的中间又有钩子莲、凤凰牡丹、荷叶莲花、松竹梅岁寒三友等等花色。有柱枋的柱顶上头要做瓶形花样，须弥座上也需雕有花草饰物。而匾牌上则必用“鸿喜”“迎祥”“迪吉”“戬穀”等词句。

说到这儿，就不妨闭上眼设想一下：您因事初次拜访一户人家。顺着胡同由远而近走过来，迎面看见这一家宅门，左边是八字形又高又大的影壁，影壁顶上是黑色筒瓦元宝脊，影壁下面是汉白玉的须弥座。影壁四边是雕的万字不到头的边框，往里又是砖雕梅兰竹菊花卉。影壁中心砖雕匾牌大书“戬穀”二字。往右看好大一个门楼，门楼顶上起脊，屋角却没有仙人走兽。便知道这一户不是王府贝勒。可是往下一看，房檐下却是彩画的雀替，三幅云紧挨着走马板上悬挂的匾额，黑匾金字上写的是“化被草木”“勤政爱民”，便知也绝不是百姓，而是位官员的府邸了。再往下看，果然乌漆大门上兽面门环，门环旁漆书门对。上联写“诗书继世”，下联对“忠厚传家”。门框两侧楹联用的是“书为至宝一生用，心作良田万世耕”，便进一步知道这是位科举出身文官。门上方两侧伸出精雕彩绘的门簪，簪上刻着吉祥如意；门下边两边石狮把门，汉白玉石阶一直铺到当街。街边又有上马石拴马桩。大门两侧凸出的山墙腿子磨砖对缝，上下都有雕花。两个墙腿子之间，门前顶棚之下一溜悬挂着四盏皮灯。置身于此，必然被一种庄重、高雅的气氛所感染。然后才带着谦恭的态度走上石阶叩响门环。

您也许以为大门这一部分已经观赏完毕，可以入门了，等门内一阵响动，大门洞开，这时您才发现看了半天才只看完一半，原来大门是安在脊檩之下的，恰好是门楼的正中间，大门之内还有一半。里边那一半比外边更辉煌、更多彩。同是一个屋顶，大门外边一半是天花，大门以里则是吊顶；两侧墙面被梁柱隔成了数块大小不等的长方形墙面。每块都以其形状做成浮雕或彩画，块小的可以雕刻花鸟竹石，块大的可以画人物故事。“松下问童子”“渔樵耕读”“钟子期听琴”有情有景，百观不厌。靠近山墙顶部的那块三角墙面，被梁柱割得块更小了，人们称作“五花象眼”，则干脆用黑白两种灰连刻带塑做出半立体的图案或图画来。山墙下边沿着东西各放一条春凳。越过春凳往里看，迎着大门却又立着了一面影壁，影壁前树着假山石，种了碧桃、海棠。东西两边又各有一道矮墙，墙中各开了一个月亮门洞。月亮门洞中是绿色大漆洒金粉的屏门……到这为止，你才算看见“大门”这一组艺术空间的全部。但也只是看到了大门，至于四合院里边是什么样，还没看见，那是入门以后的事。咱看了半天，编辑给的时间已经用完，还没“入门”呢！

由此可以相信，四合院确实是中国人在建筑艺术的一大创造，对世界文化一大贡献，称得上是一门学问。要叫它消失在咱们手里，对祖宗对后人都不好交代。所以我拥护有关部门的主张：有选择有计划地抢救保留部分四合院。愿文化界朋友，为保持北京独有面貌多做点呼吁、游说工作。一个没有城墙的北京城已经成为世界的遗憾了，别再叫北京成为没有四合院的北京。

厂　甸

周作人

琉璃厂是我们很熟的一条街。那里有好些书店、纸店、卖印章墨合子的店，而且中间东首有信远斋，专卖蜜饯糖食，那有名的酸梅汤十多年来还未喝过，但是杏脯蜜枣有时却买点来吃，到底不错。不过这路也实在远，至少有十里罢，因此我也不常到琉璃厂去，虽说是很熟，也只是一个月一回或三个月两回而已。然而厂甸又当别论。厂甸云者，阴历元旦至上元十五日间琉璃厂附近一带的市集，游人众多，如南京的夫子庙，吾乡的大善寺也。南新华街自和平门至琉璃厂中间一段，东西路旁皆书摊，西边土地祠中亦书摊而较整齐，东边为海王村公园，杂售儿童食物玩具，最特殊者有长四五尺之糖葫芦及数十成群之风车，凡玩厂甸归之妇孺几乎人手一串。自琉璃厂中间往南一段则古玩摊咸在焉，厂东门内有火神庙，为高级古玩摊书摊所荟萃，至于琉璃厂则自东至西一如平日，只是各店关门休息五天罢了。厂甸的情形真是五光十色，游人中各色人等都有，摆摊的也种种不同，适应他们的需要，儿歌中说得好：

新年来到，糖瓜祭灶。
姑娘要花，小子要炮。
老头子要戴新呢帽，
老婆子要吃大花糕。

至于我呢，我自己只想去看看几册破书，所以行踪总只在南新华街的北半截，迤南一带就不去看，若是火神庙那简直是十里洋场，自然更不敢去一问津了。

说到厂甸，当然要想起旧历新年来。旧历新年之为世诟病也久矣，维新志士大有灭此朝食之概，鄙见以为可不必也。问这有多少害处，大抵答语是废时失业，花钱。其实最享乐旧新年的农工商，他们在中国是最勤勉的人，平日不像官吏教员学生有七日一休沐，真是所谓终岁作苦，这时候闲散几天也不为过，还有那些小贩趁这热闹要大做一批生意，那么正是他们工作最力之时了。过年的消费据人家统计也有多少万，其中除神马炮仗等在我看了也觉得有点无谓外，大都是吃的穿的看的玩的东西，一方面需要者愿意花这些钱去换快乐，一方面供给者出卖货物得点利润，交易而退，各得其所，不见得有什么地方不对。假如说这钱花得冤了，那么一年里人要吃一千多顿饭，算是每顿一毛共计大洋百元，结果只做了几大缸粪，岂不也是冤枉透了么？饭是活命的，所以大家以为应该吃，但是生命之外还该有点生趣，这才觉得生活有意义，小姑娘穿了布衫还要朵花戴戴，老婆子吃了中饭还想买块大花糕，就是为此。旧新年除与正朔不合外别无什么害处，为保存万民一点生趣起见，还是应当存留，不妨如从前那样称为春节，民间一切自由，公署与学校都该放假三天以至七天。——话说得太远了，还是回过来谈厂甸买书的事情吧。

厂甸的路还是有那么远，但是在半个月中我去了四次，这与玄同半农诸公比较不免是小巫之尤，不过在我总是一年里的最高纪录了。二月十四日是旧元旦，下午去看一次，十八十九廿五这三天又去，所走过的只是所谓书摊的东路西路，再加上土地祠，大约每走一转要花费三小时以上。所得的结果并不很好，原因是近年较大的书店都矜重起来，不来摆摊，摊上书少而价高，像我这样“爬螺蛳船”的渔人无可下网。然而也获得几册小书，觉得聊堪自慰。其一是戴氏注《论语》二十卷合订一册，大约是戴子高送给谭仲修的罢，上边有“复堂所藏”及“谭献”这两方印。这书摆在东路南头的一个摊上，我问一位小伙计要多少钱，他一查书后粘着的纸片上所写“美元”字样，答说五元。我嫌贵，他说他也觉得有点贵，但是定价要五元。我给了两元半，他让到四元半，当时就走散了。后来把这件事告诉玄同，请他去巡阅的时候留心一问，承他买来就送给我，书末写了一段题跋云："民国廿三年二月廿日启明游旧都厂甸肆，于东莞伦氏之通学斋书摊见此谭仲修丈所藏之戴子高先生《论语注》，悦之，以告玄同，翌日廿一玄同往游，遂购而奉赠启明。"跋中廿日实是十九，盖廿日系我写信给玄同之日耳。

其二是《白华绛柎阁诗》十卷，二册一函。此书我以前有，今偶然看见，问其价亦不贵，遂以一元得之。《越缦堂诗话》的编者虽然曾说"清季诗家以吾越李莼客先生为冠，《白华绛柎阁集》近百年来无与辈者"，我于旧诗是门外汉，对于作者自己"夸诩殆绝"的七古更不知道其好处，今买此集亦只是乡曲之见。诗中多言及故乡景物，殊有意思，如卷二《夏日行柯山里村》一首云："溪桥才度庳篷船，村落阴阴不见天。两岸屏山浓绿底，家家凉阁听鸣蝉。"很能写出山乡水村的风景，但是不到过的也看不出好来罢。

其三是两册丛书零种，都是关于陆氏《草木鸟兽虫鱼疏》的，即焦循的《诗陆氏疏》，南菁丛刻本，与赵佑的《毛诗陆疏校正》，聚学轩本。我向来很喜欢陆氏的《虫鱼疏》，只是难得好本子，所有的就是毛晋的《陆疏广要》和罗振玉的新校正本，而罗本又是不大好看的仿宋排印的，很觉得美中不足。赵本据《郘亭书目》说它好，焦本列举引用书名，其次序又依《诗经》重排，也有他的特长，不过收在大部丛书中，无从抽取，这回都得到了，正是极不易遇的偶然。翻阅一过，至“流离之子”一条，赵氏案语中云：“窃以鹗枭自是一物，今俗所谓猫头鹰，……哺其子既长，母老不能取食以应子求，则挂身树上，子争啖之飞去，其头悬着枝，故字从木上鸟，而枭首之象取之。”猫头鹰之被诬千余年矣，近代学者也还承旧说，上文更是疏状详明有若目击，未免可笑。学者笺经非不勤苦，而于格物欠下功夫，往往以耳为目。赵书成于乾隆末，距今百五十年矣，或者亦不足怪，但不知现在何如，相信枭不食母与乌不反哺者现在可有多少人也。

廿三年三月

北京的春节

老　舍

按照北京的老规矩，过农历的新年（春节），差不多在腊月的初旬就开头了。“腊七腊八，冻死寒鸦”，这是一年里最冷的时候。可是，到了严冬，不久便是春天，所以人们并不因为寒冷而减少过年与迎春的热情。在腊八那天，人家里，寺观里，都熬腊八粥。这种特制的粥是祭祖祭神的，可是细一想，它倒是农业社会的一种自傲的表现——这种粥是用所有的各种的米，各种的豆，与各种的干果（杏仁、核桃仁、瓜子、荔枝肉、莲子、花生米、葡萄干、菱角米……）熬成的。这不是粥，而是小型的农产展览会。

腊八这天还要泡腊八蒜。把蒜瓣在这天放到高醋里，封起来，为过年吃饺子用的。到年底，蒜泡得色如翡翠，而醋也有了些辣味，色味双美，使人要多吃几个饺子。在北京，过年时，家家吃饺子。

从腊八起，铺户中就加紧地上年货，街上加多了货摊子——卖春联的、卖年画的、卖蜜供的、卖水仙花的等等都是只在这一季节才会出现的。这些赶年的摊子都教儿童们的心跳得特别快一些。在胡同里，吆喝的声音也比平时更多更复杂起来，其中也有仅在腊月才出现的，像卖历书的、松枝的、薏仁米的、年糕的等等。

在有皇帝的时候，学童们到腊月十九日就不上学了，放年假一月。儿童们准备过年，差不多第一件事是买杂拌儿。这是用各种干果（花生、胶枣、榛子、栗子等）与蜜饯掺和成的，普通的带皮，高级的没有皮——例如：普通的用带皮的榛子，高级的用榛瓤儿。儿童们喜吃这些零七八碎儿，即使没有饺子吃，也必须买杂拌儿。他们的第二件大事是买爆竹，特别是男孩子们。恐怕第三件事才是买玩意儿——风筝、空竹、口琴等——和年画儿。

儿童们忙乱，大人们也紧张。他们须预备过年吃的使的喝的一切。他们也必须给儿童赶快做新鞋新衣，好在新年时显出万象更新的气象。

二十三日过小年，差不多就是过新年的“彩排”。在旧社会里，这天晚上家家祭灶王，从一擦黑儿鞭炮就响起来，随着炮声把灶王的纸像焚化，美其名叫送灶王上天。在前几天，街上就有多多少少卖麦芽糖与江米糖的，糖形或为长方块或为大小瓜形。按旧日的说法：有糖粘住灶王的嘴，他到了天上就不会向玉皇报告家庭中的坏事了。现在，还有卖糖的，但是只由大家享用，并不再粘灶王的嘴了。

过了二十三，大家就更忙起来，新年眨眼就到了啊。在除夕以前，家家必须把春联贴好，必须大扫除一次，名曰扫房。必须把肉、鸡、鱼、青菜、年糕什么的都预备充足，至少足够吃用一个星期的——按老习惯，铺户多数关五天门，到正月初六才开张。假若不预备下几天的吃食，临时不容易补充。还有，旧社会里的老妈妈论，讲究在除夕把一切该切出来的东西都切出来，省得在正月初一到初五再动刀，动刀剪是不吉利的。这含有迷信的意思，不过它也表现了我们确是爱和平的人，在一岁之首连切菜刀都不愿动一动。

除夕真热闹。家家赶做年菜，到处是酒肉的香味。老少男女都穿起新衣，门外贴好红红的对联，屋里贴好各色的年画，哪一家都灯火通宵，不许间断，炮声日夜不绝。在外边做事的人，除非万不得已，必定赶回家来，吃团圆饭，祭祖。这一夜，除了很小的孩子，没有什么人睡觉，而都要守岁。

元旦的光景与除夕截然不同：除夕，街上挤满了人；元旦，铺户都上着板子，门前堆着昨夜燃放的爆竹纸皮，全城都在休息。

男人们在午前就出动，到亲戚家、朋友家去拜年。

女人们在家中接待客人。同时，城内城外有许多寺院开放，任人游览，小贩们在庙外摆摊，卖茶、食品和各种玩具。北城外的大钟寺，西城外的白云观，南城的火神庙（厂甸）是最有名的。可是，开庙最初的两三天，并不十分热闹，因为人们还正忙着彼此贺年，无暇及此。到了初五六，庙会开始风光起来，小孩们特别热心去逛，为的是到城外看看野景，可以骑毛驴，还能买到那些新年特有的玩具。白云观外的广场上有赛轿车赛马的；在老年间，据说还有赛骆驼的。这些比赛并不争取谁第一谁第二，而是在观众面前表演骡马与骑者的美好姿态与技能。

多数的铺户在初六开张，又放鞭炮，从天亮到清早，全城的炮声不绝。虽然开了张，可是除了卖吃食与其他重要日用品的铺子，大家并不很忙，铺中的伙计们还可以轮流着去逛庙、逛天桥，和听戏。

元宵（汤圆）上市，新年的高潮到了——元宵节（从正月十三到十七）。除夕是热闹的，可是没有月光；元宵节呢，恰好是明月当空。元旦是体面的，家家门前贴着鲜红的春联，人们穿着新衣裳，可是它还不够美。元宵节，处处悬灯结彩，整条的大街像是办喜事，火炽而美丽。有名的老铺都要挂出几百盏灯来，有的一律是玻璃的，有的清一色是牛角的，有的都是纱灯；有的各形各色，有的通通彩绘全部《红楼梦》或《水浒传》故事。这，在当年，也就是一种广告；灯一悬起，任何人都可以进到铺中参观；晚间灯中都点上烛，观者就更多。这广告可不庸俗。

干果店在灯节还要做一批杂拌儿生意，所以每每独出心裁地，制成各样的冰灯，或用麦苗做成一两条碧绿的长龙，把顾客招来。

除了悬灯，广场上还放花合。在城隍庙里并且燃起火判，火舌由判官的泥像的口、耳、鼻、眼中伸吐出来。公园里放起天灯，像巨星似的飞到天空。

男男女女都出来踏月、看灯、看焰火；街上的人拥挤不动。在旧社会里，女人们轻易不出门，她们可以在灯节里得到些自由。

小孩子们买各种花炮燃放，即使不跑到街上去淘气，在家中照样能有声有光地玩耍。家中也有灯：走马灯——原始的电影——宫灯、各形各色的纸灯，还有纱灯，里面有小铃，到时候就叮叮地响。大家还必须吃汤圆呀。这的确是美好快乐的日子。

一眨眼，到了残灯末庙，学生该去上学，大人又去照常做事，新年在正月十九结束了。腊月和正月，在农村社会里正是大家最闲在的时候，而猪牛羊等也正长成，所以大家要杀猪宰羊，酬劳一年的辛苦。过了灯节，天气转暖，大家就又去忙着干活了。北京虽是城市，可是它也跟着农村社会一齐过年，而且过得分外热闹。

在旧社会里，过年是与迷信分不开的。腊八粥，关东糖，除夕的饺子，都须先去供佛，而后人们再享用。除夕要接神；大年初二要祭财神，吃元宝汤（馄饨），而且有的人要到财神庙去借纸元宝，抢烧头股香。正月初八要给老人们顺星、祈寿。因此那时候最大的一笔浪费是买香蜡纸马的钱。现在，大家都不迷信了，也就省下这笔开销，用到有用的地方去。特别值得提到的是现在的儿童只快活地过年，而不受那迷信的熏染，他们只有快乐，而没有恐惧——怕神怕鬼。也许，现在过年没有以前那么热闹了，可是多么清醒健康呢。以前，人们过年是托神鬼的庇佑，现在是大家劳动终岁，大家也应当快乐地过年。

前门外

肖复兴

有好几年没到前门去了。

我说的前门，不单单指前门楼子，是说前门楼子以南到珠市口，东包括打磨厂、鲜鱼口，西包括大栅栏廊房几条这一带，一般人称前门外。前门外曾经是北京最繁华热闹的地方，是外国人进京必要逛上一遭的地方，是北京的骄傲，一块风水宝地。

自明朝将京杭大运河终点码头从鼓楼积水潭南移至大通桥下，北京的商业中心便也随之从鼓楼积水潭一带南移至前门外。古代哲人说万物由水而生，看来一点儿不假，水滋润得商业肥腴，便也滋润着城市的发展。明清两代，吏、户、礼、兵、刑、工六部均设在前门内东西两侧，外地进京朝觐的官员、赶考的秀才，图方便近便贴近皇城，便都住在前门这一带。这里弥漫着官气，却也吹拂着文化气息。政治、经济、文化三色花开，自然让这一带色彩纷呈，风光超过北京外城周遭任何一处。那时，王府井都赶不上它热闹。而今流光溢彩的燕莎、蓝岛，当时更是一片荒地。前门的繁华，让整座北京城重心偏移，仿佛一艘巨轮，大多人马与辎重都压在前甲板，而使得北京“一头沉”。别的不说，光是庚子事变那一年（一九〇〇年），义和团火烧大栅栏的老德记洋药房，一夜的大火蔓延开来，烧毁的店铺就有四千多家。前门这一带该有热闹的店铺多少家吧！

前门，几百年来，曾是北京的象征。尤其是光绪二十七年（一九〇一），在前门建了火车站，只要下了火车，抬头第一眼望见的就是前门楼子，前门更成了北京的一张最赫然醒目的名片。大前门牌的香烟，就是从那以后才有的。小时候，看电影《青春之歌》，镜头里出现前门楼子，心里为它骄傲，觉得镜头里的前门楼子那么高大那么美，和林道静一般的美。插队在北大荒，看《第二次握手》的手抄本，前门楼子在小说里出现，心里也莫名为它激动，仿佛前门楼子一下子就在眼前，仿佛前门楼子就属于我自己私家的珍藏。

从一九四八年到一九六八年离开北京去北大荒插队，我在前门边上的打磨厂住了整整二十年。这二十年，是我整个的童年和青年。前门印在我青春生命的年轮里，我不能不为它隐隐地激动。

打磨厂是条老街，据史料记载自明朝初年便有了这条街。那时，房山的石匠运石制磨，最初便住在这条街西口一座破庙里。随着前门这一代繁荣发展，饭店林立，豆腐坊、酒坊以及会馆如蘑菇丛生，都需要用石磨磨面或磨别的东西，制磨的石匠便从房山涌来，越来越多，从街西口铺铺展展竟住了大半条街，“打磨厂”这名字就这样叫开了。我住在这里的时候，一家石厂也见不到了，多见的是饭馆，把街口挤得满满堂堂、热气腾腾，飘散着酒香菜香和浓浓泔水混合的气味。

我家住在靠西口较近的地方。听说往东走，是乐家的同仁堂药店的制造车间，再往东走，是老二酉堂、宝文堂书局。小时候，我在第三中心小学读书，学校就靠在我家旁边不远，是座旧庙改建的。打磨厂这条街一共东西长才三里地，光我知道的就有连同这座庙以及西口石工住过的破庙好几座。庙宇之多，香火鼎盛，足见这条街的兴隆。只是那时我一般只到西口去，很少往东走。直到考入汇文中学，才常走出东口去崇文门乘车，但已经见不到宝文堂的遗址了，只见到一些纸扇店、宫灯厂的小店铺。长大以后，曾在旧书店里看到并买过宝文堂出的书，感到很亲切，仿佛一条胡同里长大的小伙伴阔别重逢。但也感到遗憾，常埋怨自己小时候懂得太少，又没向老人求教，错过了亲眼目睹哪怕是它遗址的机会。

还让我感到遗憾的是，在打磨厂的正中间，曾有一家“顺兴刻刀张”，当时不仅在打磨厂这条街有名，在满京城乃至全国都是名声大噪的。它是道光二十七年（一八四七）就在打磨厂开张，光绪六年（一八八〇）正式挂上“顺兴刻刀张”的牌子的。这家专门经营刻刀的小店，一直到解放以后一九五六年公私合营迁厂到顺义，才离开打磨厂。那年，我正上小学二年级。可是，我对它一无所知。以后读书读到齐白石三十年代曾专门到这家小店铺买刻刀，觉得这里的刀刻石如泥，不锛刀卷刃，又觉得店家为人忠厚、心地善良，便总到他那里买刻刀，并将小店推荐给当时许多书画家。齐白石曾对店家说，你是铁匠，我是木匠，都是匠人，深知匠人的手艺不可小视。拳拳之情，可以想见。齐白石在一九三四年曾送店家一副堂联：“君有钳锤成利器，我由雕刻出神工”，并送三轴亲笔画国画：一幅螃蟹写意、一幅工笔蜻蜓和一幅工笔蝈蝈白菜。一九三六年，齐白石南归之前，又特意为小店书写了“顺兴刻刀张”的牌匾。山不在高，有仙则灵；店不在大，有名则鸣。小店使得整座打磨厂踩下了包括齐白石在内的许多大师如李桦、刘砚、古元等金石篆刻、木刻家的脚印。我后来看书中介绍“顺兴刻刀张”在打磨厂九十六号，当时我家住打磨厂一七九号，相距并不远，便愈发遗憾，失之交臂，便失之永远，起码连白石老人亲笔题写的匾额都没能看见。

那时候，不仅我一人，就连全院的大人，都很少往东去，一抬脚情不自禁就往西走。大家不知道东边有这么多妙处可去，只认为前门大街最热闹。我们大院里住着的三教九流，既有大学教授、小学老师、英文翻译、工程师，也有三轮板车工、泥瓦匠……但无论是谁，不管手头钱多钱紧，前门让他们近水楼台先得月一般，买什么都讲究，买什么都能说出个子丑寅卯。我到现在依然记得清楚：买鞋要到内联升、买帽要去马聚源、买布要逛瑞蚨祥、买咸菜要去六必居、买点心要到正明斋、买表要到亨得利、买秋梨膏到通三益、买水果糖到老大芳……就是我爸要买五分钱一包的茶叶末，也要去张一元。连我们小学生买个笔墨纸本，也要去公兴。这些店家均在前门大街这一带。大家说起到那儿去，亲热的劲儿都跟到老街坊家串门一样。

当然，像我们院里这些人家，只能到这些店去。我们这些人家再富的也逛不起廊房二条的珠宝店，但我们知道并懂得那里的珠宝地道而且名贵。德源兴的翡翠、荣兴斋的梁货（店老板姓梁，专做仿古玉器），是最有名的，国民党要员孔宋两家人以及白崇禧，都常常光顾于此。我从小就常听老人念叨这些古董，看他们得意洋洋的样子，仿佛那一枚枚玉器、翡翠，都戴在自己身上一样，便总想起他们教训我们小孩常吼的一句话："你们了不得了？不听话啦？自以为比前门楼子还高啦？"觉得他们那样子才比前门楼子还高呢，便暗暗地笑。

大家便常去的地方是大栅栏。顾名思义，这地方以前肯定有栅栏。以后看书知道高高尖尖的木栅栏堵住东、西街口，是乾隆年间的事。说穿了，不过是朝廷虚弱，怕官逼民反。那时候，北京城很多胡同都建起了这种木栅栏，不知为何以后叫大栅栏的只剩下这一条街。在明朝的北京图上看到这里叫廊房四条，在清乾隆北京图上便叫大栅栏了。据大院街坊讲，大栅栏最热闹不在于卖货店铺多，而在元宵节的花灯，各店悬挂出来的花灯各种各样，五彩缤纷，连带得四周廊房头条、二条、三条、西河沿，包括我们打磨厂都处处点燃花灯，前门大街简直成了灯的海洋。可惜，这壮观我从未见到。

大栅栏给我童年最深的印象，一是有同乐、大观楼电影院和前门小剧场，我常去那里面看电影，那一年大观楼放映立体电影，是全国头一次，排队买票的长队甩出了大栅栏，我和弟弟一大清早就去轮流排队，全家看那场杂技团精彩又笑话百出的立体电影，觉得是那么新奇。我常到前门小剧场听相声，可以随时进出，每半小时才收取一角钱，又方便又便宜。二是有家鼻烟铺叫天蕙斋，高台阶、瘦门脸，窄小得像个鼻烟壶。因为我们大院有个给外国人当翻译的老头爱闻鼻烟，常让我们几个小孩子替他跑一趟大栅栏买鼻烟，便常爬上这高台阶，看看那画得琳琅满目的鼻烟壶，偷偷闻闻给老头买的清凉得有些呛人的鼻烟。

我还常去鲜鱼口，它在大栅栏对面。据说明朝大运河南移北京终点渡口，这里常卖鲜鱼。听老人们讲这里原先有座木桥，可见得河离这里很近，但我从未见过桥，只知道它东面不远的地方，现在还叫三里河、水道子，便相信大运河起码是支汉流经这里不远。

从我家穿过长巷头条，便是大众戏院，那时，新凤霞、小白玉霜常在这里唱评戏。往西走一点，便是天兴居炒肝店，旁边是清华浴池，对面是联友照相馆。把西口的是便宜坊闷炉烤鸭店、天盛斋鞋店、马聚源帽店。小时候，没钱吃便宜坊，天兴居的炒肝可是没少尝。那时，一角钱一碗，星期天，父亲常带上我们兄弟俩，在清华池泡好热水澡，出来一人吃上一碗热炒肝。我的小学、中学毕业相都是在联友照的，插队到北大荒，冻坏了耳朵，回北京买了顶皮帽，是到马聚源买的。只不过那时马聚源已经改名叫东升鞋帽店，从鲜鱼口搬到大栅栏里去了。

鲜鱼口快到西口路东有家百货店，我妈管它叫“黑猴”，她老人家一直到临终之前还念叨“黑猴”，能走动的时候买块布之类的东西，也愿意去“黑猴”，一直到我家搬了家，“黑猴”才依依不舍和我们告了别。据我妈讲，以前这里店前摆着用楠木雕刻而成的黑猴，手捧着一个金元宝。据说，原来真有只黑猴，白天帮主人干活儿，夜晚帮主人看店，招揽得生意格外兴隆。黑猴一死，店家为感谢这只猴，特意做了这个木雕，没想到，保佑这家店越来越火红，人家忘记了它的店名，都管它叫“黑猴”……

“黑猴”也罢，马聚源也罢，鲜鱼口、大栅栏、打磨厂也罢，这里每一条胡同、每一家店铺都曾融有我童年、少年乃至青年的梦。说起前门，等于打开一本旧相册，里面有我穿开裆裤开始的一张张发黄的旧相片，总让我回忆起许多往事，怀旧的情绪浓得如一杯热酒。

我从北大荒插队回到北京，又住进打磨厂。以后，搬了家，搬得离前门越来越远。前门也渐渐离我越来越远。

前几年，一位南方朋友来北京，我陪他逛过一次前门，从肯德基方向开始一直走到珠市口。尽管我一路尽数沿街两旁的百年老店的昔日风光历史，他却止不住摇头，连连说没想到前门外竟是这样子，既看不出老，也看不出新。其实他说得挺对的，可当时，我私下心里还很不服气。

又几年过去了，前门似乎没有什么新的变化，倒是变得越来越旧。前几天，我又去了一趟前门。我从珠市口往北走，穿过粮食店街，然后穿过蔡家胡同到煤市街，然后穿过大栅栏到廊房头条，到打磨厂、鲜鱼口……一条条都是我自儿时就熟悉的胡同，一家家都是我自儿时就逛遍的店铺，公兴虽然重新装潢了茶色玻璃，内联升重新油饰一新，全聚德虽然重新盖起雕梁画栋，但大多数店铺被挤得更小了，改变门庭了，甚至没有了。而那些胡同里的宅院，各种小房挤得像罐头盒。那些低矮潮湿的房子，起码在前门外站立了一个多世纪以上，老态龙钟得让人惨不忍睹。正是华灯初放时分，高楼大厦的灯光，辉映得这些断壁残房越加灰暗醒目。刚刚倒在地上的垃圾、脏水，散发着浓重刺鼻的霉味。炉灰还在发着余热，烧得发黄的蜂窝煤将最后一缕微弱的火苗吐将出来，舔着看不见星星的夜空……

我的心一下子很沉很沉地往下坠。这里是我的前门，我可以这样说。我的青春和我生命的大部分是和这里联系在一起的。这里的历史，是属于北京的，同时也是属于我的。我觉得它不该是这样子。当然，我并不是说它一定要变得时髦而金碧辉煌，如同燕莎、蓝岛那般簇新。它本来就不属于新潮，也没有必要非去追逐新潮。但它起码要保持、挖掘自己的特色。没有了特色，它便很容易被湮没，湮没在日新月异的变化之中。

或许，花开得最热闹的，最容易凋谢？前门外自明朝已经风光了几百年历史，风水轮回该让位于新兴的闹市区？潮起潮落，方才使得历史和城市平衡？前门，命定一般只剩下一个枯萎的标本横躺在北京现实之中，或是一曲怀旧的老歌录制在城市民谣的磁带之中？

就不能抖擞一下精神，恢复一下生气？将几百年的历史，化沉重为财富？就不能把百年乃至几百年老店也塑造成肯德基、麦当劳历久常新的形象？就不能把前门外辟成一片古色古香流韵悠长的古代商业街？勾画出一幅须眉毕现淋漓尽致的清明上河图？我们不是很有本事也很舍得破费财力去平地建造新的宋城、唐城，乃至老北京微缩景观吗？

真的，我很为前门不平，不服这口气。也许，说着轻巧，干起来难，几百年尘埋网封厚重的历史，并不是一页页轻轻翻得过去的书。

我忽然想起“文化大革命”中，“破四旧”破到前门大街上，要把这些百年老店统统改一个革命化的新名字，我一直在琢磨这件事。虽然，不少店改得火红一片，“左”得炙手可热。那些最能代表前门的老店没这样改，它们即使被迫无奈，改得也依然古风悠长、韵味十足，并未流俗而立马儿蓬随风转。比如：月盛斋改为“京味香”、便宜坊改为“新鲁餐厅”、通三益改为“秋江食品店”、大北照相馆改为“新北京”、六必居改为“宣武酱菜园”、亨得利改为“晨钟”……这是个奇怪的现象，现在看来无所谓，但在当时那种形势下，敢于并极富智慧地如此更名换姓，并非所有人都能够干得出来的。前门这一带，必有能人。我便相信前门外绝不甘心就这般模样！

这几年，再去看看前门！

京　白

黄　裳

以前曾经有人称话剧为“道白剧”。如果狭义地说来，这个定义倒是不错的。尤其是，有些小戏，结构简单，没有什么太深的意义，讨好全在演出者语言的技巧，由此想到话剧的语言问题，又想到旧剧中的京白，很有一些话想说。

旧戏中的京白，普通是小丑、花旦，用得最多，有时老生、花面、小生……也间或在韵白之中掺杂两句京白进去，往往能够使人精神一振，觉得这实在大有道理。然而说京白而真能说得好的，却实在甚少甚少。

四大名旦之中，程砚秋不大说京白，即偶尔唱两出《能仁寺》之类也不见精彩。梅兰芳雍容华贵，京白极好。我当面听他说普通话，居然也嗓子细得比女人还要细，出语更是委婉。如在台上，更加意一描摹，其妙可想。梅的代表作大约可推《四郎探母》的公主了。身份是天潢贵胄，又是盈盈少妇，梳两扮头，穿旗袍，着高底鞋，那真是绝代风华，更加他的甜而娇的口吻，听戏时真可享受一种不可言说的感印，美极了。

荀慧生的小姑娘戏绝美，如《大英节烈》《得意缘》之类，声口如画，而绝对不是大家闺秀，其京白甜而细碎而糯，又是一种风光。后辈得传其妙者不见有人，毛世来也还不错。

筱翠花的京白，又是另一路，如市井妇人，倚门思夫，说年纪大约在三十左右，已非小姑娘，或竟是半老的徐娘，话语中间自然更多一种深沉爽辣（这两个形容词看来有些矛盾，然而确是如此），我想欣赏这一类白口的大约是年纪稍大的人。

这三种不同的京白，大约可以代表了京戏中的女人。自然还有一种，如盖三省所演之禁婆（《金锁记》）、芙蓉草所演《法门寺》中的刘媒婆，与《四郎探母》中之萧太后，然而这毕竟所占的比重较小而较不重要了。

有人说这种京白非北京土著不办。我以为也未必尽然。纯粹的京片子是颇讨厌的，大约只有小丑可用，其“贫”，可以助小丑的描绘性格，然而铁镜公主或何玉凤出此口吻则不免恶形。

从此又想到“国语问题”，一种糅合了京白与吴语或别地方言的所谓新国语，大约可以认为最合“标准”也许是有道理的。

话剧演员中自然有不少北方人，然而以南人学北语者更多，然而他们大抵不大喜欢研究京白，以致所说的对白有时非驴非马，使人听之气沮，此种现象在国产电影中尤为显著。我不是说演戏非先学标准的京片子不可，然而这毕竟是不可或缺的条件。佐临先生是天津人，他导演起来大约满口“天津卫”，有时我觉得“天津卫”是颇合乎幽默条件的，佐临先生善导喜剧，这里面大可加一些说“卫嘴子”的朋友，在形象化的一点上讲来，或可大有效果，也未可知欤！

一溜河沿

张中行

不记得谁说的话，人生如蓬飞萍转，我也以未曾料到的机缘，于三十年代末迁到后海北岸，一住就是三十年以上，直到六十年代末，被动到朱元璋的家乡，接受干校的改造，才含泪离开。三十年以上，上寿以百年计，也占了三分之一，霜晨月夕，柳色钟声，可怀念的不少。大题只能小做，也因为约稿的徐秀珊女士表示对水滨的烤肉季有兴趣，所以决定略放大，兼及其四围，写一溜河沿。

一溜河沿在前海的东北角，其西端是银锭桥；桥南北向，桥北往西行是后海北岸，东行即一溜河沿，街巷牌子写义溜胡同。胡同沿水滨，迤逦往东转南，再转东，过火神庙后身，出口是地安门外大街，北望，不远是鼓楼，南行，不远是万宁桥，俗名后门桥。三四十年代，胡同的南面（转南为西面），有些地方没有房屋；仅有的一些房屋，也大多矮小简陋，只有小楼杨的两层小楼是例外。我的住址在银锭桥以西，沿后海北岸西行约二百米，北望有个广化寺，寺西边一个门就是。住在这里，买物，或有事出门，都要东行。路线两条，靠北是烟袋斜街，靠南是一溜河沿。较少的时候，比如夏天逛荷花市场，要过银锭桥后西南行；逛德胜门小市或往积水潭，要沿后海北岸西行。我的印象，穿行次数最多的是一溜河沿，因为不只便于到它东口外的邮局，略南行还可以买到大葫芦的甜酱萝卜，以及茶汤、灌肠、花生等等。与今日琉璃厂的金碧辉煌相比，记忆中的一溜河沿是残破的；但正如秦砖汉瓦，残破也未必就没有价值。正面说，其中也颇有些可珍重的，尤其昔日有而今日难得再见的，就更值得怀念，也就值得说说。

值得说说的主要在银锭桥以东未转向南的一小段，计有三家，都在路南，靠水边，由东向西是：爆肚张，小楼杨，烤肉季。爆肚张的爆肚，据说在北京也颇有点名气，可是我没吃过。不去吃，是因为其时有两三个间或对面喝二两的朋友，惯于到鼓楼前路西的四合义酒铺，那里门口也有卖爆肚的。酒铺宽敞，又人熟，酒酣耳热，即使自己不敢或不肯胡说八道，也可以听胡说八道，就算是一日之弛吧，总比单单吃一碗爆肚有意思。

小楼杨是个茶馆，楼上下各一间，楼下门北向，喝茶上楼，南窗明亮，可以饱看前海的东半。铺主想当姓杨，身量很高，总在一米八以上吧，腰际身后总插个大长烟管。这表示他的为人是老一派。老一派还表现在风度方面，是沉静严谨，矜持之中透露一点点不在乎。不在乎来于自视很高。这仍有来由，据鼓楼东得利复兴书铺的张髡老先生说，杨虽然以卖茶为业，所交往则多文人雅士，如为《燕京岁时记》书写序文的庆珍就是座上的常客。可惜其时我没有坐茶馆的余裕，以致知道有这样一个可以雅集的地方，竟交一臂而失之。

小楼的西邻是烤肉季，也是路南紧靠水边，比一间屋略大，简陋如临时工棚。南面没有墙，为的烤和吃的时候可以兼欣赏波光树影。屋内偏东设两个烤肉支子，木底座有圆桌那样大，周围有四条板凳。那时候北京人不多，外地人尤其少，来北京办事，都住在前门外一带，所以烤肉虽然小有名气，像现在，座上客常满，还有不少立等的，几乎没有。人少，与“人多力量大”的高论不合，但有人少的好处。可以举出多种。一是清爽，入门去吃，没有拥挤之感，这就不像现在，入门要抢座，抢不到要忍耐。二是可以用古法吃，所谓古法，主要包括两项。一项是自烤，即用长竹箸夹自己在作料碗里搅拌好的肉片往下燃松木的铁支子上放，其后是可以眼看油烟上腾，耳听肉片触热支子时的嗞嗞声，鼻嗅焦煳的肉香，再其后还容许自由散漫，就是，你喜欢吃嫩些的就少翻腾几下，喜欢吃老些的就多翻腾几下。另一项是烤和吃的姿势，据不成文法，要左腿上提，蹬在板凳上，然后举白干之杯，同声喊“干”，以显示这是吃烤肉，有游牧之风，与“履舄交错”的情况不同。以上这些都有诗意。再补充些与诗意少关联的，是所吃肉片是牛肉，因为是精选的，我的印象，反而比羊肉味道好。吃烤肉也要有今日咖啡所谓伴侣，前半是白干，后半是烧饼。烧饼是路北一家烧饼铺供应的，趁热送来，也有不成文法，要破个口，把烤好的肉片夹在里边吃。总之，前前后后都要有些“野”意，与闺秀的娇柔相反，所以那时候，没见过妇女来照顾的。烧饼之后还有小米粥，是烤肉季自做，烧饼夹肉吃多了，难免火力大，吃碗粥解解也不坏。还有好处之三，由理财专家看最重要，是价不高，因为彼时商业还是行孟老夫子的古法，逐什一之利，不像现在，逐什五甚至什六之利，还难免以粗代精。上面说过，六十年代末我离开这后海故居，于是连带与烤肉季也断了来往。是八十年代中期，在饮食公司工作的乡友凌公招待吃饭，说了几个地方，让我选择，其中有烤肉季，我想温昔年之梦，选了烤肉季。到那里，才知道路南的简陋木棚已经变为路北的两层金碧辉煌。上楼，原来的土地变为地毯的软绵绵。供应的食品更大变，以菜为主，烤肉成为附庸，而且是羊肉。烤肉的支子不见了，因为不许自烤，也就不能见支子上的烟气，嗅到嗞嗞时发出的肉香。要了一盘，也许因为有旧时的记忆，觉得不好吃。时移则事异，又有什么办法？过去的只好让它过去吧。

剩下的只有记忆。想了想，来往于一溜河沿几十年，可记的又不只是口腹之欲。计还可以举出两事，都是有关长物的。其一是修理砚盒。是六十年代前期，听说一溜河沿还有个经营小器作的老师傅，也许还能接些外活。多年来我喜欢旧砚，陆续收了一些，其中有的木盒有残缺，当然想化残缺为完整。于是到一溜河沿去找，没费力就找到，在转南不远的路东。老师傅名温连科，年过花甲，朴实而和气。我说明来意，他说还有些零碎旧料，可以试试。我送去三件：琅嬛砚山，红木底座缺一个腿；龙尾歙砚，红木盖缺一条；松花石玉兔朝元砚，红木盒一处破裂。过几天交工，说只有那个腿，因为碰巧有一块紫檀，没用红木。工做得很细，三件收四元五角。就是这位师傅，不久病倒，以致其后修理一个井字砚的木盒，不得不远走东琉璃厂，去求另一位师傅。其二是买一个字卷。转南再转东，路南住一个姓杨的中年人，在后门一带摆书摊，同我熟，不知以何机缘，买来一批书画，其中有不少清人书札。我得消息晚，未能捷足先登，去看，只剩两三件人家不要的。其中一件，俗名手卷，小巧玲珑，裱工很好，张伯英题签是“祝枝山临景龙观钟铭勺圃审定真迹藏之小来禽馆己未重装”，字不假，里面收藏章，鲍东方（名震）的也不假，可是祝枝山的字不真。价甚廉，只二元，我收了，不是为欣赏，是觉得，这有如花花世界，真真假假，虚虚实实，有时取出，作为一例，跳到局外看，也好玩。且说这一件，至今还卧在敝箧里，是因为《景龙观钟铭》以及祝枝山，都与革命不革命拉不上关系。至于另一件，也是个字卷，千真万确出于莫友芝之笔，只因为莫曾入曾国藩幕府，又文中曾两次提到粤匪，怕万一红卫英雄也略知历史，用株连法，性命攸关，就毅然付之丙丁了。

说到秦火，有离题万里之嫌，还是转回来说一溜河沿。它变了，逝者如斯，不舍昼夜，万事都是如此，也就不必多说。这是一面。还有另一面，是记忆中的不变，这就会引来加倍的怀念。怀念，情也，依古训，“情动于中”会“形于言”，此情有没有形于言呢？找了找，只得一首怀念旧家的《浣溪沙》，文曰：“午梦悠悠入旧家，重门掩映碧窗纱。夕阳红到马缨花。帘内似闻人语细，枕边何事雀声哗。消魂一霎又天涯。”西移了二百米，能够算数吗？我想也未尝不可，盖古人早已用过，曰“乞诸其邻而与之”，虽不合圣道，但醋总是酸的，能用，也就不必苛求了。

京城风味

吃在北平

唐鲁孙

北平自从元朝建都，一直到民国，差不多有六百多年历史，人文荟萃，在饮食服御方面，自然是精益求精，甚且踵事增华，到了近乎奢侈的地步。民国初年，四九城无论哪一类铺户，只要向京师警察厅领张开业执照，就可以挑上幌子，正式开张大吉了。当时够得上叫饭馆子的，最盛时约莫有九百多户，接近一千家，真可以说是洋洋大观，集饮食之大成。

饭庄子

说到北平的饭馆子，大都可分为三类，第一种是饭庄子。所谓饭庄子，全有宽大的院落，上有油漆整洁的铅铁大罩棚，另外还得有几所跨院，最讲究的还有楼台亭阁！曲径通幽的小花园，能让客人诗酒留连，乐而忘返；正厅必定还有一座富丽堂皇的戏台，那是专供主顾们唱堂会戏用的。这种庄馆，在前清，各衙门每逢封印、开印、春卮、团拜、年节、修禊，以及红白喜事、做寿庆典，大半都在饭庄子里举行，一开席就是百把来桌。

北洋时期，有一年张宗昌在南喜峰口一带，跟冯玉祥的西北军来了一次直鲁大交兵，结果大获全胜，长腿将军在高兴之余，要在南口战场犒赏三军，派军需到北平找饭馆。承应这趟外会，一合计要订一千桌到一千五百桌酒席，买卖倒是一桩好买卖，可是大家只有你瞧着我，我瞧着你，彼此干瞪眼，谁也不敢接下来。后来还是忠信堂的大拿（即大管事）崔六有点胆识，跟店东一合计，奓着胆子，把这号大买卖接下来了。

桌椅方面倒不用发愁，在战场上大摆酒筵，大家都是席地而坐，至于盛菜用的杯盘碗盏，因为数量实在太多，着实让崔头儿伤了点脑筋。后来他终于把城里城外，所有跑大棚口子上的家伙，全给包了下来，这个问题才算解决。可是炒菜的锅，上哪儿去找那么大的呀？到底人家崔六有办法，他把北京城干果子铺炒糖栗子的大铁锅，连同大平铲，一股脑儿都运到南口前线，当炒菜锅用。当然炒虾仁也谈不到平底锅，炒七铲子半起锅了。可是一开席，煎炒烹炸熘氽烩炖样样俱全，苦战几个月的阿兵哥，整天啃窝头喝凉水，成年整月不动荤腥的老哥们，现在山珍海错，罗列满前，一个个狼吞虎咽，有如风卷残云，一霎时碗底朝天，酒足饭饱，欢声雷动。

南口大会餐，弟兄们这一顿猛吃，可就把忠信堂的买卖哄起来了。后来只要是军方请客，大家都离不开忠信堂。以上这段虽然是闲扯，但也可以说明当初北平饭庄子做生意，有多大魄力了。

北平饭庄子，虽然以包办筵席为主，可是家家都有一两样秘而不宣的拿手菜，到了端午中秋或者是年根底下，才把认为可交的老主顾，请到柜上来吃一顿精致而拿手的菜。一方面是拉拢交情，一方面是显显灶上的手艺，炫耀一番。

以东城金鱼胡同福寿堂来说吧，端午节柜上照例请一次客，准有一道他家的拿手菜，“翠盖鱼翅”。北平饭庄子整桌酒席上的鱼翅，素来是中看不中吃的。一道菜，一个十四寸白地蓝花细瓷大冰盘，上面整整齐齐铺上一层四寸来长的鱼翅，下面大半是鸡丝、肉丝、白菜垫底，既不烂，又不入味，凡是吃过广府大排翅、小包翅的老爷们，给这道菜上了一个尊号，称之为“怒发冲冠”。话虽然刻薄一点儿，可是事实上确然不假，并没有冤枉他们。

人家福寿堂端阳节请卮的翠盖鱼翅，可就迥然不同了。这道菜他们是选用上品小排翅，发好，用鸡汤文火清炖，到了火候，然后用大个紫鲍、真正云腿，连同劏好的油鸡，仅要撂下的鸡皮，用新鲜荷叶一块包起来，放好作料来烧，大约要烧两小时，再换新荷叶盖在上面，上笼屉蒸二十分钟起锅，再把荷叶扔掉。另用绿荷叶盖在菜上上桌，所以叫“翠盖鱼翅”。鱼翅本身不鲜，原本就是一道借味菜，火功到家，火腿鲍鱼的香味全让鱼翅吸收，鸡油又比脂油滑细，这个菜自然清醇细润，荷香四溢而不腻人。不过人家柜上请客，一年一次，除非是老主顾，恐怕吃过的人还真不太多呢。

北城什刹海的会贤堂，因为什刹海是消夏避暑胜地，会贤堂占了地利的关系，所以夏季生意特别兴旺。究其实，这个饭庄子并没有什么拿手好菜，只是下酒的冷盘种类特别多，尤其是河鲜儿“什锦冰碗”，那是别家饭庄子比不了的。

据说会贤堂左近有十亩荷塘，遍种河鲜菱藕，塘水来源跟北府（北平人管醇亲王府叫北府，也就是光绪、宣统的出生地）同一总源，都是京西玉泉山天下第一泉的泉水，引渠注入，因此所产河鲜，细嫩透明，酥脆香甜；比起杭州西湖的莲藕，尤有过之。特别是鲜莲子颗颗粒壮衣薄，别有清香。

此外河塘还产鸡头米（又名芡实米，南方入药用）。普通鸡头，都是等老了才采来挑担子下街吆喝着卖，卖不完往药铺一送，顶多采点二苍子（不老不嫩者叫二苍子），应付应付老主顾，刚刚壮粒的鸡头，极嫩的煮出来呈浅黄颜色，不但不出分量，药铺也不收，所以谁也舍不得采。可是会贤堂因为是供应做河鲜冰碗用的，越嫩越好，也就不惜工本了。

冰碗里除了鲜莲、鲜藕、鲜菱角、鲜鸡头米之外，还得配上鲜核桃仁、鲜杏仁、鲜榛子，最后配上几粒蜜饯温朴，底下用嫩荷叶一托，红是红，白是白，绿是绿。炎炎夏日，有这么一份冰碗来祛暑消酒，的确令人心畅神怡，这种配合天时地利的时鲜，如果在台北大餐厅大饭店有售，价格一定高得惊人。

记得有一年夏天，熊秉三、郭啸麓发起在会贤堂举行一次消夏雅集，所有当时在京担任过财政部总长次长的，如张弧、王克敏、曹汝霖、梁士诒、周自齐、高凌蔚、夏仁虎、凌文渊、王嵩儒等各路财神，一网打尽，结果给香山慈幼院捐了一笔颇为可观的经费。这次消夏雅集，就是用会贤堂时鲜冰碗招徕的财富，北平一家报纸曾把这次雅集改名叫“财神爷大聚会”，时鲜冰碗起名叫“聚宝盆”，可以说是谑而不虐的一个小玩笑。

地安门外的庆和堂，算是北城最有名的饭庄子了，他的主顾多半是住在北城王公府邸的，所以他家的堂倌，都经过特别训练，应对进退都各有一手。他的拿手菜叫“桂花皮炸”（读如渣），说穿了其实就是炸肉皮。不过，他们所用的猪肉皮都是精选猪脊背上三寸宽的一条，首先毛要拔得干干净净，然后用花生油炸到起泡，捞出沥干，晒透，放在瓷坛里密封，下衬石灰防潮及湿，等到第二年就可以用了。做菜时，先把皮炸用温水洗净，再用高汤或鸡汤泡软，切细丝下锅，加作料武火一炒，鸡蛋打碎往上一浇，撒上火腿末一搂起锅，就是桂花皮熗。松软肉头，香不腻口，没吃过的人，真猜不出是什么东西炒的。

这个菜可以说是地地道道北平菜，台北地区开了那么多北方馆，您要是点一个桂花皮熗，跑堂的可能就抓瞎啦。

西城的饭庄子有聚贤堂、同和堂，妙在两家同在西单牌楼报子街，相隔不过是几步路。聚贤堂三面有楼有戏台（据说戏台是白虎台，男女名角都不愿意在那儿唱堂会，怕出岔子），比较新式点。同和堂虽然没有戏台，可是院落多，纯粹老派儿，有几个跨院花木扶疏，曲径朱槛，知己小酌，如同在家里请客一样，毫无市井烟火气。

同和堂有一道拿手菜叫“天梯鸭掌”，舍间跟他们交往多年，笔者也仅仅吃过一回。这个菜的做法，是把填鸭的鸭掌，撕去厚皮，然后用黄酒泡起来，等到把鸭掌泡到发涨，鼓得像婴儿手指一般肥壮，拿出来把主骨附筋一律抽出来不要，用肥瘦各半的火腿，切成二分厚的片，一片火腿夹一只鸭掌；另外把春笋也切成片，抹上蜂蜜，一起用海带丝扎起来，用文火蒸透来吃。火腿的油和蜜慢慢渗过鸭掌笋片，非常濡润适口，比起湘馆的富贵火腿，本身已经厚腻饱人，再加上蜜莲垫底，要高明多了。春笋切片，好像竹梯，所以名之曰天梯鸭掌。自从民国二十几年歇业后，这道菜久已失传，甚至提起菜名，都没有人知道了。

聚贤堂拿手菜是“炸响铃双汁”，北平人虽然不讲究吃明炉乳猪，但是盒子铺天天都卖脆皮炉肉的，逢到郊天祭祖，更有用烤小猪祭祀的。响铃就是把烤好小猪的脆皮回锅再炸，就叫炸响铃。自从有了屠宰税，在北平想吃一回烤小猪，那麻烦可大了，这儿缴捐，那儿纳税，填表领证，跑东跑西，闹了个人仰马翻，还不一定准能吃到嘴，谁能为了吃，惹那么多麻烦呀！再加上年头不景气，大家都没有闲情在吃上动脑筋了。可是如果在聚贤堂摆席请客，还能吃得着炸响铃。因为西单大街有一家酱肘子铺，叫“天福”的，外带肉杠，生意做出了名，每天都要烤几方炉肉卖，当然不时碰到了薄皮仔猪。聚贤堂跟“天福”街里街坊，做了多少年买卖，红白寿庆还过堂客（有喜庆事内眷往来叫过堂客），交往深厚，有“炸响铃”这道菜，就是从“天福”匀来炉肉炸的，加上甜咸勾汁双浇，慢慢就成了聚贤堂的门面菜了。如果拿来下酒，比起炸龙虾片的虚无缥缈，似乎有些咬劲，耐于咀嚼。

南城外本来也有几个像样的大饭庄子，后来由于各式各样的饭馆子愈开愈多，同时要唱堂会有正乙祠、织云公所、江西会馆，比一般饭庄子又宽敞又豁亮，后来陆陆续续撑持不住，关门歇业，最后只剩下一个取灯胡同同兴堂。要不是梨园行鼎力支持，也早就垮台了。

梨园行凡是祭祖、唪圣、拜师、收徒，还有拜把兄弟焚表结义，同兴堂对这一套准备得周到齐全，大家也不约而同，都到同兴堂来举行。

他家有一点一菜都很出名，菜是“烩三丁”，所谓“三丁”是火腿、海参、鸡丁。火腿不用说，要选顶上中腰封；海参当然是用黑刺参，绝不会拿海茄子来充数；至于鸡丁，必须是带鸡皮的活肉，不能掺一点胸脯肉。因为用料选得精，再加上所用芡粉是藕粉加茯苓粉勾出来的，薄而不澥，因之吃到嘴里，没有发柴发木的感觉。白石老人齐璜生前最欣赏他家的烩三丁。余叔岩收李少春为徒，在同兴堂谢卮，有齐老在座，特别推荐他家的烩三丁，经过大家品尝，全都赞不绝口，一连来了三碗烩三丁，彼时老人牙口已弱，独据一碗，以汁蘸馒头吃，一时传为美谈。后来文人墨客凡是到同兴堂吃饭，都要叫个烩三丁来尝尝。

他家“枣泥方谱”也做得特别地道。在北平枣儿虽然不值钱，可是枣儿大有好坏。郎家园有一种紧皮枣，晒干之后，个儿不大，可是肉厚香甜，他家就是用这种枣子做枣泥馅儿，绝不加糖，蒸出来的方谱是天然枣香自来甜，方谱是用木头模子刻出来蒸的。北平昆曲花脸名票胡井伯，收戏曲学校费玉策做徒弟，在同兴堂磕头，胡爷跟同兴堂东家是把兄弟，特地把珍藏一套二十四块全本三国志木刻模子拿出来，做了三份，可惜不知道是什么人的手笔，真有几方布局，线条非常雅致，而且神情刻画得栩栩如生。后来北平名画家陈半丁特别情商，借出来送到琉璃厂淳菁阁南纸店，每块都请姚茫父题了词，拓刻印成诗笺。笔者当时也分到了几盒，可惜都没带到台湾来，否则也让现在年轻人瞧瞧，咱们中国吃喝还有一套艺术呢。

其他还有许多饭庄子，各家有各家的拿手菜，在此处不再多谈，下面再说第二种饭馆子。

饭馆子

北平的饭馆子以成桌筵席跟小酌为主；虽然也应外会，顶多不过十桌八桌，至于几十上百桌的酒席，就很少接了。

北平最有名的饭馆子第一要数东兴楼。据说东兴楼是一位山东荣成老乡，向西太后驾前大红人总管太监李莲英领东开的。李在内廷吃过见过，所以东兴楼有几样菜，拿出来确实有独到之处。

先拿他家“烩鸭条鸭腰加糟”来说吧，那是所有北平山东馆谁也比不了的。不但鸭条选料精，就是鸭腰也都大小均匀，最要紧配料是香糟。东兴楼对面紧挨着真光电影院，有一家酒店叫“东三和”，大概在明朝天启年间就有这个酒店了。传言天启帝微服出巡，曾经光顾过这家酒店，后柜有一块匾，写着“皇庄老酒”四个大字，就是天启皇爷的御笔。东兴楼熘菜烩菜所用的白糟，都是东三和的老糟，所以有一种温醇浥浥的酒香。

此外，“盐爆肚仁”“炸肫去边”“乌鱼蛋格素”都算是东兴楼的招牌菜。他家酒席上的炸肫，一律用白地蓝花大瓷盘上菜，顶多十三四块炸肫，看起来真真是一碟心。您如果问他们为什么不多炸几块，堂倌一定回说这是牙口菜，嘴快的也不过吃两块，要是炸一满盘，一人来上七八块，腮帮子都嚼酸了，后来的菜也没法吃了，下回谁还再来照顾东兴楼呀。想不到他们还真有一套吃的理论呢。至于乌鱼蛋实际就是乌鱼子，叫乌鱼蛋比较好听，每个大约拇指大小，要收拾得越薄越好，下水一汆就吃，既鲜且嫩，台北的山西餐厅有时候有这个菜，那不过是聊备一格而已。

北平的淮扬馆锡拉胡同的玉华台，确实不错。白案子是清朝末年大吃客杨世骧家里培植出来的，一笼“淮城汤包”，抓起来像口袋，放在碟子里两层皮，就是淮城人尝了，也赞不绝口，认为在淮城也没吃过这么好的汤包。后来，玉华台的淮城汤包出了名，牛气到了凡是小酌客人来吃，回说不卖汤包，要整桌酒席两道点心一甜一咸，才有汤包给您吃呢。走遍大江南北，玉华台的汤包可以说是头一份儿了。

北平隆福寺街有一家北方馆，介乎饭庄饭馆之间，叫“福全馆”，正院也有一座精巧的戏台，凡是小型堂会宾客不多，大半都爱在福全馆来举行。记得有一年盐业银行张伯驹唱《失空斩》，余叔岩配王平，杨小楼饰马谡，王凤卿饰赵云，这出在梨园界轰动一时的戏，就是在福全馆唱的。他家最有名的菜是“水晶肘子”，大家所以欣赏他家这道菜，就是肘子上的毛拔得特别干净。要是夏季，您在福全馆正院大罩棚底下，邀上三五知己，来两斤竹叶青，弄一盘冷玉凝脂、晶莹透明的水晶肘儿下酒，倒别有一番风味。

南城外江浙馆要数春华楼最雅致了。他家店东不但为人风雅四海，而且精于赏鉴，他跟湖社弟子画马名家马晋（号伯逸）交情莫逆。虽然马伯逸长年茹素礼佛，可是一得空就到春华楼串串门子、聊聊天。春华楼每间雅座，都挂满了时贤书画，大半都是酒酣耳热即兴挥毫，真有几件神来之笔。就拿旧王孙溥二爷来说吧，他最爱吃春华楼“大乌参嵌肉”，一盘大乌参端上来，要是在座的都是比较随便的朋友，我们溥二爷就要“三分天下有其二”了。

笔者最欣赏春华楼的“银丝牛肉”，肉丝切得特细，而且不像广东菜馆，因为求其肉嫩，把牛肉又拍又打，外加小苏打，嫩则嫩矣，可是原味全失。人家春华楼的“银丝牛肉”，全凭刀功火候，嫩而有味，同时垫底的银丝，炸得也恰到好处，绝不会有炸得太焦、炸得不透、塞牙碍齿的情形。到春华楼而不点“银丝牛肉”者，可以说虚此行矣。

宣武门外半截胡同有个“广和居”，算是饭馆子资格最老的一家了，此居历经嘉、道、咸、同、光、宣，一直到民国十六年北伐前后，根据历代贤臣大儒、逸士名流私家记载，凡是雅集小宴，都离不开广和居。潘炳年的“潘鱼”，吴闰生的“吴鱼片”，江藻的“江豆腐”，都是教给广和居的厨子研究出来的名菜。可惜民国二十年左右广和居就封灶歇业，灶上掌勺的头厨，被西单牌楼“同和居”揽了过去。

提起同和居，也是光绪年间的买卖。想当年各位朝臣散了早朝，差不多都到西四北的“柳泉居”聚会议事，或者是缸瓦市的“砂锅居”。由于柳泉居太吊脚，砂锅居只卖烧燎白煮，完全在猪身上找，既腻人，又单调，于是同和居就应运而生。

同和居有道甜菜叫“三不粘”，不粘筷子，不粘碟子，不粘牙齿；所以李文忠的快婿张佩纶给这道菜起名“三不粘”。同时同和居的混糖大馒头半斤一个，也很有名，中午一出屉，真有住在南北城的人赶来买大馒头的。

另外，同和居后院有一排精致的小楼，每间雅座都可以远眺阜成门大街。早年，东华门、西华门三里左近，都不准建造楼房，以免俯瞰内廷。同和居后楼，恰巧刚在范围之外，逢到慈禧皇太后驾幸颐和园避暑，凤辇都要经过阜成门大街西去，小楼一角，看个正着。只要西太后西山避暑，同和居楼上雅座必定是预订一空，谈起来也算一段小掌故呢。

前门外大栅栏有一家叫“厚德福”的河南馆子，门口是两扇广亮黑漆大门，一点也不起眼的小招牌，挂在大门里头。到了晚上，门口只有一盏鬼火似的电灯，乌漆麻黑。

初到北平的人，逢到有人请在厚德福吃晚饭，时常在大栅栏走上两三个来回，也没找着厚德福；因为他家的招牌太小不起眼，外搭着饭馆子门口，实在看不出是个饭馆子来。

据说从前厚德福是个鸦片烟馆，后来一禁烟，仍旧用原名改成了饭馆。开大烟馆自然不需要明灯招展，可是改成饭馆之后，老板迷信风水，认为风水不错，就一仍旧惯了。所以尽管门里灯火通明、锅勺乱响，可是门口一灯摇曳，怎么看也不像个饭馆子。

河南菜最有名的是吃鲤鱼，厚德福的“糖醋瓦块”的确比别家做得出色。笔者在开封郑州都吃过这个菜，不是略带土腥味，就是肉嫌老，实在吃不出妙在哪里。

据说黄河鲤讲究当场摔杀下锅，但是黄河水泥土味重，网上来的鱼，一定要在清水里养个三两天，把土腥味吐净，然后再杀才能好吃。同时鲤鱼是逆流而上的，所以鱼肉虽然活厚，可是筋也特别坚韧，非得好手名庖，懂得抽筋的，先把大筋抽掉，肉才鲜嫩好吃。厚德福的糖醋瓦块与众不同就在此处，如果带句话要宽汁，他一定附带一盘先煮后煎的细面条，拿卤汁拌面非常爽口开胃，比起此地“西湖醋鱼拌面”，可以说滋味大有不同。

厚德福还有一绝“铁锅蛋”，端上来的时候一边冒着轻烟，一边还吱吱叫，“热香嫩”三字可以说兼而有之。比别家用铜锅烤出来的，似乎不大一样。

北平的云南馆子，只有中央公园的“长美轩”独一份。大家不要认为游乐场所的饭馆子，都是菜不好，而且乱敲竹杠的，长美轩就是例外。他家做菜所用的火腿，是真正从云南来的大云腿，一味“云腿红烧羊肚菌”，一味“奶油菜花鸡坳菌”，除了昆明以外，恐怕只有长美轩才能尝到这样真正的滇菜精华了。可惜“七七事变”，抗战军兴，这个馆子也跟着关门了。

民国二十年前后，北平又开了三家比较新派的山东馆，是泰丰楼、新丰楼、丰泽园，同行管他们叫“登莱三英”。泰丰楼有个菜叫“鸳鸯羹”。这个菜最小要用中海碗盛，一边是火腿鸡蓉，一边是豆泥菠菜，中间用紫铜片搽上油，弯成太极图形隔好，上桌时再将铜片抽去。因为油的关系，两不相混；一边粉红，一边翠绿，不但好看，而且好吃。

另外一道汤叫“茉莉竹荪”，竹荪汤以前在内地本不稀奇，可是他家竹荪汤有花香而无熟汤子味。宋明轩主冀察政务委员会时期，极爱喝他家的茉莉竹荪汤，所以在廿九军驻扎平津一带时期，茉莉竹荪汤算是当时一道时髦菜，还很出过一阵风头呢！

新丰楼的拿手菜是“锅塌比目鱼”，本来锅塌一类的菜是山东馆的拿手活，可是新丰楼的锅塌比目鱼显得特别好吃。后来廊房头条撷英西餐馆，有个“铁扒比目鱼”也很出名，他是把比目鱼架在铁架子上，用大瓷盘托到客人面前自取，其实说穿了，就是脱胎新丰楼的比目鱼，换个上菜方式而已。

丰泽园开在煤市街，在“三英”中属于后起之秀。他家的“糟蒸鸭肝”，不但美食而且美器，盛菜的大瓷盘，不是白地青花，就是仿乾隆五彩，盘上罩着一只擦得雪亮光银盖子。菜一上桌，一掀盖子，鸭肝都是对切矗立，排列得整整齐齐，往大里说像曲阜孔庙的碑林，往小里说像一匣鸡血寿山石的印章。这个菜的妙处第一毫无腥气，第二是蒸得火功恰到好处，不老不嫩，而且材料选得精，不会有沙肝混在里头。至于后来一般王孙公子，到丰泽园吃每人每次四十块六十块的白抹刀的大碎烩，等于替柜上出清存货，那就不足为训了。

小饭馆

最后再谈第三种专卖小吃，不办酒席的小饭馆跟二荤铺。在科举时代，每逢大比之年，赴京应科考的举子，一般有钱的公子哥儿大半都是带足了盘川的。南方举子对于纯粹北方口味，有很多没出过远门的人，一时是没法子适应的，于是带一点江浙口味的，像“祯元馆”“致美斋”这类小饭馆，就应运而生了。

致美斋最拿手的菜是“酱爪尖”。据先师阎荫桐夫子说，苏州状元陆凤石（润庠）来京会试，忽然有一天想吃脚爪饭，于是教给致美斋灶上做，但是怎么做也不对劲。后来陆凤石点了状元，大家都知道状元爱吃他家酱爪尖儿，传嚷开后，酱爪尖反倒成了致美斋的名菜了。

北方馆子可以说都不会做鱼翅，所以也就没有什么人爱吃鱼翅，但是南方人可就不同了，讲究吃的主儿十有八九爱吃翅子。祯元馆为迎合顾客心理，请了一位南方大师傅擅长烧鱼翅。不久，祯元馆的“红烧翅根”，物美价廉，就大行其道，每天只做五十碗卖完为止。他家红烧翅根，烂而入味，比起酒席上怒发冲冠的鱼翅自然不可同日而语。

东安市场有一家馆子叫“润明楼”，虽然楼上楼下也有几十号雅座，可是仍然只能列入小馆之流。整桌的菜他家也能做，可是总觉得有点婢学夫人，小家子气，气魄不够。但以“鸡丝拉皮”来说，东兴楼的拉皮已经算不错了，可是比起润明楼的拉皮来，就分出好坏了。先说他家所用的粉皮，是自家动手来做，不像别家到粉房去买现成的。如果您点个“鸡丝拉皮”，关照堂倌一声要削薄剁窄，您瞧吧，端上真正晶莹透明浑然如玉，吃到嘴里滑溜之中还带着有点筋道。大陆各省的吃食，台湾现在大概都会做齐了，可是直到如今，还没吃过一份像样的拉皮。

台湾各大县市都有馅饼粥，可是跟北平的馅饼粥完全两码事，北平的馅饼粥是清真教门馆，只卖牛羊肉，在煤市桥，路东有一家，路西有一家，但是一个东家，叫作“一东两做”！生意采二十四小时轮班制，东柜上门板休息，西柜下门板营业，更番轮替，什么时候都让您吃得着馅饼粥。

既然叫馅饼粥，自然以馅饼最拿手，他家有一种牛肉做的大馅饼，又叫“肉饼”，馅多油重，最受卖力气老哥儿们的欢迎，油水足，又解馋。如果带话要满铛的肉饼，那就比平常肉饼老尺加二，再大饭量的壮汉，两个人也吃不完一个大肉饼。已故台湾省农林厅厅长金阳镐在北通州潞河中学念书时期，有一次，潞河足球校队到北平东单练兵场跟英国大兵踢足球，踢了个九比零大获全胜，教练佟锦标一高兴，请大家到馅饼粥吃满铛馅饼，两人吃了一个半，那算是吃馅饼最高的纪录了。

煤市街还有一家小馆叫“天承居”，您要是想喝点保定府的“干酢儿”（土制黄酒），那您就上天承居去喝。他家的干酢儿永远没断过庄，随时供应，从没缺过货。大家到天承居，主要的是吃炸三角，北平“都一处”也卖炸三角，那跟天承居比，可就差得远了。天承居炸三角不但肉选得好，肥瘦适中，吃到嘴里没有木木扎扎的感觉，就是做卤用的肉皮也非常考究，全是从肉上现起下来的。到了韭黄季买卖一忙，还要专用两个小利巴（小伙计）扦猪毛，所以他家炸三角所用的卤肉和卤都高人一筹。同时包三角也有点特别手法，炸起来没有咧嘴儿的三角，既不咧嘴，也不漏汤。油锅里不漏汤，炸出来的三角，自然个顶个的一律金黄颜色，绝没焦黑起泡的情形。

从前有位南方老客，自命老北京，有一天吹来吹去，把一位北平老乡实在吹烦了，心里一冒坏，三说两说，哥俩出南城下小馆到天承居吃炸三角。等炸三角一上桌，南方老客吭哧一口，一股热卤直溅鼻孔，长袍油了，舌头烫得也起泡了，心知吹牛过分，让人阴了一下，哑巴吃黄连，有苦说不出，从此再也不敢胡吹乱嗙了。

都一处的炸三角虽然比不上天承居，可是他家的“疙瘩汤”也算一绝，大家都管他家的疙瘩汤叫满天星，疙瘩只比米粒大一点，不黏不坨，颗粒分明。有的南方人吃面食，最初只会做疙瘩汤，又叫面疙瘩，用汤匙一挖一团下锅，吃得人人皱眉，真是食不下咽。等到尝到都一处的“满天星”后，才发觉敢情北平的疙瘩汤，是旱香瓜——另一个味呢。

正阳门大街路西有一家小馆叫“一条龙”，既没有什么拿手好菜，也没有什么出色的蒸食，可是买卖老那么兴旺，因为当年乾隆皇帝微服出宫，曾经在这个小饭铺歇过腿儿。为广招徕，于是把皇帝老倌走过的路，用土垫高起来，愣管它叫御路。凡是来到北京逛逛的人，都要去瞧瞧，因此出了名，生意鼎盛。

要说吃，他家只有“褡裢火烧”做得不错，它的特色是馅儿花色预备得齐全，您要吃什么馅有什么馅，现拌馅现包现做，大冰盘里堆有一尺多高的馅子材料。除了肉馅之外，海参、皮蛋、海米、木耳、胡萝卜、韭黄、白菜、菠菜、粉丝，鹅黄翠绿，排列得整整齐齐，非常惹眼好看。同时他家的褡裢火烧包得非常小巧精细，比起此地单摆浮搁、比春卷还要大一号的褡裢火烧，似乎中看多了。

北平还有一家小馆子叫“穆家寨”，掌柜兼掌厨的穆大嫂，人都管她叫“穆桂英”，这位“穆桂英”是闻名不如见面的一个黑粗矮胖的中年妇人。教门馆只卖牛羊肉，他家“炒猫耳朵”最出名，炒猫耳朵要轻油大火勤翻勺，炒得透，那就要靠臂力腕力了。穆大嫂一过五十，就不大亲自下厨了，可是碰到老主顾点将，她偶或仍旧表演一番。

东四牌楼隆福寺街有一家小饭馆，一进门靠东墙就是一排大灶，它的名字叫“灶温”，大家叫白了都叫它“遭瘟”。

它叫灶温是有缘由的，刚开张的时候，本来是一家茶馆，可是茶客有时自带青菜、鱼肉、蒸食、面条，他家也可以代炒代蒸代煮，借他的灶火，温您的吃食，所以叫“灶温”。据说这个馆子明朝崇祯年间就有了，民国初年开征营业税，财税机关因为查铺底，才查出来。要是真的话，那比广和居还要老，大概得算全北平最老的饭馆了。传言他家最初就只是给茶客炸酱煮面条，所以要吃炸酱面，他家的肉丁或“肉末干炸”是最拿手的。

灶温对面有一家羊肉床子叫“白魁”，一立夏就开始卖烧羊肉了。跟灶温借个中碗，到白魁切点羊排叉或是羊腱子，宽汤加点鲜花椒蕊，再来上面条或是杂面，到灶温一下锅，那真是要多美有多美。

后来，民国十八九年，北平在山西派势力之下，很时兴了一阵女招待，大名鼎鼎的小金鱼，就是在灶温哄起来的。女招待闹哄了两三年，灶温老板一看情形不妙，于是又停用女招待，恢复本来的面目，仍旧以“带肉馅的锅塌豆腐”“烩白肉丁加糟”“小碗干炸”多搭一扣的炸酱面来号召了。

北平大大小小饭馆还有若干没有写出来的，以上不过是举其荦荦大者，让没有到过北平的人领略一下当年故都风貌。

北平的甜食

唐鲁孙

提起吃零食，以南方来说得数苏州，不但玲珑细致，而且种类花样繁多。以北方来说，那就得数北平啦。我把北平零食分出甜咸两部来说，先说甜的吧！

北平甜食种类，可海啦去了。先拿糖葫芦说吧，南方叫“糖球”，天津叫“糖墩”，北平叫“糖葫芦”。北平卖糖葫芦，分两种，一种是提着篮子下街，一边吆喝，一边串胡同，怀里还藏着一个签筒子，碰上好赌的买主，两人找个树阴凉或者大宅门的门道，抽回大点，抽一筒或半筒的真假五儿，再不就赌赌牌九。有时一串葫芦没卖，能赚个块儿八毛，碰上手头不顺，也许输上几十串葫芦。有的大方买主哈哈一笑也就算了，要是碰上小气主儿，就记着数儿慢慢吃吧。

串胡同卖糖葫芦的，虽然种类没有摊子上式样多，可是葫芦绝对地道。干鲜果子固然得新鲜，就是蘸葫芦的糖稀，也绝对是用冰糖现蘸现卖，绝没陈货。

摆摊子的糖葫芦大家都说“九龙斋”的葫芦最好，其实您要是问我九龙斋在什么地方，真正老北平也说不上来。我只知道大栅栏东口外马路上，每天华灯初上，支着一个大白布篷子，拉上一盏五百烛光大灯泡，摊上正中摆着一座玻璃镜，上头漆着“九龙斋”三个大字，那就是九龙斋啦，除了各式各样糖葫芦之外，冬天还卖果子干，夏天改卖酸梅汤。您别瞧不起这个摊，据说，一晚上卖得好，所赚的钱比同仁堂不在以下呢。糖葫芦如果讲究式样齐全，那九龙斋就比不上东安市场大门正街的“隆记”了。

东安市场的隆记，摊子正挨着一个买卖鲜花儿的，到了傍晚时候，晚香玉、栀子、茉莉、芭兰一放香，谁走过都要停下来瞧瞧闻闻香。隆记摊子上的小伙计一声“葫芦，刚蘸的呀”，先喊一声“葫芦”，要走个三四步才喊出“刚蘸的呀”四个字。这个吆喝，不但是东安市场一绝，甚至于说相声的高德明、绪德贵还把它编到相声里，录了唱片呢！

隆记的糖葫芦色彩配得最好看的，是大山里红嵌豆沙，豆沙馅上用瓜子仁，贴出梅花、方胜、七星各种不同的花式。要说好吃，去皮的荸荠果，蘸成糖葫芦可以说甜凉香，兼而有之。再者就是一个沙营葡萄，夹一小块金糕，红绿相间，不但好吃而且好看。隆记的糖葫芦虽然是式样齐全，要什么有什么，可是您要是吃整段山药蘸的葫芦，那您得上九龙斋去买，隆记是不卖的。

笔者曾经问过，他们两家都笑而不答，到底葫芦里卖的是什么药，直到如今还是个谜，让人猜不透呢。北平有一句歇后语是“九龙斋的糖葫芦——别装山药啦”，可见大家对九龙斋的山药糖葫芦，是多么捧场呀。

豌豆黄和绿豆黄到台湾后也没吃过。北平的豌豆黄分粗细两种，粗豌豆黄是用砂锅淋出来的，现切现卖，买多少切多少，用独轮车推着下街卖，架势跟卖切糕的差不了多少。至于细豌豆黄，虽不是什么稀罕物，可是整个北平也没有几份儿，要说够水准的还得数东安市场靠庆林春茶庄老杜的手艺高。

老杜的买卖，以卖豌豆黄为主，每块约四寸见方，分带山楂糕不带山楂糕两种。当时还没有电冰箱，他有自备白铁皮内放天然冰小冰箱一只，大约顶多搁二三十块，每天下午三四点钟摆摊，卖完就收。他的豌豆黄保证新鲜，没有隔夜货，豆泥滤得极细，吃到嘴里绝对没有沙棱棱的感觉。而且水分用得更是恰到好处，不干不稀，进嘴酥融。碰上老杜高兴，有时候也做几块绿豆黄来卖，绿豆黄做法虽然跟豌豆黄差不多，三伏天一块一块，绿莹莹的，冷香四逸，不但瞧着阴凉，夏天吃了还能却暑解毒。尤其每块上都嵌上一些枣泥，枣香扑鼻，更觉得特别好吃。在北平卖豌豆黄虽然不算稀奇，可是卖绿豆黄的，在北平老杜就得算头一份儿了。

北平的蜜饯，跟台湾可不一样，北平蜜饯，虽然种类没有台湾多，可是山楂红得像胭脂、海棠黄得如蜜蜡，甭说吃，瞧着都痛快。有一种山果叫温朴，是北平西山特产，有樱桃一般大小，那是专门做蜜饯的隽品。到了三九天，天上一飘雪花，您约上三几位朋友一起下小馆，让伙计先来个温朴拌白菜心，蜜汁把白菜心染成粉红颜色，真可以说色香味俱全，绝啦。

北平虽然也有专卖蜜饯的铺子，可是大半都是果局子代卖，从前有几位上海古董界大亨到北平去观光别宝，回到上海说，北平有三样是上海比不了的，第一是北平的故宫的珍藏，第二是饭馆、茶叶铺、绸缎庄伙计那份儿殷勤，第三是果局子里那份儿排场款式。那真是说得一点儿也不错。蜜饯在果局子里，都是放在三尺见方白地蓝花大海碗里，半块盖子是榆木红漆，半块是厚玻璃板，您要是走亲戚看朋友，他有免费奉送的绿釉沙罐，所费不多，还不寒碜。在台湾一吃宜兰金枣，不知不觉就想起北平蜜饯温朴来了。

北平酸梅汤是驰名中外的，就是上海“郑福记”，以卖酸梅汤出名，他家的招牌上也是写着北平酸梅汤来号召的。在北平一提酸梅汤，大家就想起“信远斋”来了，其实在庚子年闹义和团之前，北平酸梅汤要属西四牌楼“隆景和”最出名。隆景和是一家干果海味店，这类铺子都是山西人经营的，从掌柜的到学徒的，全是山西老乡，所以大家都管他们这类铺子叫山西屋子，不但货真价实，而且铺规最严，所交往的都是大宅门、大行号，甚至有大宅子官眷，把成千上万的银子，存在山西铺子里生息，比钱庄票号还可靠。隆景和的酸梅汤，因为不惜工本，所以卖酸梅汤就出了名啦。其实他门口一碗一碗地卖酸梅汤，每天下不了多少钱，主要是论坛子往外送。隆景和因为富名在外，所以一闹“拳匪”，被流氓地痞抢了个一干二净。后来虽然恢复旧业，究竟元气大伤，买卖大不如前。于是琉璃厂的信远斋就取而代之啦。

谈到信远斋，只有一间门脸儿，左首门外有堵磨砖影壁墙，中间有个磨砖斗方，写着“信远斋记”四个大字，是北平书法家冯恕的手笔。信远斋就信远斋吧，干什么还加上一个“记”字，谁从他门前走过都觉得这块斗方有点别扭，可是谁也不好意思问问。有一回江朝宗跟冯公度在一处饭局碰上，江宇老可就把这个疑问提出来，向冯公度请教啦。冯一边理着胡子，一边笑着说：“一点深文奥意都没有，只不过在商言商，替信远斋拉点生意而已。您想琉璃厂整条街除了卖文房四宝，就是古今图书，要不就是文玩字画，在这一带溜达的，都是些文质彬彬的读书人，偏偏信远斋开在这个地方，要是不用不通的怪招牌，怎么能往里吸引主顾呢？”说到这里，两老哈哈一笑，才知道牌匾上用个“记”字里头真还大有文章呢。

信远斋的酸梅汤唯一特点就是熬得特别浓，熬好了一装坛子，绝不往里掺冰水，什么时候喝，都是醇厚浓郁，讲究挂碗，而且冰得极透。您从大太阳底下一进屋，一碗酸梅汤下肚，真是舌冰齿冷，凉入心脾，连喝几碗好像老喝不够似的。笔者好奇，有一次问他们柜上最高纪录一人一口气能喝几碗，据说一下子喝个十碗八碗不算稀奇。有一年净票张稔年跟丑票张泽圃打赌来喝酸梅汤，张泽圃喝了十四碗就再也喝不下去了，人家张稔年面不改色一口气喝了二十六碗，在信远斋来说算是破天荒的大肚汉了。

果子干儿也是夏天一种生津却暑的甜食，差不多水果摊夏天都卖。卖果子干从来不吆喝，可是手里有对小铜碗，一手托两碗，用拇指食指夹起上面的，向下面的敲打，敲得好的能敲出好多清脆的花点来。果子干的做法，说起来简单之极，只是杏干、桃脯、柿饼，三样泡在一起用温乎水发开就成啦。可是做法却各有巧妙不同，既不是液体，可也不能太稠，搁在冰柜里一镇，到吃的时候，在浮头上再切上两片细白脆嫩的鲜藕，吃到嘴里甜香爽脆，真是两腋生风，诚然是夏天最富诗意的小吃。

北平在春尾夏初，白丁香紫藤花都灿烂盈枝，狂蜂闹蕊的时候，饽饽铺的藤萝饼就上市了。要说好吃，藤萝饼跟翻毛月饼做法一样，不过是把枣泥豆沙换成藤萝花，吃的时候带点儿淡淡的花香，平常净吃枣泥豆沙，换换口味似乎滋味一新。还有一种是把藤萝花摘下来洗干净只留花瓣，用白糖、松子、小脂油丁拌匀，用发好的面粉像千层糕似的一层馅、一层面，叠起来蒸，蒸好切块来吃，藤萝香松子香，糅合到一块儿，那真是冷香绕舌，满口甘沁，太好吃了。可惜来台湾二十多年，从南到北全是各色的九重葛，始终未见过一架藤萝，不然蒸点藤萝饼吃，那有多好呀。

根据民俗作家金受申先生的考证，北平各铺户门的款式格局，只有中式饽饽铺，是保有元朝风格的。门口所挂的幌子，配有流苏，飞金朱红栏杆，柜台两边山墙，五色缤纷的油漆彩画，的确古色古香，跟别的买卖家气氛不同。据说饽饽铺粗细点心大小八件，早先有一百二三十种之多，北平人出远门，给亲戚朋友带点礼物，北平甜点心总是少不了的土产。目前这些甜点心，在台湾像不像三分样，大概都能做了，可是有几样点心不是做得满拧就是根本不会做。

先拿萨其马来说吧！这是一种满洲点心，面粉用奶油白糖揉到一块搓成细条，切成一分多长过油，再黏起来撒上瓜子仁青红丝，一方一方，再切开来吃。真正的萨其马有一种馨逸的乳香，黏不粘牙，拿在手上不散不碎，跟现在台湾市面上所卖巨型广式萨其马，截然不同。只要吃过北平萨其马的，再吃台湾出品，没有不摇头的。

还有一种叫小炸食，有小馒头、小排叉、小蚌壳、小花鼓，大概不同形状的有十来种都只有拇指大小。据说每种都有不同的说词，是清代祭堂子的时候一种克食，后来饽饽铺也仿照做出来卖。

此外，勒特条台湾也没见过，这种点心做来并不难，奶油面粉白糖和好切成条，用牛油来炸，炸透沥干，这是从前满洲人出外行猎吃的点心，可以久存不坏，而且经饱。抗战之前，北平大饽饽铺如“兰英斋”“毓美斋”都有得卖，内地人来台后在台湾生的小孩甭说吃，勒特条这个名词，就是听，恐怕也没听说过啦。

金风送爽，一立秋，大街上干果子铺的糖炒栗子就上市啦。卖糖炒栗子，得先把临时炉灶、大铁锅、长烟筒，先搬到门口架上安好。等太阳一偏西，就把破芦席干劈柴点着。先在锅里炒黑铁砂子，等砂子炒热，放下栗子，用一种特制大平铲，翻来覆去地炒，不时还往锅里浇上几勺子蜜糖水。等栗子炒熟，便往大铁丝筛子里盛，把砂子抖搂回锅，热栗子可就拿到柜台上用簸箩盛着，盖上棉挖单，趁热卖了。热栗子又香又粉，愈吃愈想吃，时常吃得挡住晚饭。您如果把吃不了的糖炒栗子碾成粉，用鲜奶油拌着吃，那就是名贵西点奶油栗子面啦。

北平还有一种点心叫薄脆，有三号碗大小，面上沾满了芝麻，中间还点上一个小红点，酥不太甜，薄薄一片，一碰就碎，所以叫薄脆。卖桂花酥糖挑子上也有的时候卖，可是多半不够酥脆，要吃好薄脆，那您得到西直门外高亮桥路南一间门面的小铺去买，凡是清明上坟插柳，郊外踏青，回程经过这家独门生意的小铺，差不多都要带几块甜咸薄脆回家。甜薄脆北平城里还买得到，掺了花椒盐的咸薄脆，除了他家，北平城里城外，是没第二份的。从前唱须生的言菊朋，吃东西最爱摆谱儿，他说清早喝豆浆，清浆不放糖，拿两块椒盐薄脆泡在浆里吃，有说不出的美味。笔者一直想尝试一下，可是在台湾，到什么地方去买咸薄脆呀。

北平一般人家到了过年，拿蜜贡来上供，可是一桩大事。供灶王，供神佛，供祖宗，最少也要三堂。这三堂蜜贡，价钱可相当可观，所以点心铺就动脑筋，想出打蜜贡会的办法来。由点心铺发起，从二月初一开始，出红帖请人参加，说明您要多少斤重的多少堂，然后按月上会，一直上到腊月除夕之前，会上满了，您就有蜜贡啦。据饽饽铺手艺人说：做蜜贡，虽然离不开油糖面，可是吃到嘴里，要松而且酥，还得不粘牙，可就不简单了。每个蜜贡条儿上，有过沟，还有一条细红丝，才能算是蜜贡。到台湾廿多年始终没吃过，去年承夏元瑜兄远道惠赠一盒蜜贡，条上也有沟，也有红丝，形状很像，可是吃到嘴里，味儿就似是而非了。不过多年没吃，远道得此，也慰情聊胜于无啦。

酪

梁实秋

酪就是凝冻的牛奶，北平有名的食物，我在别处还没有见过。到夏天下午，卖酪的小贩挑着两个木桶就出现了，桶上盖着一块蓝布，在大街小巷里穿行，他的叫卖声是："伊——哟，酪——啊！""伊哟"不知何解。

住家的公子哥儿们把卖酪的喊进门洞儿，坐在长条的懒凳上，不慌不忙地喝酪。木桶里中间放一块冰，四周围全是一碗碗的酪，每碗上架一块木板，几十碗酪可以叠加起来。卖酪的顺手递给你一把小勺，名为勺，实际上是略具匙形的一片马口铁。你用这飞薄的小勺慢慢地取食，又香又甜又凉。一碗不够再来一碗。

卖酪的为推销起见，特备一个签筒，你付钱抽签，抽中了上好的签可以白喝若干碗。通常总是卖酪的净赚，可是有一回我亲眼看见一位大宅门儿的公子哥儿，不知为什么手气那样好，一连几签把整个一挑子的酪都赢走了，登时喊叫家里的厨子车夫打杂儿的都到门洞儿里来喝免费的酪，只见那卖酪的咧着嘴大哭。

酪有酪铺。我家附近，东四牌楼根儿底下就有一家。最有名的一家是在前门外框儿胡同北头儿路西，我记不得它的字号了。掀门帘进去，里面没有什么设备，一边靠墙几个大木桶，一边几个座儿。

他家的酪，牛奶醇而新鲜，所以味道与众不同，大碗带果的尤佳，酪里面有瓜子仁儿，于喝咽之外有点东西咀嚼，别有风味。每途经其地，或是散戏出来，必定喝他两碗。

看戏的时候，也少不了有卖酪的托着盘子在拥挤不堪的客座中间穿来穿去，口里喊着："酪来酪！"听戏在入神的时候，卖酪的最讨人厌。有一回小丑李敬山，在台上和另一小丑打诨，他问："你听见过王八是怎样叫唤的么？""没听过。""你听——"这时候有一位卖酪的正从台前经过，口里喊着："酪——来——酪！"于是观众哄堂大笑。

久离北平的人，不免犯馋，想北平的吃食，酪是其中之一。

齐如山先生有一天请我到他家去喝酪。酪是黄媛珊女士做的，样子很好。味也不错，就是少那么一点点北平酪的香味，那香味应该说是近似酒香。

她是大批地做，一做就是百儿八十碗，我去喝酪的那天，正见齐瑛先生把酪装上吉普车送往中华路一家店铺代售。我后来看到，那家店铺窗上贴着有“北平奶酪”的红纸条。可惜光顾的人很少，因为“膻肉酪浆，以充饥渴”究竟是北方人的习俗，而在北方畜牧亦不发达，所谓的酪只有北平城里的人才得享用。齐府所制之酪，不久成为绝响。

我们中国人，比较起来是消费牛奶很少的一个民族。我个人就很怕喝奶，温热了喝有一股腥气，冷冻了捏着鼻子往下灌又觉得长久胃里不消化，可是做成酪我就喜欢喝。

喝了几十年酪，不知酪是怎样做的。查书，《饮膳正要》云：“造法用乳牛勺锅内炒过，入余乳熬数十沸，频以勺纵横搅之，倾出，罐盛待凉，掠去浮皮为酥，入旧酪少许，纸封贮，即成酪。”

说得轻松，我不敢尝试，总疑心不能那么容易凝结，好像需要加进一点什么才成，好像做豆腐也要在豆浆里点一点盐卤才成。过去有酪喝，也就不想自己试做。黄媛珊女士做了，我也喝了，就是忘了问她是怎么做的。也许问过了，现在又忘了她是怎么说的。

我来美国住了一阵之后，在我女儿文蔷家里又喝到了酪，是外国做法，虽不敢说和北平的酪媲美，至少慰情聊胜于无。现在把制法简述于下，以飨同好。

新鲜全脂牛奶，一夸特可以做六饭碗。奶粉也行，总不及鲜奶。

奶里加酌量的糖，及香料少许，杏仁精就很好，凡尼拉也行，不过我以为用甜酒调味（rum flavor）效果更佳。也有人说用金门高粱也很好。

凝乳片（rennet tablet）放在冷水里溶化，每片可做两碗。这种凝乳片是由牛犊的胃内膜提炼而成的，美国一般超级市场有售。

牛奶加温至华氏一百一十度，不可太热，如用口尝微温即可，绝对不可使沸，如太热须俟其冷却。

将凝乳剂倾入奶中，稍加搅和，俟冷放进冰箱，冰凉即可食用。手续很简便，不到一刻钟就完成了，曾几度持以待客，均食之而甘，仿佛又回到了北平，"酪——来——酪"之声盈耳。

爆双脆

梁实秋

爆双脆是北方山东馆的名菜。可是此地北方馆没有会做爆双脆的。如果你不知天高地厚，进北方馆就点爆双脆，而该北方馆竟不知地厚天高硬敢应这一道菜，结果一定是端上来一盘黑不溜秋的死眉瞪眼的东西，一看就不起眼，入口也嚼不烂，令人败兴。就是在北平东兴楼或致美斋，爆双脆也是称量手艺的菜，利巴头二把刀是不敢动的。

所谓双脆，是鸡胗和羊肚儿，两样东西旺火爆炒，炒出来红白相间，样子漂亮，吃在嘴里韧中带脆，咀嚼之际自己都能听到咯吱咯吱的响。鸡胗易得，拣肥大者去里，所谓去里就是把附在上面的一层厚皮去掉。我们平常在山东馆子叫“清炸胗”，总是附带关照茶房一声：“要去里儿！”即因去了里儿才能嫩。一般人不知去里，嚼起来要吐核儿，不是味道。肚子是羊肚儿，而且是厚肥的肚领，而且是剥皮的肚仁儿，这才够资格成为一脆。求羊肚儿而不可得，猪肚儿代替，那就逊色多了。鸡胗和肚子都要先用刀划横竖痕，越细越好，目的是使油容易渗透而热力迅速侵入，因为这道菜纯粹是靠火候。两样东西不能一起过油炒。鸡胗需时稍久，要先下锅，羊肚儿若是一起下锅，结果不是肚子老了就是鸡胗不够熟。这两样东西下锅爆炒勾汁，来不及用铲子翻动，必须端起锅来把锅里的东西抛向半空中打个滚再落下来，液体固体一起掂起，连掂三五下子，熟了。这不是特技表演，这是火候必需的功夫。在旺火熊熊之前，热油泼溅之际，把那本身好几斤重的铁锅只手要那两下子，没有一点手艺行么？难怪此地山东馆，不敢轻易试做爆双脆，一来材料不齐，二来高手难得。

谈到这里，想到北平的爆肚儿。

肚儿是羊肚儿，口北的绵羊又肥又大，羊胃有好几部分：散淡、葫芦、肚板儿、肚领儿，以肚领儿为最厚实。馆子里卖的爆肚儿以肚领儿为限，而且是剥了皮的，所以称之为肚仁儿。爆肚仁儿有三种做法：盐爆、油爆、汤爆。盐爆不勾芡粉，只加一些芫荽梗、葱花，清清爽爽。油爆要勾大量芡粉，黏黏糊糊。汤爆则是清汤汆煮，完全本味，蘸卤虾油吃。三种吃法各有妙处。记得从前在外留学时，想吃的家乡菜以爆肚儿为第一。后来回到北平，东车站一下车，时已过午，料想家中午饭已毕，乃把行李寄存车站，步行到煤市街致美斋独自小酌，一口气叫了三个爆肚儿，盐爆油爆汤爆，吃得我牙根清酸。然后一个清油饼一碗烩两鸡丝，酒足饭饱，大摇大摆还家。生平快意之餐，隔五十余年犹不能忘。

烩银丝也很可口。煮烂了的肚板儿切成细丝，烩出来颜色雪白。煮前一定要洗得干净才成。在家里自己煮羊肚儿也并不难。除去草芽之后用盐巴用力翻来翻去地搓，就可以搓得雪白，而且可以除去膻气。整个羊胃，一律切丝，宽汤慢煮，煮烂为止。

东安市场及庙会等处都有卖爆肚儿的摊子，以水爆为限，而且草芽未除，煮出来乌黑一团，虽然也很香脆，只能算是平民食物。

风檐尝烤肉

张恨水

有人吃过北平的“松柴烤肉”吗？现在街头上橙黄橘绿，菊花摊子四处摆着，尝过这异味的人，就会对北平悠然神往。

据传说，松柴烤牛肉，那才是真正的北方大陆风味，吃这种东西，不但是尝那个味，还要领略那个意境。你是个士大夫阶级，当然你无法去领略。就是我在北平做客的二十年，也是最后几年，变了方法去尝的，真正吃烤肉的功架，我也是“仆病未能”。那么，是怎么个景儿呢？说出来你会好笑的。

任何一条马路上，有极宽的人行路，这路总在一丈开外，在不妨碍行人的屋檐下，有些地方，是可以摆着浮摊的。这卖烤牛肉的炉灶，就是放置在这种地方。无论这炉灶属于大馆子小馆子或者饭摊儿，布置全是一样。一个高可三尺的圆炉灶，上面罩着一个铁棍罩子，北方人叫着甑（读如赠），将二三尺长的松树柴，塞到甑底下去烧。卖肉的人，将牛羊肉切成像牛皮纸那么薄，巴掌大一块（这就是艺术），用碟儿盛着，放在柜台或摊板上。当太阳黄黄儿的，斜临在街头，西北风在人头上瑟瑟吹过，松火柴在炉灶上吐着红焰，带了缭绕的青烟，横过马路。在下风头远远地嗅到一种烤肉香，于是有这嗜好的人，就情不自禁地会走了过去，叫一声："掌柜的，来两碟！"这里炉子四周，围了四条矮板凳，可不是坐着的，你要坐着，是上洋车坐车踏板，算来上等车了。你走过去，可以将长袍儿大襟一撩，把右脚踏在凳子上。店伙自会把肉送来，放在炉子木架上。另外是一碟葱白，一碗料酒酱油的掺和物。木架上有竹竿做的长棍子，长约一尺五六。你夹起碟子里的肉，向酱油料酒里面一和弄，立刻送到铁甑的火焰上去烤烙。但别忘了放葱白，去掺和着，于是肉气味、葱气味、酱油酒气味、松烟气味，融合一处，铁烙罩上吱吱作响，筷子越翻弄越香。

你要是吃烧饼，店伙会给你送一碟火烧来。你要是喝酒，店伙给你送一只杯子，一个三寸高的小锡瓶儿来。那时你左脚站在地上，右脚踏在凳上，右手拿了长筷子在甑上烤肉，左手两指夹了锡瓶嘴儿，向木架子上杯子里斟白干，一筷子熟肉送到口，接着举杯抿上一口酒，那神气就大了。“虽南面王无以易也！”

趣味还不止此，一个甑，同时可以围了六七个人吃。大家全是过路人，谁也不认识谁。可是各人在甑上占一块小地盘烤肉，有个默契的君子协定，互不侵犯。各烤各的，各吃各的。偶然交上一句话：“味儿不坏！”于是做个会心的微笑。吃饱了，人喝足了，在店堂里去喝碗小米稀饭，就着盐水疙瘩，或者要个天津萝卜啃，浓腻了之后再来个清淡，其味无穷。另有个笑话，不巧，烤肉时，站在下风头，炉子里松烟可向脸上直扑，你得时时闪开，去揉擦眼泪水儿。可是一面揉眼睛，一面夹长筷子烤肉，也有的是，那就是趣味嘛！

这样说来，士大夫阶级，当然尝不到这滋味。不，顺直门里烤肉宛家的灰棚里，东安市场东来顺三层楼上，前门外正阳楼院子里，也可以烤肉吃。尤其是烤肉宛家，每到夕阳西下，喝小米稀饭的雅座里，可以搬出二三十件狐皮大衣，自然，那灰棚门口，停着许多漂亮汽车。唉！于今想来，是一场梦。

北平的豆汁儿之类

纪果庵

一切生活趣味，都得慢慢地汲取，才能体会到那种异样的感觉。故听不惯京戏的人，只觉得大锣大鼓震得耳聋，黑脸白脸，耀得眼花，但在两厢暗陬，却尽有闭上眼睛，在那儿用两个手指敲板眼的人，听到会意处，忽然一声“好”，真会使人惧然惊讶，而他却慢慢地啜起茶来了。这种事，在有着六七百年首都历史的北平，尤为普遍，故一些外方人，乍到此地，皆感到一种没落、麻木；但一住过半年以上，就有了种种脱不开的“瘾头儿”捆住你，使你又感到这真是一个各等人全能活得很舒适的大都会了。

喝豆汁儿也是这种“瘾”之一。午后，小胡同里就会听到卖“豆汁儿粥”的吆喝。这种人往往在午前卖油炸烩和烧饼。若说烧饼和油炸烩是早晨的点心，则豆汁儿恰当晚茶。中国人是不作兴如西洋人一般，有定时的点心和什么“下午茶”的，这等街头的担子，就是大众的咖啡馆了。豆汁儿担子一端是一个下面有着火炉的锅，另一端则当作“饭台”。古色古香的兰花瓷筒插了二三十双竹筷，中央是一大盘红色辣椒丝拌的咸菜条，也有环状的油炸烩放在另外一只木匣里，五六只白木小凳则悬置饭台四周以备食客之用。豆汁者，磨绿豆成糊状物加水而煮之使熟也，其味入口极酸臭，如隔日米泔汁。——我很想考一下这食物的起源，搜寻几册讲食物的书都没有。盖食谱膳单，都是大人先生们“郇厨”的成绩，此种只有洋车夫才是大主顾的东西，理当没有也。——初到此地的人，真觉不敢问津，我甚至因此常骂北平人为猪，盖我乡只有猪才食米泔汁耳。首先发现它的好处的，是一位邻居的 × 太太，她每天午后必要令她的男孩到外面去端三大杯的，并且还得要上三片切得极薄的咸水芥（这是照例要赠送的）。起初我看了她笑，后来她总向我宣传，说这东西“清瘟祛毒，散热通风”。从此我就注意起来，果然那矮矮的卖豆汁人一进胡同口，就被好多孩子以及劳苦同胞围得风雨不透，且有许多邻家穿了高跟鞋的小姐们也端了碗来买，这就大大引起我的好奇心。终于有一天妻端进一碗来，并一小碟辣咸菜。我见了那绿油油的汁液，就有点头痛，但辣椒又是我所喜吃，就闭着鼻子呷了几口，辣椒吃得太多，事后只觉口腔火烧烧而已。哪知第二天又买了，仍有辣椒咸菜，于是我又吃了些，这回就感到在臭味和酸味之余，有些清香，一如吃了王致和的臭豆腐。从此不到半月之久，一到太阳西沉，就要留心听那悠长的一声叫喊“酸，辣，——豆汁粥儿咻……”了。后来连我那不满三周岁的小孩子也染了这嗜好，他常常拿一个铜板坐在那饭台下面的白色小凳上，同邻家一个女孩，吃得悠然有味。有时不去喝，必要磨着他娘，大闹一场的。

据《饮膳正要》《本草》一类的书，绿豆本是除烦热、和五脏、行经脉的甘寒之品。北方通常到夏天要吃绿豆糕，说是可以解暑。故豆汁虽不登大雅，却也不见得无裨卫生。北平的卫生局长方颐积先生还在报纸上发表过一篇《豆汁与精制豆浆的比较》，虽未承认此物有绝对滋补之效，但到底也没说它有害。只是说这东西没经“消毒”或者有不洁之弊！啊呀！我真怕所谓消毒二字。盖在中国所谓消毒者，即卖得要特别贵之谓也；若使豆汁亦经消毒，如清华园模范奶厂的牛奶之类，不是什么Hood氏的热蒸汽法，便是什么双层纸罩的瓶子等等，怕也得用银色的牛奶车向大红色的门口里送，每月账单上要十几块了；拉车小子，更安能问津哉?

与豆汁同类街头小吃，又有豆腐浆与杏仁茶。这都在清晨才有。豆腐浆即做豆腐时豆腐凝结后所余之浆。杏仁茶则用杏仁粉和糯米粉、淀粉之类熬成。惯睡早觉的人常常在梦中就被这种小贩叫醒。担子总是那么简单，一头是“浆”，一头是“茶”，下面都有火炉，故其吆喝声为“杏仁儿茶来——豆腐浆——开嗳锅啊——”。一端锅盖上放一大盘晶洁的白糖，看了它一定会引起你的食欲的。若在冬日，一闻此声，开门外出，先“哈”的一声呼出一口白色水蒸气，以示天气之冷；用铜圆五大枚买一大碗杏仁茶，加糖，调好，缩颈而吸之，其悠然之味，真有为吃牛尾番茄汤的人们所不及知者。豆腐浆也加糖，且有一种较嫩的豆腐，搅碎在内，故亦别具风味，尤妙在其热得烫嘴，非口中作吸吸溜溜之声不能吞入，遂使冷冻之意全消。我顶爱那种在街口摆设固定摊头的杏仁茶，因为其品质较好，且一旁必有一专炸“馃子”（油炸烩）的小贩，故可佐刚出油釜的热馃子而吸之，或将馃子夹入烧饼食之尤妙，北平人呼如此食法为“一套儿”。卖馃子的人总问你：“您来几套儿？”即指此。烧饼亦分两种，一种用酵面加芝麻油做的，名曰麻酱烧饼。一种虽也用酵面做，中无油且层少，只有两面皮子，中则空空，此种名曰“马蹄儿”。以我之意，马蹄儿更好，因其中空易于夹放油炸烩之故。油炸烩，在北平往往指那种炸得焦酥的，其形细长，即南人所称油条也。若馃子则较粗，且不酥而有韧性，这种韧性吃起来格外有劲。我在上大学时顶喜欢吃西单牌楼白庙胡同口那一个摊头的烧饼和馃子，因为他做得极干净且极热也。前门大街珠宝市北口那个卖杏仁茶的贩子，生意极好，有时驻足于此，一面吃着“茶”，一面看着早晨起来就栖栖惶惶的芸芸众生，心里真说不出是怎么个味儿了。

卖小儿零吃物事者每天不知要有多少。以一种不四不六的糖担为最可厌，吹干了的面包，冒牌的朱古律糖，东洋劣质的橡胶玩具，另外还有抓彩设备，看起会让人“恶心杀”。大约中国人之糟，喜欢“不四不六”的皮毛也是原因之一，故有外面是洋楼门面而里面是暗无天日旧房的建筑，有不中不西的广告画，有西服裤而长袍的服装，此皆前述糖担子之流也。挑这种担子的人，也往往有些土头土脑的市侩气，与其营业一致，而照顾他的也就是一些不上不下的孩子。我到底是中国人，觉得“中国本位”有时是必要；有一种打小锣卖豌豆糕的零食贩我就感到有趣。一天，只有我和小孩子在家，外面小锣敲动，孩子就说：“买鱼！买鱼！”我很怪，只好说：“没有卖的！”但他仍是固执着闹，后来只好开门出去，我开玩笑似的问那小贩：“有鱼吗？”我想我一定要被讥笑了，谁知他却说：“有！”我倒怪起来，问他多少钱一条，他说只要一大枚呢。随即一面取下一个小凳，放下他的篮子，掀开手巾，我才看到里面是蒸熟的豌豆粉，他坐下，挖出一块粉，灵巧地捏成一个鱼，如果你喜欢呢，肚子里还可以放芝麻或糖的馅子，捏完，用旧梳子打上一些鱼鳞般的细痕，又用竹枝在头部按了一个洼洞，将一小块粉面嵌进去，这就成了很生动的“龙睛鱼”了。我心中实在不胜欣喜，觉得一个铜板会买这么多的把戏看；就又叫他给捏一个兔子，孩子跳跳蹦蹦拿进门来，可惜是不到一分钟，一尾鱼和一头兔子早都进了他的食道了。

从此我才知道街头有许多巧妙的艺人。

一次，又是孩子向我要求，说要吃“江米糕”。这又使我莫名所以了，还是他母亲告诉我外面就有卖的，也只要一大枚一块。我到外面一看，果然有一副担子，一头有个铜瓶一般的锅炉，那一端则仿佛馄饨担的盛面和馅子的二屉桌。这纯朴的小贩接了我的钱，用小勺盛了一下糯米粉，打开铜瓶上面的塞子，原来是一个有着小洞的蒸笼，不过只有瓶颈一般大小，瓶腹中则盛满沸水，下面也有火炉。他将一种梅花形的木型放在瓶颈上，把米粉倒入，盖了盖子，水蒸气立刻发出唑唑的细声，一分钟左右，他打开盖，那梅花式的粉糕已成熟了，他又撒上些糖，还放了两三条山楂丝，向一块纸上一倒，这滚烫的糕就在我手中。我诧异他那繁杂的手续，但并不见有几个小孩子买他的糕吃，况即买也不过一两个铜板，然则这种艰难的生意，又如何来维持他的生活呢？

夜生活的象征者是馄饨担，炸豆腐担和硬面饽饽小贩。年节前后，更有桂花元宵。深夜，远远望到大街上豆样大的灯光，和水锅里蓬勃的白色蒸汽，一个人幽手幽脚地走回家去，这真是一首不能写出的诗。据说这种夜食贩都是给赌徒预备的，抑或经验之论。卖硬面饽饽的叫卖声往往在三更左右，时常是我已睡醒一觉的时候。听了那幽厉的声音，不由得浮起一个寒碜老者瑟缩在风寒中的影像。有人说这种小贩专替人家抛弃私生子，只要将孩子缚置在门前，并附以相当报酬，他自会给你掩灭得无踪无迹。若然，则这种人是残忍的，抑是慈善的？真不好说。

这古老的城池曾经过几度沧桑了，但这些微渺的人事却依然。而今我们又陷在极度苦痛的低气压下，想到什么“胃活”“太阳牌橡胶鞋”“大学眼药”之类布遍了全市，这些可怀念的而又极穷贫的食物，或者也要到了末日吗？……

一九三五岁尾，写于城头号角呜呜之声中

燕山面赋

邓云乡

炸酱面

《三国演义》上写刘备在东吴说："北人乘马，南人乘船。"孙权听了不服气，立即跳上马，击了一鞭，放了一个辔头，似乎替南人出了一口气，这也算是一次小小的南北之争吧。由此我又想到另一点，就是"南人吃米，北人吃面"。自然这也不要绝对化，不然碰上一个烈性人打起赌来，那就不妙了。因为北京人常吃面食，我这里便写篇《燕山面赋》。晋人束皙有《饼赋》，其实《饼赋》也就是"面赋"。《饼赋》有句云：

玄冬猛寒，清晨之会，涕冻鼻中，霜凝口外，充虚解战，汤饼为最。

“汤饼”者，即热汤面也。意思是说，冬天的早晨，冻得又流鼻涕，又哈冷气，这会儿吃碗热乎乎的热汤面，是最能充饥解冻的。古人想的很实惠，也很大众化，并不一大早就想吃羊肉涮锅子或牛尾汤。因为是从实惠出发，所以写出的是好文章。所谓“汤饼”，就是今天所说的面条。古人的“饼”是指广泛的面食而言。直到现在，小孩过生日吃面，说句雅言叫作“汤饼会”，而不叫“汤面会”，就是这个道理。

生长京国，久住申江，和朋友们谈天，常常询我以北京旧事，自然也常常说到北京的吃食。自从某年报载日本小川大使爱吃炸酱面之后，一些熟人，便向我提出了诸如“炸酱面如何好吃”或“炸酱面如何制作”之类的问题。于是我也常常想起炸酱面来，有些犯馋，这也可叫作“乡味之恋”吧。

炸酱面是北京人的家常便饭，全部内容分炸酱、面条、菜码三部分。炸酱简单说就是肉炒酱，分肉丁炸酱、肉末炸酱、木樨（即鸡蛋）炸酱。酱要黄豆做的黄酱或麸子做的甜面酱，要三伏天晒的好豆瓣酱。酱在乡下都是自己家中做，在北京则是酱园中买，如是名家天源、六必居等大酱园子的就更好了。炸酱时用素油，顶好是小磨香油，其次是好花生油。起油锅，火要大，冒完黑烟，下葱、姜末、肉丁或肉末、木樨，把预先用水调稀的酱同时入锅，经炒勺搅拌稍炸，即可出锅盛入碗中。端上桌子，可见一碗之中，中间是酱，四周满清油，像江南的“响油鳝丝”一样，端上来时要嗞嗞有声才好。随着响声，一股扑鼻的香味袭来，自然要激起你的食欲了。

酱之外再说面条。炸酱面要吃拉面，又名抻面，俗名大把条。要用和得软硬适中的面，在案板上揉，揉到一定程度，拿起两端，在空中一边拉，一边上下悠动，拉长之后，再并起两头，一摇，拧在一起。如此往返数次，再并起来拉，一变二，二变四……便变成了无数又韧、又细的面条，捧在开水锅前，掐断两头，把面下入锅中。一开锅，点冷水，再开锅面就熟了。把热面捞入冷开水中过水，再盛入碗内，叫作“面批”。这种大把拉面，自然都是小饭馆、二荤铺中卖的，真正大一点的饭馆，便不卖炸酱面了。小饭馆学徒的先学拉面，那时拉大把面的人太多了，也并非什么绝技。一般家庭中，拉大把面的不多，只有一根根地拉，叫作小刀面。明代刘若愚《酌中志》云：“初五日午时……吃加蒜过水面。赏石榴花，佩艾叶。”盖过水面即唐人所说之“冷淘”也。如喜欢吃热面，谓之“锅挑”，直接由锅中捞出即可。

面之外要有菜码，即不加任何佐料之生切黄瓜丝、水萝卜丝、水焯绿豆芽等。吃时把炸酱、酱中油和菜码盛在面条上拌匀，吃时面又韧、又滑，炸酱又香，菜码又鲜、又可口，真是滋味无穷。《京兆地理志》云：

炸酱面，京兆各县富家多食之。旅行各乡镇，便饭中以此为最便。

正因为是最普通的家常便饭，也就更值得人思恋了。饭馆中也有以卖炸酱面出名的，那就是阜成门外路北的虾米居。他家的兔脯也很出名。是个小饭馆，只不过够上个二荤铺罢了。

麻酱面

读日本作家陈舜臣的《北京之旅》（按“之”原为日文假名“の”），书中照片很多。其中有一张卖冷面的照片：一家铺子门前，立了一块木板，贴了一张黄纸，上面写着：“现在供应，香油凉面。”看到这张照片，好像闻到了香喷喷的小磨香油味，吃到了滑溜溜的爽口面条。这真是一张显示了生活情趣的照片啊！只可惜这不是北京风物的反映。刘若愚《酌中志》云：

六月初六日，皇史宬古今通集库銮驾库晒晾，吃过水面，嚼银苗菜，即藕之新嫩秧也。初伏日造曲，惟以白面，用绿豆加料和成，晒之。

这里面特别是“吃过水面”一句，正是夏日即景。夏天吃凉面，原是北京古老的风俗。而中国吃冷面，早在唐朝就很普通了，并且吃法也很讲究。杜甫《槐叶冷淘》诗云：

青青高槐叶，采掇付中厨。新面来近市，汁滓宛相俱。入鼎资过熟，加餐愁欲无。碧鲜俱照箸，香饭兼苞芦。经齿冷于雪，劝人投此珠。愿随金騕袅，走置锦屠苏。路远思恐泥，兴深终不渝。献芹则小小，荐藻明区区。万里露寒殿，开冰清玉壶。君王纳凉晚，此物亦时须。

此老实在妩媚动人，不但把冷淘（也就是过水面）凉面写得十分漂亮，而看意思是把槐叶掺到面中去，好像榆钱糁一样。只可惜最后两句，未免太迂了。这种吃法，现在北京一般少见了。但不知今天西安、成都等地还有没有“槐叶冷淘”。槐叶冷淘不是北京的吃法，那么香油凉面是否地道的北京吃法呢？认真说也不是。

《酌中志》中所说的六月六日“吃过水面”，是指把热锅中挑出的面条，放入用辘轳绞上来的井水中过一下，取其凉意。但这时还是白面条，吃时还要另加调料，或是炸酱，或是芝麻酱。芝麻酱凉面，是真正的北京吃法。香油凉面那还不是真正的北京风味，而是外地的吃法，如四川的担担面、吉林延吉的朝鲜冷面等。

把芝麻酱加少量的冷开水调薄，调时少许放一点精盐和味精。把调好的芝麻酱盛在大碗中备用。将三伏好酱油少许，烧熟，冷却，起油锅煎一些花椒油趁热倒入酱油中，再倒一些小磨香油进去，如吃辣的，再加一点辣油，此谓之三合油。同时预备好各种时鲜菜码，翠生生的嫩黄瓜丝，水泠泠的娇红小水萝卜丝，雪白的水焯掐菜（即小绿豆芽菜掐去头尾，在开水锅中很快焯熟），碧绿的嫩豆苗，剥好的蒜瓣，这些都放在小碟中。白面批端上来，先加芝麻酱，再撩点三合油，放点各样菜码一拌，那个香鲜味简直无法形容了。要知道，这才是真正北京风味的饮食艺术啊。

打卤面

北京人家常面饭并不是只吃炸酱面，其他还有不少，如芝麻酱面、热汤面、一和汤面、打卤面等等，种类很多。照明末蒋一葵《长安客话》记载，还有什么蝴蝶面、水滑面、托掌面等。唯时代隔阂，有的如蝴蝶面之类，已不知是什么东西，可能是馎饦一类的吧。再有托掌面，可能就是刀削面，因是托在手中削的。至于水滑面呢，可能就是过水面吧。都是值得研究的，这里就不多说了，但因此总可以说明北京人吃面品种是十分繁多的。自然比起晋南人来，那还是望尘莫及。据说，山西祁县、太谷一带的人能做出七十多种不同的面来。

这许多名称，外地人看了不见得都懂。如热汤和一和汤如何区分，似乎就很可以卖个关子，其实说破了却毫不稀奇。做一锅肉丝、白菜丝、黄瓜片之类的汤，浇在白面批上，便是热汤面。如把面条直接下到肉丝白菜汤中，便是一和汤面，这又有什么稀奇之处呢？

就北京人来说，这些面中较为讲究的，要算打卤面了。打卤分香油卤（即素卤）、猪肉卤、羊肉卤、木樨卤、鸡丝卤、螃蟹卤、三鲜卤（肉加虾仁、海参）等等。打卤之法就是先起油锅，把肉片、黄花菜、玉兰片等下油锅一炒，加精盐、酱油等好佐料然后入汤，再把发好洗净的口蘑、大虾米仁连汁一起倒入锅中煮，烧开后，再勾团粉浆，这样便可烧成一锅香喷喷、滑腻腻的卤了。把这卤浇在一碗碗的现出锅的面条上，便是打卤面。打卤一定少不了黄花菜、木耳、虾米等，素卤不放肉和虾米，但要加香菇、口蘑、玉兰片等。木樨卤用鸡蛋打卤，不放肉。羊肉卤则是清真教门的食品。

清代旗人红白喜事，招待客人，有一种便席叫炒菜面，就是几个炒菜喝酒，然后吃面，这面一定是吃打卤面。北京“百本张”俗曲《鸳鸯扣》《插戴》中描绘娶亲时招待客人道：

> 不多时太太传话说叫摆饭，那些个家人仆妇就奔走不迭，先端上八碗热菜请吃喜酒，然后吃面的小菜倒有好几十碟，螃蟹卤、鸡丝卤随人自便，以下的猪肉打卤没什么分别。里外用完手下人也都吃毕，才叫人预备车马又打扮姑爷。

从这几句曲子中，亦可见当年之饮食风尚。

在家中吃打卤面，习惯用小拉面，把面和得不软不硬，先在盆中醒一醒，消消韧性，然后取出一块，揉好擀开，切成条，在锅口上一根根地拉成细面条下在锅中，谓之小拉面。如在小饭馆中吃打卤面，那自然都是大把拉面，即所谓大把条。

馆子中吃打卤面，都是小饭馆，顶多是个二荤铺。几十年前，隆福寺街“灶温”的一窝丝面，是北京极有名的，天天客满，至于什么卤，那就随您的意了。

荞面

闲阅金息侯《清宫史略》，内中有一则记载宫中日用，十分值得分析。其文云：

> 皇太后宫日用猪一口，羊一只，鸡、鸭各一只……白面十五斤，荞麦面、麦子粉各一斤……

称得起数目大、品类全。当然，所谓“太后老佛爷”嘛，理应是要啥有啥，御膳房办膳，不管吃不吃也要准备好。老太婆一天当然吃不了十五斤白面，但用白面做的食品，都要预先做好，随时想吃包子，就要上包子；想吃春卷，就要上春卷，限时限刻就得端上去。不吃，自然有人吃，并有人拿这些东西去变钱，这也是清代皇宫中公开的秘密。不是嘛，当时外面一两纹银可以买一千个鸡蛋，而在宫中御膳房，一枚鸡蛋要报销三两银子，这都不足为奇。妙在这段记载中，却有荞麦面、麦子粉各一斤，这是较难理解的。荞麦面非但不是细粮，也不是普通的粮食，民间也很少吃，太后御膳房却每天要准备一斤。如何吃法呢？人常说，西太后要吃小窝头，而这里记载，不要玉米面、小米面，反而却要荞麦面，是怎么回事呢？可见历史书读起来的确是并不容易，时代的隔阂，生活的隔阂，有时是很难理解的。

荞麦面是北京人不常吃但又很爱吃的一种东西，那是一种别有风味的食品，吃到嘴中稍微有点粗涩之感，若加上好调料，却是很好吃的。荞麦面没有人用来蒸馒头，也很少有人用来烙饼，最多的是用来做切面条吃。它黏韧性小，不能做拉面，也切不成长条，一长就断掉了。煮熟后，上面浇肉汤，最好是羊肉雪里蕻汤，再加上辣油，味道颇为鲜美。惯吃面粉的人，冬天偶然吃顿荞麦面条，很能换换口味，吃起来很痛快。还有一种与面条相似的吃法，做饸饹吃。把荞麦面用水和好后，放在一个有许多小圆洞的漏子上，加压力，则下面出现一条条面条似的长条。有一种用木头制作的饸饹床，架在大锅上用力一压，可以压出很多饸饹，做粉条（江南叫线粉或粉丝）也用的这个工具。这种圆形荞面条煮熟后，放肉汤或放芝麻酱、醋拌着吃，都别有风味。

荞麦面在饭馆中一般是吃不到的，要吃荞麦面条，除去在家中吃而外，那时最方便的就是到天桥、鼓楼后市场或各城门脸饭摊子上吃。日本人很爱吃荞麦面条，据闻现在在日本吃碗荞麦面条价钱是很贵的。

荞麦面也能包饺子，如在荒年荒月，贫寒之家买不起白面，便用荞麦面包顿饺子吃。经过艰苦年代的人们，不少是有这个记忆的。不过有的老北京，出于对乡土风味的偏爱，有时也特地买来荞麦面包饺子，那当然不是为的省俭了。荞麦面包饺子最相宜用羊肉、红萝卜丝做馅，多放点葱花，那味道是很不错的，今天我还常常思念它呢。

扒　糕

说起荞麦面食品，除去做面条、压饸饹而外，还可以做两种有特殊风味的食品：扒糕和灌肠。这是两种地道的北京民间小吃，说糕不是糕，称肠不是肠，究竟是什么，且听我慢慢道来。

烧一锅开水，最好是风箱柴火，不停地拉风箱，水噗噗地滚开着，把荞麦面一边撒入水中，一边不停地搅动，就像打糨糊一样，等到搅稠之后，便须很快撤火，不然就焦了。在锅中冷却一会儿，趁热一团团地拿起，按成碗口大小的厚饼，颜色是藕荷色，一个个放在容器中，待完全冷却，就可以切成薄片吃了。

一种是冷食法，同用淀粉制成的凉粉一起在夏天卖。吃时，小贩从瓷盆中取一块饼，用小刀切成片放在碗中，撩一点盐水、醋，加一勺调稀的芝麻酱，滴两滴辣油，再加一点腌红萝卜丝，用筷子拌一拌就可以吃了。味道咸咸的，酸酸的，有点像江南水磨年糕片一样，吃起来很滑、很韧，有荞麦香，这就叫扒糕。昔年在北京做过中小学生的人，大概都吃过吧？

把这样的东西切成薄片，放在平底锅上用熟猪油半炸半煎，煎成焦黄色，盛入盘中，淋上一点盐水蒜汁，吃起来别有风味，这就叫灌肠。其实并不是肠子，只不过有时加一点色料，做成粉红色的。记得后门外桥头上有一家铺子叫合义斋，专门卖灌肠而出名，对门还有一家铺子是以“大葫芦”为商标出名的。这是老北京爱吃的一种小吃，同爆肚等类的食品一样，既非菜，又非点心，只能说是一种很好吃的闲食罢了。

扒糕与灌肠，在近人雪印轩主的《燕都小食品杂咏》中都有诗和注，其注扒糕条云：

> 热天的扒糕，用荞麦面蒸成饼式，浸凉水中，食者以刀割成小条，拌醋蒜酱油等而食之。

其注煎灌肠条云：

> 以染红色之荞麦粉灌入猪肠内，煮熟后，刀切成块，猪油煎之，使焦，蘸盐水烂蒜而食之。

大概这位雪印轩主不大欣赏这两样纯北京味的食品，诗中说得很不好，什么色恶、蜡味等等，所以他的诗就不引了。

灌肠在西长安街另有名店叫聚仙居，有人记以诗云：

老饕习气总难除，食品精研乐有余。油炸灌肠滋味美，长安街畔聚仙居。

又咏扒糕云：

荞麦搓团样式奇，冷食热食各相宜。北平特产人称美，醋蒜还加萝卜丝。

这位是北京人，对扒糕、灌肠就大加赞赏了。

荞麦不同莜麦，它的种类很多，还有甜荞、花荞、苦荞之分。苦荞磨成面，做成凉粉是豆绿色，味道比甜荞还重，略带苦味，是凉性的东西，吃了很能解内热，近似绿豆的作用。

荞麦春天开小白花，产量低，但成熟期短，北方春夏之间逢天旱，地里出不了苗时，就改种荞麦，即使种得很晚，秋天也能有所收获，所以是救荒的好东西。荞麦皮是装枕头芯子的好材料，弹性极好，几十年不碎。我有一个荞麦皮枕芯，几十年了，跟着我南北播迁，我天天枕着它做思乡梦，真是一往情深啊！

天地一家春

崔岱远

“春打六九头”。

“六九”的头一天，往往就是开春儿的一天。打这天起，大地复苏，天气回暖，按照二十四节气，这天就是“立春”了。不过，从汉代一直到辛亥革命以前，这一天才是真正意义上的春节——立春之节。而现在把正月初一视为春节的历史，一共还不到一百年。

在立春这天，传统的北京人必吃上一口儿春饼炒合菜，这不仅为了应“咬春”的典，更是寓意着在新的一年里一家人能和和美美，顺顺当当儿地生活，正所谓“天地一家春”。其实“吃”在很多时候都不是为了充饥，而是对一种情感的寄托。

所谓吃春饼炒合菜，就是用烙得薄如宣纸的面饼，卷上早春特产的时蔬烹的菜来吃。这个习俗应该是从唐朝就有的。《唐四时宝镜》记载道：“立春日，食芦菔、春饼、生菜，号春盘。”大诗人杜甫的那首题为《立春》的诗里也说：“春日春盘细生菜，忽忆两京梅发时。”北京这地方儿四季分明，懂得享受生活的北京人特别注重时令节气，表现在吃上更是追求个“应季”。所以，对于这春天里寄托了美好憧憬的第一口吃食，自然是马虎不得的。

最基本的合菜就一荤一素两样儿，做起来也并不复杂。先说这盘儿荤的，就是把洗干净的猪里脊切成一寸来长、火柴棍儿粗细的丝儿，再把粉丝用温水泡成水粉丝。之后，用葱花儿、姜丝炝了锅，煸炒猪肉丝儿，加上点儿料酒、酱油，为的是提味儿，紧接着再放进去发好的粉丝稍微煨上一煨，起锅的时候翘上些个一寸来长的蒜黄儿。如果能用韭黄代替蒜黄，会多上一缕清香，少了几分辛辣，就更有春天的感觉了。

另一盘儿主要是三两样素菜，虽然是素的，可却比那盘荤的金贵得多。而要咬的“春”，也正体现在三两样素菜里了。

什么是最鲜美的菜？古人说得好：早春的韭菜和晚秋的大白菜。所以这“咬春”的菜里必有韭菜，而且是比春韭还要鲜美的青韭。

所谓青韭，其实是在冬天的暖房里培育出来的。这种韭菜的根儿发白，是因为用马粪培在韭根上保温捂出来的。别看它很细，却特别提味儿，用刀切上几根儿就会满屋子飘着一股难以言表的清香。据说吃上这么一口鲜辛的青韭，能把整个漫长冬季里积攒在五脏六腑中的浊气全都驱赶出去，让人从里到外焕发出勃勃生气。

另一样儿菜也是早春的珍品，就是只在残冬和早春才出产的"火焰儿"菠菜。这种菠菜算得上是这个季节难得的鲜货——火红色的根儿娇艳透亮，碧绿的叶子短粗儿而肥实，层层叶子的中央还生着一簇娇嫩的黄心儿。拾掇这种菠菜有个窍门儿，最好不用刀切，而要用手掰，然后撕成一寸来长，这样菠菜的清香味儿才体现得淋漓尽致。

两样珍品时蔬准备妥当，就可以开始炒这盘儿用来"咬春"的素菜了。先把绿豆发的豆芽菜洗干净，切了须子，炝锅后上旺火爆烹，再把事先准备好的菠菜段儿和一小撮儿青韭段儿推进去，然后，点上一勺儿香醋和几滴香油，立刻起锅，顿时芳香满室。不过，炒这盘儿素菜还真要点儿手艺，必须找准了火候儿，得做到菜熟而不塌秧，看上去色儿正，吃起来利口，而且不能出汤，这滋味才地道。

把一荤一素分着装盘儿是我家的吃法儿，为的是每个人可以根据自己的喜好随意添加。也有人家儿把这两盘儿搅拌成一盘儿，再摊个大大的鸡蛋饼放上头，号称"炒合菜盖帽儿"。这么一来，就更透着和和美美了不是？至于炒合菜的菜为什么要全切成丝儿，那是为了寓意顺顺当当儿。"咬春"——一个多么生动的字眼儿，在北京人看来，春天是可以实实在在用牙齿咬到的。

一冬天没怎么吃上青菜的北京人，就是这么咬上一口鲜嫩异常的“火焰儿”和能焕发生气的春韭，在和和美美、顺顺当当儿中品味着悄然而至的春天滋味儿。与其说是为了解馋，倒不如说是一种精神需求和生活享受。

上面说的炒合菜，只是春饼里所包裹的最基本的内容，普通百姓人家都吃得起，就连达官贵人乃至皇亲国戚也都好这口儿。《我的前半生》里就记载着末代皇帝溥仪一连吃六个春饼，领班太监知道了怕他撑着，叫两个太监一左一右提起他的双臂，像砸夯似的在砖上蹾他消食儿的趣闻。只不过不同阶层的人所吃的春饼的内容是有区别的，这也是人之常情。

稍微富裕一点儿的小康之家吃春饼，除了上面讲的这两道热菜，还得至少备上两盘儿冷荤：一个盘儿是切成条儿的松仁儿小肚儿，再有一盘儿就是切成丝的酱肘子或者酱肉。这就是立春时一顿简约而丰盛的大餐了。这两样吃春饼搭配的经典冷荤最好是买“天福号”的。这家乾隆三年开业的老店做的肘子至今还是那么酥嫩，不腻口，不塞牙，五香小肚儿也依然香醇味厚，吃起来那叫够味儿。

更丰盛一些的春饼大餐是过去北京的大宅门儿里吃的，还要外叫一种盒子菜。

提起盒子菜，就得先说说这盒子。它特指装冷荤用的朱红扁圆的漆盒儿，有大有小，小的直径半尺，大的直径有三尺的。简易的盒子分成六格，正规一点的是周围九个格子，中间一格圆盘儿。还有更复杂的，能分成上下两层。这样的每个格子里是一个可以拿出来的漆盘儿，每个盘子里都装着一样冷荤。盒子菜的内容除了刚才所说的酱肘子丝、小肚条儿以外，一般还会有炉肉丝、叉烧肉丝、火腿丝、口条丝、酱鸡丝、熏鸡丝、腊鸭丝、烧鸭丝、咸肉丝、香肠丝等等品种，虽都是凉菜，却也非常精致，做到了名副其实的“脍不厌细”。

在这七七八八的丝中，炉肉丝值得特别提上一提。现在除了老北京人，很少有人知道“炉肉”为何物了。所谓炉肉，就是用皮薄肉嫩、五花三层的猪肉经过洗刷、烫皮、挂糖后烤炙成的一种美味肉食，色泽红润，皮酥脆，肉耐嚼。炉肉可以直接切了蘸酱油吃，也可以或蒸或扒，都是难得的美味。用烤炉肉油炸制的丸子，就叫炉肉丸子，过去有专门卖的。炉肉丸子熬白菜是典型的北京吃法。只可惜由于炉肉制作工艺复杂，很多年来近乎绝迹。幸运的是，二〇〇六年天福号又恢复了这种传统美味的制作。过去老北京有专门经营盒子菜的店铺，叫盒子铺，根据客人的需求搭配上不同的品种送外卖。其中最有名的一家是东华门外的金华楼，之所以有名，是因为清宫里吃春饼的盒子菜都是这家供应的，不过这家店现在早已不见了踪影。

吃盒子菜是一件很随兴的事儿，就是把各种盒子菜摆在桌子上，根据个人的不同喜好，挑选自己爱吃的品种和炒合菜一起卷在春饼里头吃，颇有点像现在的自助。卷薄饼还得有点儿技巧，最好是各样菜都要放上一点儿，卷出来的饼讲求直挺整齐，吃到最后也不会松散或滴出汤来，那才是行家。

最后，必须说说吃春饼用的薄饼，也叫荷叶饼。别小看这张薄饼，它的作用绝不是一张简单的包装纸。如果烙不好，要么艮硬难咬，要么没有筋骨，春饼大餐的风味就会大打折扣。

荷叶饼，手掌心儿大小，薄如宣纸。现在很多人家已经不会自己烙荷叶饼了，而是去买现成的。不过现在超市里卖的那种几十张一摞的所谓“春饼”，其实不是烙出来的，而是蒸出来的。这种饼吃起来自然比现烙的大为逊色。

烙荷叶饼虽说没什么难的，不过倒也有些个门道，我家的做法是这样的：把精面粉倒进一个盆儿里，用开水浇进去，烫上将近一半儿的面粉之后，马上用筷子使劲儿地搅和，这些烫得半熟的面粉就成了疙瘩似的，而另一半则还是干面粉，就把这疙瘩噜苏的一盆面先放在那儿晾凉了。之后，再倒进去凉水和成一块整面，只有这样烙出来的饼才有弹性，有咬劲儿。

随后的工作类似于做饺子剂儿，只不过剂儿要切得比包饺子的大些个。两个剂子一组，其中一个沾上一点荤油，把有油的一面儿和另一个摞在一起，俩一合，按成一张，用擀面杖擀成均匀的小圆饼，是越薄越好呀！然后，就可以把这张两层的薄饼放在铛上烙了，两面儿烙到颜色微微有些发黄，就够火候了。要注意的是，铁铛上最好不要直接倒油，而是用一块肥肉擦上几下儿。

临吃的时候把烙好的春饼一揭两张，用一只手托上一张饼，先抹上点儿甜面酱、香油，再添上合菜和自己喜欢的冷荤，还要布上几根儿地道的伏地羊角葱丝儿，卷起来，咬上一口——那感觉是利口而不腻，滋润而通泰，真正是实实在在可以在唇齿之间荡漾的春意。这么说吧，比您吃过的烤鸭棒多了。

吃完了春饼，讲究的吃法还要就着用糖和醋暴腌的鲜芥菜丝儿喝上一小碗香稻米粥，就真不愧是春天里的第一道美味了！

上面说的是经典的吃法儿。之所以是这么个搭配，主要是由于过去条件所限，早春可吃的新鲜蔬菜品种太少。在现在，如果按您自己的喜好包上黄瓜丝、生菜叶子、彩椒丝等等七七八八的菜丝儿，只要调配和谐，滋味也肯定错不了。这也体现了春饼的精神——兼收并包，随意散淡，又不乏淑气清新，愉悦和谐。正如地道北京人的生活态度。

吃过春饼，表示严冬已过，又是天地一家春了。

对美食的丰富而细腻的感受，是穷尽一生也体验不完的。吃，其实是没有定法的，它是一门充满了人间烟火的学问，更是一种即兴的，与生活交融在一起的行为艺术。

京华人物

寒云艺事

邓云乡

项城袁氏，清室重臣，又因辛亥革命机遇，做了民国第一任总统。又以窥国称帝，洪宪八十三天，遗笑柄于万年，至今仍为论史者所鞭笞，为茶话者所笑骂，细思之，如此过眼云烟，又有何值得。张伯驹先生父亲张镇芳氏，曾任河南都督，为袁表弟。袁死镇芳吊以诗曰：

不文不武不君臣，不汉不胡又不新。不到九泉心不死，不能不算过来人。

概括得很不差。袁姬妾众多，儿子亦多，前二名，袁克定、袁克文，世多知之。一个以曹丕自居，一个则真如陈思王曹植。寒云居士，多才多艺，其名句“绝怜高处多风雨，莫到琼楼最上层”，即今读之，仍使人怜其身世，凄婉欲绝也。在袁氏诸子中，袁寒云的确是个中白眉，别人无法与他相比。

袁寒云名克文，字抱存，他的母亲是高丽人。是扬州名士方地山的弟子，师生二人一生相交极为淳厚。阴谋洪宪帝制时，袁克定一心以太子自居，而袁寒云却有临深履薄之感，作诗讽喻。前引两句，即其诗之最后两句。其诗原稿两首，题为《乙卯秋偕雪姬游颐和园泛舟昆池循御沟出，夕止玉泉精舍》，诗云：

乍着微绵强自胜，古台芒槛一凭陵。波飞太液心无住，云起魔崖梦欲腾。偶向远林闻怨笛，独临灵室转明灯。绝怜高处多风雨，莫到琼楼最上层。

小院西风送晚晴，嚣欢艾怨未分明。南回寒雁掩孤月，东去骄风黯九城。驹隙留身争一瞬，蛩声催梦欲三更。山泉绕屋知清浅，微念沧波感不平。

诗近两昆格调，拟之于玉溪生之“昨夜星辰昨夜风”，庶几近之。但是他的诗被太子克定的谋士告密，说他诗中有怨望意，不满意帝制，结果被袁项城家谕斥责，不许他和当时的诗人们易实甫、樊樊山等人唱和，命令他住在北海读书。袁寒云天分既高，又性近翰墨，不能外出，便真用起功来。与姬人小桃红住在一起摩挲金石，精研版本，吟诗写字。先在琉璃厂大买宋版书，使宋版书一度价格飞涨。袁寒云在此时期，书法亦大有进步，楷书完全有了金石气了。这种字体，一般人不了解其所自，误以为是柳公权，实际不完全是。是从柳字变化而来，粗笔像颜柳，但字形较长，用中锋写出勾撇有明显的锋芒，而且习惯写隶古定（即古体字），这种字是谁创始的呢？创自翁方纲。这种字在清末学术界很流行，不同于馆阁体欧底赵面的状元字，被认为是有金石气的字体。另外袁寒云还能写钟鼎小篆，曾在钟美丈斋头见他一大幅泥金笺钟鼎，字有碗口大，极有精神。

袁寒云喜收藏宋版书，周肇祥《琉璃厂杂记》记云：

> 抱存以一万金购宋版书七十卷、黄唐《礼记》、婺州本《周礼》、黄善夫刻苏诗《于湖集》、黄鹤注杜诗五种于旗下人景朴孙。

袁寒云还编过电影。《胡适的日记》一九二二年十月三十日记云：

> 晚与黄国聪去看开明剧院开演上海新亚公司新出的《红粉骷髅》影片，此影是袁克文编的。情节绝无道理，幼稚的很。最可笑的是最后捉拿恶党徒，本在上海，忽变在苏州宝带桥，忽然上高山，忽然下

水，忽然用戏上的武把子，忽然抬出真刀真枪大舞一场，我把他们自己的广告附一段于下：

《红粉骷髅》影戏为上海新亚公司所制，确为中国影片中之最好，最有价值之述作……

虽然胡先生说“幼稚的很”，但也可看出这位皇子多才多艺，且已会用“最……最……”的语式来自吹自擂了。

袁寒云除受过袁克定的苦头之外，还受过他另一个兄弟的谤言，差一点发生大乱子。袁项城的三子叫袁克良，比克定、克文小不了几岁，但是这位“三皇子”却大不同于前两个，不但生性愚蠢，读书十分无用，而且有些神经病，平时乐喜呆笑，但有时用心十分险诈。袁项城姬妾众多，最怕家中发生丑事。克良向袁进谗言，说袁寒云与其某姬有暧昧事。袁大怒，经寒云老师方地山解救，得免于祸，后冤情亦白。

袁寒云身后有《丙寅丁卯日记》影印发行，但当时印数极少，现在已十分难找，有似宋元善本了。

怀念溥雪斋先生

王世襄

溥雪斋贝子，一夜掷骰，府邸易主。买宅西堂子胡同，庭院深深，不下四五进，旁有园，前有厩，仍是京华豪第。再迁无量大人胡同一宅中院，已僦居而非自有矣。

一九四二年，雪斋先生在辅仁大学艺术系任教，拙编画论将脱稿，曾思趋谒求教。偶过其门，见家人护拥先生登车，颇具规仪，使我不敢再有拜见之想。

一九四五年自蜀返京，于伯驹先生座上识先生。时弓弦胡同常有押诗条之会，后或在先生家及舍间举行，论诗猜字，谈笑已无拘束。饭后忆先生为述往事。百年前太极宗师杨露禅在府护院时，绝技如何惊人。有异人入府，炫其术，桌上扣牌一副三十二张，任人翻看，张张是大天，被逐出。盲艺人代人守灵，忽闻谎报“诈尸”，惶恐中导致种种误会，令人发噱。单口相声有此段子，而先生娓娓道来，引人入胜，与相声雅俗迥异。一次宫中失火，飞骑往救。入宫门见院中白皮松被焚，树多油脂，火势甚炽。此时万万想不到先生竟喊出一句：“那个好看！”以从未见过如此壮丽之火树银花也。以上足见先生语言艺术造诣极高，诙谐可爱。

无量大人胡同距芳嘉园不远，先生有时徒步来访。入门即坐临大案，拈笔作书画。得意时频呼“独！”“独！”。“独”为伯驹先生口头语，意近今日之“酷”。今存小帧兰草、山水、行楷等皆先生当时所作。荃猷画鱼，亦曾即席为补水藻落花。先生之天真可爱又如此。

过从渐多，始知诗书画外，先生擅三弦，伴奏岔曲子弟书。曾从贾阔峰学琴，荒芜已久，而心实好之。知荃猷从管平湖先生学琴，烦为弹奏。不数月，《平沙》《良宵》，先生已能脱谱，绰注无误。旋与查阜西先生、郑珉中兄游，琴大进。《梅花》《潇湘》等曲，皆臻妙境。于此又见先生之音乐天才。

六七十年来，先生无时无刻不寄情于文化、艺术，深深融入其中，其乐无穷，而家境则日益式微。六十年代初，曾见先生命家人提电风扇出门，易得人民币十元。为留愚夫妇共膳，命家人赊肉，并吩咐“熬白菜，多搁肉”。使我等不敢亦不忍言去。而此时窥先生，仍怡如也。其旷达乐观又如此。先生实为平易天真，胸怀坦荡，不怨天，不尤人之真正艺术家。当年以仪表相人，大误！大误！

红卫兵猖狂时，先生携弱女出走，从此杳无消息，不知所终。一度欣闻无恙，谓先生匿身东陵，后知为讹传。

拨乱反正后，市文史馆为先生开会追悼，襄曾撰联：神龙见首不见尾，先生工画复工书。

殊不惬意，以先生书画早负盛名，尽人皆知，勿庸再及。顷以为不如易为“先生能富亦能贫”，但终不当意，以未能道出先生可敬、可爱之性情品格也。

多年来，愚夫妇以为平生交往中，先生实为最使人感到率真、愉快良师益友之一，至今仍不时想念。遇有赏心乐事，美景良辰，法书名画，妙曲佳音，甚至见到近日妄人俗子，荒诞离奇，弄姿作态，不堪入目之作，均不禁同时说出：“要是雪斋先生在，将作何表情，有何评论？”于是皤然一老，又呈现眼前。

雪斋先生，入我深矣！

与伯驹先生交往三五事

王世襄

一

一九四六到一九四八年间，我曾几次应伯驹先生邀请，参加古琴雅集和押诗条聚会。那时他住在弓弦胡同一号，李莲英的故宅。会后他常留客人吃饭，不是筵席而是家厨备膳。有一道菜每次都有，深受大家欢迎，是任何饭庄、餐厅都吃不到的——清炒口蘑丁。中号菜碗，盛得八成满，一颗颗如小指肚大的口蘑，灰白色，有皱纹，并不起眼，可真好吃。别的菜尚未大动，它已被吃光。我更是刚端上来便先舀一大勺。

口蘑野生，产自张家口外草原，味道鲜美，远非其他菌类所能及。近二十年因生态遭破坏而绝迹，当年也因产量不多而十分珍贵。美食家多用它调羹或打卤，舍不得多放，清炒只有伯驹家才有。看来这是他爱吃的一道菜，不过请客时，他总吃得不多，很会照顾客人。回忆起来，我不免有几分惭愧了。

二

伯驹先生搬到后海南岸居住时，有一年元宵节后不久，我骑车去看他，见案上放着一幅他画的兰花。我们从画兰谈到养兰。我说北方养兰不太适宜，家中虽无名种，普通的春兰却年年开花，我也就心满意足了。他问起北方养兰需要什么条件，我说从春暖到秋深，支一个架子，放在南墙背阴处就行了。入冬以后则须放入近似花洞子的地方。我的三间北房，只有正中一间有廊子，入冬后用竹竿、秫秸扎一个大拍子，糊高丽纸，把廊子封好。正中留门，挂棉门帘，地上不时洒水，这种温、湿度对兰花正合适。屋内热气多少会透些过来，入夜结薄冰，日出即化。放在这里的兰花，大大小小十几盆，都开得很好。每年须换一次从绍兴运来的土，换前须把根清洗干净并把坏死的修剪掉，晾干后再重栽。伯驹想了一下，认为现在他家不具备上述条件，也受不了换土的累。现在你既有兰花，先借一盆给我摆摆，开过即奉还。他立即叫女儿传彩骑车随我回家取兰花。我选了一个方盆的，已开、未开的有五六朵，用报纸围好，帮她捆在车座后架子上，带回家中。在此后的两三年，每年我都选一盆给他送去。

“文革”开始，我养兰花的条件也完了。上房三间和西耳房被四户挤占，我被塞到一间东耳房中。南墙被挤占户盖了小厨房，还堆了许多破烂。花盆砸成碎片。兰花也被扔进垃圾桶了。

三

传世名琴“松风清节”，有雷霄监制款，曾是我的藏琴之一。郑珉中先生有《谈吉林省博物馆“松风清节”琴》一文，经过谨严而详审的考证，认为它当是北宋人造的唐琴赝品，刊登在《文物》一九九〇年第二期。对其流传经过有如下一段文字：

> 这张“松风清节”琴，民国初年在北京琴坛上就是一件知名之品，为大兴冯恕所藏。冯恕子冯大生学琴于名琴师黄勉之之门，“松风清节”遂出世并为琴家所称道，且皆以雷琴目之。冯恕死，“松风清节”琴于一九四八年出现在琉璃厂文物店中。适逢上海名琴家、“今虞琴社”社长查阜西来京会友，见此琴于张莲舫之“蕉叶山房”，爱不忍释，愿以重金易之，因时局变化而未果。其后，此琴辗转为藏琴家“俪松居”主人所得。适北京大学举办漆器展览，因史树青先生而得借陈数月。六十年代

初，中州张伯驹先生主持吉林省博物馆，设法得之，入藏该馆。

经我回忆，此琴送北大展出系向古玩店暂借，数月后展览完毕始至舍间试弹，经手人言明只收美金，不能低于四百元。倘回忆不误，可为珉中兄大文做一小小修正。

在荃猷试弹此琴之前，故宫博物院已派我接受美国洛氏基金会奖学金赴美国、加拿大两地参观学习博物院一年，于一九四八年六月成行。荃猷试弹不久，因家中无此款项，只得请经手人将琴取回。唯行前我找到先慈所遗外国银行存单一纸，存额为三百四十余美元。该行在京业务早已结束，故不知存单是否能在国外兑现。抱着不妨一试的心情，我携带存单赴美。

在美见习博物馆的第一站是甘泽滋城（今译堪萨斯市）的奈尔逊艺术馆。东方部主任史克门先生，三十年代初在北京学习中文时，他母亲在美国学校教书，是我的班主任，因此对我相当了解。当我拿出存单给史克门看时，他认为兑现不应该有问题。不几天他便把钱取出来了。

买“松风清节”琴的钱总算是有了，不过怎样才能送到荃猷的手中呢？汇款或许根本不能办，至少是非常麻烦。想了许久，想出一个冒险的办法，但必须把具体办法先告知荃猷才行。且很可能有风险——邮件丢失，美钞便一下子化为乌有。但当时我对该琴的占有欲很强，冒险也在所不惜。

我的办法是用两块双面糊纸、中有波浪式起伏纸作夹层的纸板，作为寄照片的夹板。将美钞卷细，塞入波浪式孔中，夹板沿边再用纸条封口，然后送邮局寄出。

我待收到荃猷回信，知道她已完全了解我的寄法时，才把照片寄出。不到一个月收到回信，经她撕开纸夹板，美钞一张也不缺。

荃猷与经手人几次洽谈，琴价以三百美元、佣金三十美元成交。这一经过最近我才告知珉中兄。他笑着说："你可赔了。一九四八年的三百三十美元比一九六〇年的一千元人民币价值要高。"我说根本没有想到这一点，美钞没有寄丢，就够幸运的了。

"松风清节"琴入藏吉林省博物馆是经过伯驹先生的介绍。在馆方认为该琴确实流传有绪，雷制虽未必可信，但至少也是北宋名琴，且音响松、古、清、脆，兼而有之，故入馆后定为一级品，在我与荃猷则认为它虽是千年名琴，但音响毕竟不能和已有的"大圣遗音"相比，因此不惜出让。

若干年后，我没有想到在发还抄家时运走的旧纸捆中居然发现伯驹先生当年从吉林博物馆写给我的信，已成为有收藏价值的文件了。

我和伯驹先生确实在古琴方面有一些因缘。因此前些年曾误传我向他下跪，求让一幅元人名画，好用它交换唐琴"九霄环珮"。传闻纯属子虚，也算事出有因吧。

四

一九九五年五月黄永玉先生出版画册，我最喜欢页一一三题为“大家张伯驹先生印象”一幅。一九八二年年初，永玉兄于西郊邂逅伯驹先生，此后不久伯驹先生逝世，迨一九九一年始画此小影，故曰“印象”。虽相隔近十年，而绘貌绘神，精妙绝伦。永玉兄固有传神之笔，伯驹先生之形象亦感人至深，使崇仰者一见即终生不忘。

“印象”上方有密行小字长题，中云：

> 某日余偕妻儿赴西郊莫斯科餐厅小作牙祭，忽见伯驹先生蹒跚而来，孤寂索漠，坐于小偏桌旁。餐至，红菜汤一盆，面包果酱，小碟黄油二小块，先生缓慢从容，品味红菜汤毕，小心自口袋取出小毛巾一方，将抹上果酱及黄油之四片面包细心裹就，提小包自人丛缓缓隐去。……老人手中之面包即为其夫人（潘素）带回者。情深若是，发人哀思。

实在使人难以想象，曾用现大洋四万块购买《平复帖》、黄金一百七十两易得《游春图》，并于一九五六年将《平复帖》及《张好好诗》卷、范仲淹《道服赞》卷、蔡襄《自书诗》册、黄庭坚《草书》卷等八件国之重宝捐赠给国家的张伯驹先生、夫人竟一贫到如此地步。故永玉兄在长题中有如下的论断，当然更是赞颂——“富不骄，贫能安，临危不惧，见辱不惊，居然能喝此蹩脚的红菜汤，真大忍人也！”

永玉兄邂逅伯驹先生已不是他最困难的时期，每月文史馆发生活费，否则连蹩脚的红菜汤也喝不上。伯驹最困难时期在一九六九年被送往吉林舒兰县插队，拒收后只好返回北京，没有户口，成为无业游民，连粮票都靠亲友匀凑，直到一九七二年才受聘于中央文史馆。

在一九六九到一九七二最困难的三年中，我曾几次去看望他。除了年龄增长，心情神态和二十年前住在李莲英旧宅时并无差异。不怨天，不尤人，坦然自若，依然故我。有两次记得比较清楚。

一次伯驹先生独自坐棋坪前打谱，我因对围棋一无所知，怕打扰他，不久即告退。

一次他对我说：“我们为某某画的枫菊图，你题后他又拿给我们看。诗作得不错，颇合我意。”我说：“蒙您许可，荣幸之至。但格调不高，惭愧，惭愧。”所谓“某某”是丛碧词社的社友，因不太熟，已想不起他的姓名了。题诗是：

银锭桥西宅不宽，黄花红叶耐霜寒。分明自写双清影，寄与词人作画看。

五

一九七三年我从咸宁干校回到北京，在发还抄家时拉走的旧纸捆中，居然发现舅父西厓先生当年寄给我的《刻竹小言》稿。我立即开始整理增补，至一九七五年完成。时舅父年事已高，亟望见其面世。但当时出版十分困难，只得油印一册。但字迹不甚清晰，殊不惬意。于是又手抄一册，并请当代名流题词。有惠孝同、启元白、张伯驹、黄苗子、黄君坦、蓝玉崧、李一氓等七家。字大醒目，便于老人观看，唯以图式不能附入为憾。

伯驹先生题七绝两首：

法书宝绘出穷奇，竹解虚心是我师。应笑封侯班定远，不知铁笔胜毛锥。

平居最爱碧琅玕，别有风神点划间。削刻羞为刀笔吏，肯教书罪罄南山。

丙辰春题畅安词兄刻竹小言，中州张伯驹时年七十有九

为人题词，因人而异，或因书而异，有的切合原书内容，加以评议，有的只稍有关联，点到即已，随即脱离主题任意发挥己见。伯驹先生题诗属于后者。他平生对个人

的臧否祸福，从无一语道及，但关于华夏文化、祖国人民的生死存亡，关怀至深。对国家的行政举措是合情合理还是倒行逆施，更能清醒辨认，爱憎分明。第二首末两句用“罄竹难书”的典故，显然是对“文化大革命”的发动和“四人帮”肆虐作乱，把国家推到了崩溃边缘的严厉谴责和声讨。

无独有偶，卷末李一氓前辈的题词也是借题发挥：“喜见北军收产禄”是说“四人帮”的覆灭。这位曾跟随孙中山主席参加北伐的老革命家，还兴高采烈地讲到参加天安门庆功游行，和出身完全不同的张伯驹先生爱憎心情竟完全一致。可见“文革”之不得人心而终被完全否定了。

赵树理在北京胡同里

严文井

现在我人仍然在北京，可是从古老的胡同里搬出来，住进“现代化”的楼房小区，不觉已经七年了。

胡同正在不断萎缩，有的已经消亡，看来我跟胡同的缘分已经结束了。

我在北京一共住了将近四十年，先后住过三条胡同。

第二度来北京，我先后在北长街兴隆胡同和王府大街大鹁鸽寺住过，共不到三年。抗日战争爆发，我匆匆离开了北京，一去就是十四年多。我怀念北京，更多的是怀念这两条安静的胡同，它们的分量在我心中似乎超过了一些商市和游乐场所。故宫我只去过一次，而颐和园连一次也没有去过。在兴隆胡同里我结识了一个交往不超过一年的女朋友。在大鹁鸽寺我单恋过一个连面都没见过的女孩子。她是一个女高音，每每在黄昏时练声，我爱她那声音。现在，我在兴隆胡同里那个大杂院里是绝对看不见那个女友的面容了。而大鹁鸽寺早已完全消失。那些东西的确存在过，我也的确怀念过，而它们都不见了，如同一个轻轻的梦。

我再度来到北京，则已步入了中年。

一九五一年春天我住在中南海庆云堂。一九五三年我迁进了东总布胡同四十六号（现在叫六十号），这就是被萧乾称之为“大酱缸”的那个奇怪所在。

这个拥有三个大院连带一个临街铺面、一个作坊的大房子前身确实是一个大酱缸，一九五三年春被“作协”买过来改修为“作协宿舍”。

我的待遇算是不错的。我被分到第一进院子里的一所南屋里。这南屋原来只有一个屋顶，四面没有墙，是驴推磨的作坊。现在加上了墙和门窗，内部隔断成了四间小屋，居然有模有样，容纳下了我一家七口人。当然，孩子们得睡上下两层的木床。我还单独占有了一个小小的“书房”。

夜深人静，当我伏案写作的时候，听见不远处“环城有轨电车”的隆隆运行声和车铃的叮咚声，不禁产生了一种幸福感。我这个天生的小市民打内心深处感谢一个类似上帝的神秘力量，只希望世界上从此以后保持“永久和平”，逐渐实现共产主义，让孩子们顺利长大，我也坐下来写点小东西……我这个觉悟不高的笨蛋，一点也没有考虑以后那无穷无尽的“阶级斗争”。

除了一九六四年秋到一九六五年夏我去山东曲阜参加“四清”工作一年，一九六九年秋到一九七二年冬三年多在湖北咸宁“下放改造”外，我一直都住在“大酱缸”，算是这里的老住户之一。除了一两个人秘密进行的“机密”活动外，这所房子内许多人命运的兴衰成败，我大致也目睹了一些，至少也是耳闻了一些。

几十年来，一些“高级作家”荣升当官了，一些“机灵人”“弄巧成巧”或弄巧成拙地离开了，一些作家被放逐走了，一些作家故去了。各式各样的新住户因时因势搬了进来。院内树木几乎伐尽了；各式厨房和各种小屋占满了“空地”，墙边堆满蜂窝煤，过道塞满了自行车，“作协”那本来不多的“文气”，跟着“破四旧”已被扫荡一空；过去的“娃娃”长大了，很快他们又生了很多的新娃娃，哭叫声此起彼伏。于是，作家协会的“宿舍”连影儿也没有了。

如果我是曹雪芹，就可能利用这“大酱缸”的历史为原型写出一部滋味复杂的巨著来，可惜我不是曹雪芹。

我只能写一点没啥力量的回忆文章。

我已经回忆过了萧乾，现在我打算回忆赵树理，他住在东总布胡同四十六号时的一些片段。

赵树理从山西山沟沟里走出来，住进了北京的胡同，是幸还是不幸，至今我也说不准。胡同既然是住人的，赵树理为什么就不可以来住住呢，虽然我认为他住在胡同里并不自在。

我这个胸无大志不会写“远方大事”的笨伯注定了只能写我所知道的“身边琐事”。谈赵树理我也只能谈他在东总布胡同的一些琐事。好在老赵这个人为人宽厚，如果他在天有灵，对我所写的这些琐事，即便不准确，他也一定会付之一笑而给予宽容的。他绝不会担心他在“中国文学史”里保不住一个位置。

五十年代初的老赵，在北京以至全国，早已是大名鼎鼎的人物了，想不到他在“大酱缸”里却算不上个老几。他在“作协”没有官职，级别不高；他又不会利用他的艺术成就为自己制造声势，更不会昂着脑袋对人摆架子。他是个地地道道的“土特产”。不讲究包装的“土特产”可以令人受用，却不受人尊重。这是当年“大酱缸”里的一贯“行情”。

“官儿们”一般都是三十年代在上海或北京熏陶过的可以称之为“洋”的有来历的人物，土头土脑的老赵只不过是一个“乡巴佬”，从没有见过大世面，任他作品在读者中如何吃香，本人在“大酱缸”还只能算一个“二等公民”，没有什么发言权。他绝对当不上“作家的官儿”，对人发号施令。在“四十六”号第三进院子北屋给他分配了一间房子，这已经算是特殊待遇了。

我认识老赵，大约是在一九五一年冬季。在这以前，肯定他不会知道我这个人。现在，我们忽然成了庆云堂的一个院子里的紧邻居，他住西屋一间，我住东屋一间，每天见面几次，这才有了交往。

老赵没有担任党内什么具体职务，在中南海这样一个神圣所在，来访者要来找他可不容易。可能是闷得慌，有时他来找我聊聊天。他之所长，正为我之所短，一般都是他谈我听。我多次去过山西；他那口上党话，对我不算难懂。我们之间的交流，进行得很顺利，我们就变成了朋友。

从而我知道了一些老赵的过去，我的记忆力素来不好，下面一段文字，我没有信心保证它的准确性。

赵树理上过师范学校。二十年代末期或三十年代初期他就入了党，后来失去了关系，直到抗日战争初期，他又恢复了这个关系。他流浪过。干过几种收入微薄的职业，例如文书、小学教员、乡村医生（中医）等。他也曾在太原的报纸副刊上写过“新文艺”作品。出我意料之外的是，他还读过不少“五四时期”的文艺作品和一些外国作品的译本（包括林琴南的译作）。他的科学常识很丰富。我这才明白，老赵并不是一个“土包子”，他肚子里装的洋货不少。四十年代初期甚至更早，他把主要精力用在《李有才板话》《小二黑结婚》等这类作品上，显然是在实践自己长期思考得来的艺术主张。这条路是他自己开辟的，比谁都早。他会干各种农活，他热爱上党梆子和民歌民谣。他喜欢书法，懂得中国古诗古文。我想，如果没有这些条件，就不会出现这个独特的赵树理。

我觉得他坚持自己的艺术主张有些像狂热的宗教徒。他不可能被人说服。他坚持自己的意见，可是和颜悦色，态度温和。他对他的信仰很有信心。

他爱好上党梆子，可以说是爱得入了迷，经常给我“送戏上门”。有些晚上，我正打算干点什么，他突然推门而入。

“老严，我来给你唱段上党梆子。”

不等我让座，他就在书桌边坐下了。接着就双手齐用，以敲打手指头代替打板和锣鼓，节奏急促紧张，同时哼着高亢的过门，一段我一字不懂的上党梆子就吼了出来。我没有偏见，但实在品评不出这段唱腔的滋味。我还没有反应过来，老赵马上又自我介绍：

“还有一段更好的。”

又是双手击打桌边，口哼过门，近乎喊叫似的高声歌唱。我只有不作声，耐心听着。

这个晚上，老赵倒是尽了兴，而我则有苦说不出。

也许上党戏原来的腔调是好听的，而被老赵唱走了调。他五音不全，可能是耳朵和嗓子都不好。

他有一把三弦，时常叮叮咚咚不知弹些什么，也是不成腔调。但他自我陶醉，真有一种“贵在投入”的精神。

我从不扫他的兴，让他过戏瘾，因此他常常来光顾这个“听众”的门。一九五三年，我和老赵都迁到了东总布胡同四十六号。在新居里，老赵还继续给我这个优惠待遇，隔不了几个晚上，就突然推门而入，“老严，我来给你唱一段。”

也许是老赵太天真，我这个人太世故，他始终不知道我不欣赏他的歌喉。

我隐隐感觉到老赵的寂寞，他一再唱上党梆子，可能是在思乡。北京引人入胜的胡同毕竟有些东西不如他那山沟沟。

老赵也有他的狡猾之处，他并不是不了解他所嘲讽过的东西，可他就不肯承认那些“异端”也有点长处。

有时候我放西方古典音乐唱片，他悄悄推门而入，也坐下来听一段，不加以评论。我也不打算诱使他说出什么称赞的话。有一次，我正在听一个花腔女高音的咏叹调，他忽又闯了进来，说了一句俏皮话：“猫尾巴又被门夹住了。”我不搭腔，他竟然坐下陪我听那个被夹了尾巴的“猫叫”声。他面带微笑，猜不透他是在欣赏自己的警句，还是或多或少也感到了那个女高音的歌唱某些动人之处。

有一个晚上他来谈天，告诉我：上党梆子里也有和声，演员的歌唱和伴奏的乐器不是一个声部平行进行的，并举了实例示范。可惜我当时没有用简谱记下来，现在则已忘记得一干二净了。看来，这个老“师范生”是学过一些乐理，并具备一定的西方音乐知识的。他曾经讽刺某些救亡歌曲的“轮唱”，不过是在表明他属于另一“教派”而已。

我很佩服老赵的记忆力。除了大段上党梆子，他可以连唱几个小时不断外，他青年时期写的一些小戏和诗歌，也能一口气一字不落地流利地背了出来。

在他写《灵泉洞》的时候，曾经告诉我，他每天一定要写五千字。起床后，他就构思这五千字，包括刻画形象，调整语句，修饰词藻的功夫在内。五千字一个一个按顺序在他脑子内都安排妥当并记住之后，就坐下来一个字不改、一口气写了出来。因此他的稿纸从来都是很干净的。

他爱酒，但量不大。他常上胡同口一家小酒馆里独酌。有好几次他很得意地对我说："今天晚饭又是三菜一汤。"不待我问，他就道出了那"三菜"：一为花生仁，二为豆腐干，三为蒜肠。诸如此类。只是我忘了那"一汤"是什么，大概不外"二锅头"或别的什么酒。

他怕冷，秋末一降温，他就穿上了皮大衣。五十年代初，北京各个商场出售的旧皮大衣很多，价钱虽不很高，销量却不好。在"新社会"，人们不愿意把自己打扮成不久前的那些官僚、地主和大商人的样。老赵不在乎，就穿上了这种大衣，像一个过去的"土老财"。但他的每件大衣都穿不久，不是送给人了，就是忘在什么地方了，又得去买另一件。我记得一九五二年冬他穿的是一件女式皮大衣，他缩着头，只把那个长而勾曲的红鼻子从那个长长的翻皮领中伸出来，像个寒风中的老母鸡，可他还显得有些陶然自得。

但他也不是什么都满不在乎。

一九五三年夏天有个黄昏，我听见老赵唉声叹气从院子里经过，嗓门特大，情况显然异常。等我赶出去，他已经左右开弓，自己打起自己的耳光来。我跟随他到了他那间北屋，问他发生了什么事，他不回答，一边自打耳光，一边哭出声来："儿子呵！爸爸对不起你。只怪你爸爸不争气，没有面子……"

原来他是在为儿子入学的事生气。

那年秋天，北京市可以容许学生住宿的重点小学"育才"小学有两个名额分配给"作协"。当时"作协"该入学的孩子不少，暗中竞争很激烈。老赵也为自己那个男孩争取过。让孩子住了校，自己可以省很多事。好像那时他还没有把全家搬到北京来，没人管家务管孩子。竞争的结果，老赵自然归于失败者的行列中。许多话，老赵又不愿意明说，在气头上，他就采取了农村妇女通行的那种自我发泄方式。

我还知道老赵一件生气的事，他气得那么厉害，是很难令一般人理解的。

我在少年时期胡乱下过一阵围棋。后来我明白了自己不是学棋的材料，就及时洗手不干了。认识老赵以后，不知怎么向老赵谈起了这件往事。谁知老赵是个大棋迷，房间里总备有一套棋具，说什么也一定要和我下一盘。没想到我这个好多年不下棋的"臭棋"手居然不费力就取胜了。老赵当然不服。再来一盘，还是他输。于是他要求下第三盘。这时已经是晚上十一点了。我的妻子见这么晚我还不回家，便打发孩子来找我。从庆云堂到"四十六"

号，老赵总是未尽兴，未打一个翻身仗，我便离开了。有一次可惹火了老赵。仍然是一个第三盘未下完我被叫走的局面，当时老赵没发火。第二天，“作协”秘书长陈白尘来告诉我，昨天老赵大怒，说了一番十分激动的话。大意如下：“李叔华不把人当人。我和她两个人，总有一个先死。要是我不先死，我每天早上到她门前去砸碎一颗棋子，把棋子砸完为止……”白尘连忙笑着回答：“别砸，别砸！那要砸多少天，你把棋子和棋盘都送给我得了。”

老赵喜欢书法，他曾送给我好几本碑帖，其中有《争座位帖》《兰亭集序摹本》等。他那笔钢笔字颇有点“兰亭集”的味道。

他会中医，曾在农村行过医，我有点小病，他总自告奋勇来看病开方。但我从未照方买药。不是我不相信他的医术，而是我不喜欢吃药。

记不清是哪一年了，老赵为农村问题向中央写了一封长信，就农民的疾苦和农村经济问题提了一些自己的想法和意见。后来这封信被批回作协，要作协党组和老赵讨论。参加这个讨论会的人不多，我也是其中一个。会议由邵荃麟主持。结果是可想而知的，老赵受到了大家的批评。大家一致都说，农村形势一片大好，不像老赵说的那么悲观。老赵虽然处于孤立的地位，却也坚持自己的观点不让。那个会开得还算“和风细雨”，没有什么火药味，可是谁也没有说服谁。可惜我已经忘掉了老赵的原信，和所辩论的具体问题。我只记得老赵发言中有这么一个意思：农民交出了自己种的粮食，国家总应该给他们一些东西，哪怕是小商品，比方针头线脑这样的东西。我们总应该给农民一点东西嘛！

这个会只有不了了之。

我当时觉得老赵这个人“农民性”未改，“迂阔可笑”。现在看来，可笑的倒是我们那些不了解农村而又自以为代表“真理”、自以为“是”的人。

几经周折，老赵终于离开了北京的胡同，回到山西的山沟沟里去了。

没想到在“文革”中，他这颗棋子终于被人砸碎了，死得那么惨。

北京东总布胡同四十六号的寓客当中有一个赵树理，一个真正的作家。

一九九三年七月十九日

老舍在北京

黄　裳

《我这一辈子》在上海演得挺起劲，我愿意提前报告一下，原作者老舍先生在北京的近况。

头一次看见老舍是在玉华台饭馆里，客人差不多都到齐了他才来。服务员掀起门帘，我们就看见在院子里走进来一位中等身材胖胖的人，穿着皮大衣，走起路来一歪一歪的，不大得劲。进门一脱大衣，他上身穿着一件绿呢西装。里面是大红黑花的呢衬衫，就像美国西部的牧童的装束，底下穿的是两条蓝绸子棉套裤，扎着裤脚。太现成了，说明了这位老北京刚从美国回来。

他在美国得了腿病，严重得路都走不动，一天到晚总是蹲在北京饭店楼上。他说：“我真喜欢吃点烧饼果子，可是，出了饭店，走到东单（普通人三分钟的路程）我就得走上半天，还得歇四五回！唉！”

这位老北京还不脱他当年的风趣。大家都问他美国的近况，他一杯一杯喝着黄酒，话匣子也越开越响了，他谈到了美国的“文化”，先提到他的那本《离婚》的故事。先是给别人偷译了，加上了一个大团圆的莫名其妙的尾巴，他交涉了半天，也并没有结果。自己出版了全译本，可是并不卖。美国人搞文化，就跟做生意差不多。一本书出版，先得在各方面大做其广告，明星也能代你吹一通，戏院、药店……都得有小广告，再加上广播，那才成。否则，什么书都别想卖。

书要在美国销，还得看“时机”，还得看“刺激性”。说“刺激性”就是说造谣与空想的成分。最近一个英国人写了一本《一九五八年的英国》那么一本小说，这是描写英国共产化了以后的情形（推测）的。美国人当然很关心这个问题。照那位作者说，那时候，是一点自由也没有了的。你在家里写日记，都能用无线电给探查出来。一个人要反抗，给捉去弄死了。全书就是充满了这样的“惊险”的“幻想”。然而大卖，全书充满了阴森的谣言，所谓“哲学家”的罗素还给写了序文。

这是美国的“文化”的一例。变态的恐怖心理造成的反动。

美国人也喜欢东方的东西。纽约就在上演一出《琵琶记》，写赵五娘的故事的，请来了日本人做舞台顾问。

“哟，那种服装、布景，瞧了就让人难受！不知道是些什么东西！”他说有那么一场，全体演员待在台上，“就好像我们京戏里《青石山》的样子。可是《青石山》多美呀，一掀帘子，二郎神、托塔天王、周仓、天兵天将，整一台，多威武多庄严。可是纽约的那个《赵五娘》啊，就不知道是一堆什么妖怪、小丑！”

他说在美国就住在一间小小的“破瓦寒窑”里面，什么地方都不敢去，连饭馆都怕去。美国有三百多国民党的特务，你碰上一个瞧瞧，那眼睛瞪得有包子那么大！有一次在哥伦比亚大学，进步的中国学生在开会，到会场上去一看，特务们在椅子上都拉上了屎！

别提美国了，一提就是一肚子气。

大家总是都还记得老舍在重庆时候的事，在国民党反动派压迫下的文化人都能体验出那种滋味。他是写小说的，可是他在那种环境下面又能写什么小说呢？他当时写过不少旧诗，抽坏烟喝坏酒，身体越来越坏，东西越写不好，他绝望极了。

可是老北京又回到了老家，老家翻了身，成了新中国的首都。新中国对这位作家的要求和期望有多么大，有多少问题，都找上了他。首先，是北京的三轮车夫的转业问题。这样的问题，在过去，无论如何也轮不到作家来管呀，可是现在不同了。老舍要帮忙解决这个问题。他已经写好了一个剧本的第一幕。他预备写这么四幕戏，解放以前，解放的过程，解放以后，翻了身，要转业了。这不是一个简单的问题，北京人是不愿意离开这个城市的。怎么说服他们，让他们走呢？得说明保障的问题，火车、服装，都预备好了，或者是去开垦，或者是去做矿工，得说明那美丽的前程的景致。老舍拿到了第一批去开垦的人们的来信，这是好资料。政府并不骗人，在那边有吃的，有人招待，有了自己的地，正等待春耕。像老舍这样的作家，他现在可以通知北京市政府，请市政府供给写作的材料。他向市政府要到了有关北京大杂院的种种资料。他兴致好极了，他要再亲自去看看那离别了十几年的大杂院的情形。新北京等着他去写。

要说通俗文学，老舍可是个全才。大鼓、相声，样样都来得。而且写得都入味，不像普通作家写得那么生疏。他写出来的东西，都能上口，都能流传。他接了不少订货，也已经赶出来不少成品了。

在吉祥，一天晚上，相声演员侯宝林当众宣布，他们全北京的相声同业，前天下午到北京饭店去访问了一位刚回北京来的“老朋友”，向他讨教了不少关于改造相声的问题，还请他动手先来几段新的。

关于鼓词，他很严肃地说，他理想中的新鼓词，是能充分利用口语，像史诗一样的，描写伟大的时代过程的长篇。他说对这一份工作，是有极大的兴趣，也有最大的野心的。不过这是一份沉重的工作，他很谦虚地说，他要努力去试试看！

那天吃饭，他端起杯子来，向对面的吴晗副市长干了一杯，提起了嗓门，当场表演了两句大鼓，“第一位民选的市长，他叫吴晗！”字正腔圆，获得了满屋子的彩声。他向市长致谢给他调查北京大杂院的方便。

老舍已经不是从前的老舍，他发现他的老家也已经不是从前的北京，他所熟悉的那些人物也都变了。他兴致好极了，他自己想，政府也这样鼓励他，人民也需要他，重新再写新的北京、新的中国。

一九五〇年一月

记溥西园先生

朱家溍

溥侗，字厚斋，号西园，别号红豆馆主；清光绪七年封镇国将军，光绪三十三年加辅国公衔；贝勒载治之第五子，人称侗五爷。兄，贝子溥伦，人称伦四爷。载治之本生父为奕纪，系成哲亲王之孙。因宣宗长子奕纬无子，过继载治为嗣子。

西园先生和我父亲朱翼庵先生是好古敏求的朋友，他又是我外祖张邵予的门生，所以我从幼年时就常见到他。我外祖在光绪年间任学部侍郎兼上书房师傅，溥伦、溥侗都是奉旨在上书房读书的。溥侗自幼按部就班地读经史，学作诗文，又常到老师家中请益，未到成年时已经显示了才华出众，不仅淹通诗书，而且写字作画也都有一种清新高逸的气质。他对于本生高祖成亲王永瑆的品德、学问和老师张邵予先生是怀着景仰心情的，尤其在书法和鉴古方面，他常提起成亲王和张老夫子。成亲王收藏的法书名画和古器物很丰富，传世著名的法书晋朝陆机的《平复帖》就是他的藏品，所以他的斋号是“诒晋斋”。成亲王逝世后，《平复帖》由恭亲王奕䜣代为保管，所以恭王府的西院，也有一所悬“诒晋斋”匾额的建筑物。《平复帖》虽然未传到溥侗手中，但其他图书字画和古器物还有不少为溥侗所有。

溥伦和溥侗的住宅在大甜水井胡同内一座府第，人称“伦贝子府”。他们弟兄前后各分一半。西山水獭园地方有一座花园是分在溥侗名下的。当年我父亲和朋友们二十余人每逢春秋佳日，喜欢到西山游玩，住在大觉寺，春天看杏花，秋天看红叶。朋友中也有溥西园先生。一九二二年春天我随侍去过一次。在大觉寺住过几天之后，大家回程顺便都到溥西园的花园小坐。用他的话来说：“这个院子是哲太王爷留下的。”（成亲王的谥号是“哲”字，所以习惯这样称呼。）这个园子虽不大，但是池馆台榭、假山竹树疏朗有致，明轩奥室亦各有所宜。墙上的字画和几案上的图书鼎彝之属亦安设得所，入门便有一种高雅绝俗之趣。大家都在一棵老杏树下歇息喝茶。溥西园先生说：“你们喝着茶，我在屋里弹琴给你们助兴。”他弹了一曲《高山流水》。这里不仅字画陈设很讲究，桌、椅、几案也都很精雅。尤其是一张紫檀整板书案，案面是活的，侧面有清初名人宋牧仲的题跋。西园先生自己也有一跋刻在上面，是一件流传有绪的著名的器物（现在此案在王世襄先生家）。

他的文学艺术修养，他的审美观点，是在这样一个美的环境里培养出来的。

他对于庭院的布置，也是不惜重金。因为看中了言菊朋家里有一株树，姿势很有画意，就和言菊朋商量，能否出让。言菊朋说：“我没打算卖树，你如果十分喜欢这棵树，我就送给你，可是你怎么挪走？要是移到你家种下去不活，那不是白饶吗？”当时西园先生向护国寺悦荣花厂请来一位种树人，经过与种树人研究，提出了具体办法：需要五个年头的工夫，第一年先在树的北面挖下去，切断这一面向外伸延的根，用木板插进泥土中作截断，然后仍旧把土埋起。以后每年做一面，第五年做树根下面，到第六年才可以起动，连根带泥用草席、草绳包起来，运到另一个地方种下去，可以保活。后来就是照这个办法做的。

据说在言家运出的时候是拆了一段墙，到西园先生家也是拆墙进去的。这株树确实活了。西园因为菊朋不要钱，就赠了他一身黄靠。菊朋先生在世时凡是演黄忠的戏，一直是穿这身黄靠。西园先生种活了这株树也心满意足，所花费的人工、物力价值大概比十身靠还多。

西园先生年轻时没有结婚，原因是这样的：凡近支王公子弟，都需要有皇帝或皇太后指婚，他一直在等待着指婚，就等到了辛亥革命。当然，不必再等，可是他也不想拘泥于结婚的形式。他认为有个妾也就行了。所以他一直没有主持家务的内助，给他服务的只是男女仆人。

西园先生的生活比较任性，没有靠得住的收入，没有钱的时候，就当卖度日，有了钱又随手花。大甜水井的府，当他们兄弟分家时，溥伦在分界处砌一堵墙。正值我父亲去看他，他指着墙笑着说："你看，我们老兄把我'赶门在外'了。"（这是京剧《天雷报》中的一句词。）没过两年，溥伦因债务无力偿还，宣告破产，由法院查封财产拍卖，处理债务。西园又说："幸亏老兄把我赶门在外，墙这边还算是我的，没有封。"不过，没过多少日子，属于他这部分房子也卖掉了，西山的园子也卖掉了。在这期间就靠借钱生活。凡是借给他钱的人也都知道他根本不可能还，也就不要了。民国十六年，张作霖任大元帅时，政府设立一个"乐律研究所"，任命溥侗为所长，每月薪俸有四五百元（银圆）。生活刚有了着落，他又自我锦上添花，仍旧是老习惯：买古玩字画，还买了一部自用汽车。到民国十七年北伐成功，政府南迁，"乐律研究所"撤销了，他又陷入贫困。天无绝人之路，清华大学聘请他讲戏曲。后来国民政府因为他和溥仪是弟兄关系，而坚决不去伪满洲国，认为他是一位有坚定立场的爱国人士，于是请他到南京，并且给他一个"中央委员"的名义。从此溥侗居住在南京。有时回北平短期小住，也是偶然的事。抗战期间他没有随着政府内迁，住在上海租界里。抗战胜利我从重庆到上海，曾和他见了一面，那个时候他已经半身不遂。他坐在床上和我握手，笑呵呵的，毫无病容。还说："《北诈》尉迟敬德有句词：'真病好害，假病难装。'我现在真下不了地，真病可不好害。"那天谈兴还是很高的。后来我回到北平，听到他病逝的消息。

溥西园先生的戏，是"文武昆乱不挡"，并且在戏曲音乐方面也是"六场通透"。据说他从前学戏的时候，是这样一个宗旨：某一出戏谁演得最好，就重金请谁来教。如谭鑫培、王楞仙、陈德霖、黄润甫、罗寿山、钱金福、梅雨田、方星樵等都教过他。我看过他演的戏，老生的有《打棍出箱》《坐楼杀惜》，昆腔老生戏有《搜山打车》《别母乱箭》《弹词》，花脸戏有《山门》《刀会》，小生戏演《奇双会》的赵宠，小花脸戏有《连升店》的店家、《青石山》的王老道、昆腔《风筝误》的丑小姐。

以上是我亲眼看过的。还有更多是我没看过的，例如他还能演《金山寺》里的白蛇，是向陈德霖学的。

西园先生演戏和他写字作画给人的感觉一样，就是觉得他清新高逸的气质是许多专业演员所难比的。以我所看过的来讲，总的缺点是嗓子不好，但他整体的表演效果使观众不去计较他的嗓子，甚至还觉得那沙哑的嗓子还挺有味。

西园先生演戏，也不是每一出戏都在一个水平上，例如《打棍出箱》这出戏，报上登的广告原来是和新艳秋演《汾河湾》，地点是开明戏院。但实际当天却改了戏，演的是不带《问樵》，也没有《出箱》的《闹府》，唱念都是所谓“平淡无疵”。《坐楼杀惜》演得比《闹府》好些，田桂凤演阎婆惜，两个人都很有戏。这出戏虽然胜过《闹府》，但还不如演昆腔老生的戏更好。昆腔老生戏《搜山打车》和《别母乱箭》都非常好。但以两出戏来比较，则以《搜山打车》为最好。这出戏西园演程济，包丹亭先生演严震直，廖淑筠女士演建文帝。那天也是在开明，这出戏是大轴，前面还有兰闺雅集的女士们，如袁昺轩姐妹、鹿钟麟的夫人等人的戏，这都没有给人留下什么印象。只有《搜山打车》，至今已隔近六十年，仍觉得西园演得淋漓尽致，有声有色。《别母乱箭》也是在开明演的，罗福山的周母，赵芝香的周夫人，冯惠林的周公子，钱金福的一只虎。这天是“同志救济会”举办的义务戏，连演两天，第一天除《别母乱箭》之外，还有杨小楼先生的《连环套》，余叔岩、陈德霖二位先生的《南天门》。第二天西园先生和陈德霖的《奇双会》，杨余合演的《八大锤》。西园先生这两天的戏，都是夹在杨余之间，又有天赋的缺点嗓子问题，可是相形之下并不逊色，还能随心地发挥，足以说明他表演艺术的分量。

他的花脸戏《二进宫》和《战宛城》，我都是在堂会上看的。《二进宫》是王琴侬的皇娘，言菊朋的杨波。《战宛城》是杨小楼的张绣，钱金福的典韦，田桂凤的邹氏。这两出花脸戏比较一下，徐延昭西园演得平常而已，《战宛城》的曹操则演得太好了，气魄很大，不瘟不火，一切表演给人以适度感。《山门》演来很像钱金福。《单刀会》是一场公开售票的戏，地点在开明。我记得前面有坤角杜丽云的《虹霓关》。大轴是《单刀会》，钱金福的周仓，方宝泉的鲁肃，票友周裕亭的小军。西园先生这出戏演关羽，是揉脸，不勾油红，夫子盔是老式的，高矮合适，绒球很少，扮相威严端庄。戏里周仓面向外吩咐“把船缓缓而行”，和关羽背对背走“云步”转过身来，在开船的唢呐声中，关羽拈须看水，然后端坐椅子上，没有一般演《单刀会》两边三指的身段，显着简练大方。关羽在唱“恰怎生闹吵把三军列”时，宝剑并不拿在手中，只是拔出一段剑，随后就还原在鞘中。在唱这支曲子时，右手按剑，左手抓住鲁肃的手腕。这样既合理，身段又好做，相也好看。不像现在演《单刀会》的拔出剑来，放不回去。

西园先生《单刀会》的关公和王凤卿先生《战长沙》《华容道》《汉津口》的关公，我认为这两位代表着京派昆乱演关戏最高雅的路子。王鸿寿先生（三麻子）的关戏，我认为也很好，那另是一派。

现在演关戏的演员每次都要浑身哆嗦一大阵子，如演得胜之后的下场，一面跑圆场，一面哆嗦。不知这项表情目的是什么，也不知这哆嗦是谁的传授？总之，溥西园、王凤卿、三麻子三位大师演关戏都不哆嗦，国剧宗师杨小楼先生虽然只演过一次《挑袍》，但也绝无哆嗦。建议现在演关戏的演员免去这一没有目的性的表演。

西园先生的小花脸戏是罗寿山的传授。我看过的几出都是在堂会。《连升店》是兄弟二人演的，伦四爷演王明芳，侗五爷演店家。戏里王明芳得中之后，店家给他换新衣，照例有句词说，这是“老掌柜想穿，做得没穿就死了。今天您穿上简直像我爸爸”。那天西园没说“像我爸爸”，只说“简直像老掌柜的”，台下仍然哄堂大笑，因为他们是亲兄弟。《青石山》卖符的王老道，是在傅沅叔世丈家，石老娘胡同藏园堂会演的。票友钟林演关平，钟林的哥哥铨林，字燕平，演周家苍头。当时社会上称他们弟兄铨大爷、钟四爷。王老道画第一道符，叫苍头“贴在你们家大门上”，第二道符应该说“贴在你们家后门上”。那天王老道画第二道符，叫苍头“贴在黑芝麻胡同”。台下观众很多都知道铨大爷、钟四爷住在南锣鼓巷沙井胡同，其后胡同就是黑芝麻胡同，所以这句现抓的哏也来一个哄堂大笑。

《风筝误》里的丑小姐不知究竟是否小花脸应工，据说从前是武生张淇林反串这个角色最著名，西园这出戏就是向张淇林学的。在我看戏的年代，看梅兰芳先生、尚小云先生演《风筝误》，都是李寿山以大花脸反串丑小姐，因为李幼年学过昆腔贴旦，后改行唱花脸，所以丑小姐演得很好。西园这出戏又胜李一筹。我们不能以现在《凤还巢》演程大小姐乱嚷乱叫、尽量出怪相的风格来设想西园的丑小姐。他演这出戏的丑小姐身段脚步仍然是闺门旦，在勒网子时，一边眉眼吊起，和平常旦角一样，另一边不吊，眉眼是下垂的，在脸上点一个大黑痣，这是在扮相上表现丑。动作上有时在旦角身段中偶然出一点丑相。

以上是我看过的西园先生演的戏。还有我听说过，但没看过的戏有《空城计》《击鼓骂曹》，《群英会》里的周瑜。他所组织的“言乐会”还排演过全本《九莲灯》。他演富奴，钱金福演火判，言菊朋演阴阳界官。

我没向西园先生学过整出的戏，但在听他聊天时却受益不浅。我学京戏的同时，又学昆腔，就是听他的话；唱武生，也唱花脸、老生、小生也是受他的影响。黄宗江同志爱看我演戏，可以说是我的知音，曾经开玩笑，叫我“朱豆馆主”。不过我会的太少，无法和西园先生相比。

满枕蝉声破梦来

——怀念吴组缃先生

陈平原

还像往常一样，回国后第一件事，就是骑自行车在未名湖边转悠，看看久违了的风景，顺便安置跑野了的心。还是那汪平静的湖水，博雅塔依旧，石舫依旧，柳树依旧，蝉声也依旧。唯有湖边流连的身影不同了。柳荫下略嫌破旧的木椅上，又少了一位曳杖的长者，这幅在异国他乡常常闯入梦境的“风景”，不免显得有些残缺。

忽忆起几年前吴组缃先生题赠的诗句：“藕花摇落豆花开，满枕蝉声破梦来。”那是一篇旧作，吟成于先生渐入中年时节，故末两句为“世路于今行过半，炎炎夏日苦相催”。半个世纪后的今天，依然是夏日炎炎，蝉声破梦，难怪古人有“后之视今，犹今之视昔”的感慨。

吴先生主要以小说创作名家，五十年代以后任教清华、北大，又以小说研究为学界所称道。我进北大时，先生已不再讲授基础课，故无缘一睹其讲课风采，专题讲座倒是有幸聆听，不过也就寥寥三两次。我与先生接触，主要是平日聊天，先生健谈，每次拜访不愁没有话题，我只需提起话头，以后就顺其自然，先生有本事天南地北上下古今，转一大圈，又回到原来的话题，“聊天”也是一门艺术，有人能放，有人能收，先生是我见到的为数不多的能放又能收的“聊天大家”。听先生谈天是一种享受，上自国家大事，下至校园新闻，出自先生之口，必然平添几分机趣。

先生当过冯玉祥的老师，又曾随其出访美国，知道许多政界和文坛的逸事，说起来眉飞色舞，可就是不愿行诸笔墨。我不止一次怂恿先生动笔，或者允许将其口述记录下来，稍加整理作为文章发表。先生晚年有点动心，曾尝试作过几篇。可一来仍不无顾忌，最精彩的片段难得问世；二来先生对文章的笔墨情趣要求甚高，助手难当，工作进度很慢。如今先生遽归道山，半部“世说”未及写出，令人扼腕太息。

先生与“清华先后本同门”（《哭昭琛》）的王瑶师一样，擅长于读“纸背文章”。这种特殊国情训练出来的政治智慧，加上知识者的良心，使得先生大事从不糊涂。近年先生因身体欠佳，基本闭门书斋，可锐气勇气不减当年，常令我辈后生自愧不如。

因治学兴趣相近，先生与我聊天，最常提及的当然是中国小说史研究。但先生这方面的佳言懿行，自有其及门弟子记述，我更想谈谈他不大为人注意的诗文。

老一辈学者中能写旧体诗词的很多，因当年读书时学校里还时兴让学生“拟西洲曲”“拟柏梁体”。在《敬悼佩弦先生》中，先生就曾记载其从朱自清先生学作旧体诗的经过。朱先生以新文学名家，其“飞章叠韵，刻骨攒眉”，自称“未堪相赠，只可自娱”（《犹贤博弈斋诗钞·自序》），故生前从未公开发表。先生似乎也恪守这一原则，早年所吟旧体诗未见问世。“文革”是个转折点，“五七干校”无书可读，更谈不上专业研究，于是学者们“重理弦歌”。一出手都为旧体诗词，因其易吟易记，也因其恢复了早年的文化记忆。旧诗的“复辟”，实在是对自称“破旧立新”的“文化大革命”的绝大嘲讽。不知道先生是否也是在“文革”中恢复吟诗的兴致，不过我所见先生最早公开发表的旧诗《颂蒲绝句》二十七首，确实是吟成于一九八〇年。此后先生偶有诗作，仍以自娱为主。王瑶师去世时，我请他写纪念文章，先生说眼睛不好，作文不易，于是吟成了七言古风《哭昭琛》。

记得是七八年前深秋的一个下午，闲聊中提起清人书札及诗笺，先生饶有兴致，并展示了其收藏。以前只知道先生小说写得好，而且历来思想“进步”，那是我第一次听其谈论无关家国兴亡的旧诗与收藏，可见其未脱文人习气。回家后越想越有意思，第二天，带着几张诗笺，登门讨诗。先生居然不以为忤，录早年所吟七律、五律各一首见赠，令我大喜过望。先生所赠五律后有题记：“一九四二年梦中得此什，不知所云，录以聊博平原棣台一笑。”我对“梦中”二字尤其感兴趣。以我有限的经验，诗文之事，倘若不是白天琢磨，就不会有“梦中得此什”之类的雅事。大概抗战中文人学者浪迹天涯，促成许多人吟旧诗以自娱，可惜当时忘记请教，事后也没有做过调查，此说因而无法得到证实。

先生以小说名家，故其散文被论者称为“带有小说化的倾向”，言下之意是不大像“散文”。先生对此颇不以为然，晚年几次撰文强调拓展散文的疆域，最典型的是《谈散文》中的一段话：“其实散文何止抒情？它也叙事，也说理，也描写。古代散文名篇是如此，看《古文观止》就知道。”将散文的文类特征概括为“抒情”，而又无法做到“讲肺腑之言，抒由衷之情，写真切的见闻感想”（《关于三十年代的散文》），在先生看来，此乃五十年代以后散文衰落的根本原因。私下里，先生对诸名家名作，有更为尖刻的批评。

近年来，我在从事学术研究之余，也写点小文章，有一次到医院探访先生，见先生正躺在病床上阅读我刚出版的小书，赶忙表示不是正宗的散文。没想到先生一句话就把我问住了：“什么是‘正宗的散文’？”此后再也不想“正名”，也不跟人生闲气，任由人家呼“阿猫”，叫“阿狗”，我自泰然处之。只求像先生所说的，“随心所欲自由地写自己的思想感情和见闻”，管它算不算“散文”！

去年出国前，杂事繁多，心绪欠佳，居然没来得及向先生道别。事后聊以自慰，只有一年时间，很快便能重新聆听先生教诲。接到先生去世的电话，悲伤之外，又多了一层悔恨。

终于，又回到了未名湖边，只是物是人非，留下的唯有“满枕蝉声”……

一九九四年八月十二日于京西蔚秀园

一代才女林徽因

萧　乾

一九三三年深秋的一个下午，我照例到文科楼外的阅报栏去看报。那时我住在临湖的六楼，是个刚从辅仁英文系转到燕京新闻系的三年级生。报栏设在楼前，有两架：一边张贴着北平的《华北日报》和《晨报》，另一边是天津的《大公报》和《益世报》。忽然，在《大公报·文艺副刊》版尽底下一栏，看到《蚕》和我的名字。那是前不久我寄给沈从文先生请他指教的，当时是准备经他指点以后再说的——倘若可以刊用，也得重抄一遍。如今，就这么登了出来，我自是喜出望外。尽管那是把五千字的东西硬塞进三四千字的空间里——也就是说，排字工人把铅条全抽掉，因而行挨行，字挨字，挤成黑压压一片。其实，两年前当熊佛西编《晨报》副刊时，他也登过我的一些短文，记得有一篇是谈爱尔兰小剧院运动的。然而这毕竟是自己的创作第一次变成了铅字，心里的滋味和感觉仿佛都很异样。

然而还有更令我兴奋的事等在后面呢！

几天后，接到沈先生的信（这信连同所有我心爱的一切，一直保存到一九六六年八月），大意是说：一位绝顶聪明的小姐看上了你那篇《蚕》，要请你去她家吃茶。星期六下午你可来我这里，咱们一道去。

那几天我喜得真是有些坐立不安，老早就把我那件蓝布大褂洗得干干净净，把一双旧皮鞋擦了又擦。星期六吃过午饭，我蹬上脚踏车，斜穿过大钟寺进城了。两小时后，我就羞怯怯地随着沈先生从达子营跨进了总布胡同那间有名的“太太的客厅”。那是我第一次见到林徽因。如今回忆起自己那份窘促而又激动的心境和拘谨的神态，仍觉得十分可笑。然而那次茶会就像在刚起步的马驹子后腿上，亲切地抽了那么一鞭。

在去之前，原听说这位小姐的肺病已经相当重了，而那时的肺病就像今天的癌症那么可怕。我以为她一定是穿了睡衣，半躺在床上接见我们呢！可那天她穿的却是一套骑马装，话讲得又多又快又兴奋。不但沈先生和我不大插嘴，就连在座的梁思成和金岳霖两位也只是坐在沙发上边吧嗒着烟斗，边点头赞赏。给我留下印象的是，她完全没提到一个“病”字。她比一个健康人精力还旺盛，还健谈。

那以后，我们还常在朱光潜先生家举行的“读诗会”上见面。我也跟着大家称她作“小姐”了，但她可不是那种只会抿嘴嫣然一笑的娇小姐，而是位学识渊博、思想敏捷，并且语言锋利的评论家。她十分关心创作。当时南北方也颇有些文艺刊物，她看得很多，而又仔细，并且对文章常有犀利和独到的见解。对于好恶，她从不模棱两可。同时，在批了什么一顿之后，往往又会指出某一点可取之处。一次，我记得她当面对梁宗岱的一首诗数落了一通，梁诗人并不是那么容易服气的。于是，在“读诗会”的一角，他们抬起杠来。

一九三五年七月，我去天津《大公报》编刊物了。每个月我都到北平来，在来今雨轩举行个二三十人的茶会，一半为了组稿，一半也为了听取《文艺副刊》支持者们的意见。小姐几乎每次必到，而且席间必有一番宏论。

三六年我调到上海，同时编沪津两地的《文艺副刊》。那是我一生从事文艺编辑工作最紧张、最兴奋，也是最热闹的一年。那时，我三天两头地利用《答辞》栏同副刊的作者和读者交谈。为了使版面活跃，还不断开辟各种“专栏”。我干得尤其起劲的，是从理论到实践去推广书评。什么好作品一问世，无论是《日出》还是《宝马》，我都先在刊物上组织笔谈，然后再请作者写创作那部作品的经验——通常一登就是整版。我搞的那些尝试，徽因都热烈支持，并且积极参加。

那一年，我借《大公报》创刊十周年纪念的机会，除了举办文艺奖金，还想从《文艺副刊》已刊的作品中，编一本《大公报小说选》。谁来编？只有徽因最适当，因为从副刊创办那天起，她就每一期都逐篇看，看得认真仔细。我写信去邀请，她马上慨然答应了，并且很快就把选目寄到上海。她一共选了三十篇小说，有的当时已是全国闻名的作家了，如蹇先艾、沙汀、老舍、李健吾、张天翼、凌叔华，有的如宋翰迟、杨宝琴、程万孚、隽闻、威深等，当时并不大为人所知。

她还为这本选集写了一篇“题记”，其中她指责有些作家“撇开自己熟识的生活不写……因而显露出创造力的缺乏，或艺术性的不真纯”。她号召作家们应“更有个性，更真诚地来刻画这多方面的错综复杂的人生，不拘泥于任何一个角度”。她还强调作品最主要的是诚实，她认为诚实比题材新鲜、结构完整和文字的流丽更为重要。

记得一九三六年她向良友公司出版的《短篇佳作集》推荐我的《矮檐》时，曾给我写过一封长信，谈这个“诚实”问题。可惜所有她的信都于一九六六年八月化为灰烬了。这里我只好借用她在一九三六年五月七日从北平写给她的美国好友费正清夫人（费慰梅）的一封信：

> 对，我了解你对工作的态度，我也正是那样工作，虽然有时和你不尽相同。每当一个作品纯粹是我对生活的热爱的产物时，我就会写得最好。它必须是从我的心坎里爆发出来的，不论是喜还是悲。必得是

由于我迫切需要表现它才写的，是我所发觉或熟知的，要么是我经过思考才了解到的，而我又十分认真、诚恳地想把它传达给旁人的。对我来说，“读者”并不是“公众”，而是比戚友更能了解我，和我更具有同感的；他们很渴望听我的诉说，并且在听了之后，会喜，会悲。

从八十年代张辛欣的小说看，家务同妇女的事业心之间的矛盾，似乎是永恒的。在同一封信里，三十年代的女作家林徽因也正因此而苦恼着：

每当我做些家务活儿时，我总觉得太可惜了，觉得我是在冷落了一些素昧平生但更有意思、更为重要的人们。于是，我赶快干完手边的活儿，以便去同他们“谈心”。倘若家务活儿老干不完，并且一桩桩地不断添新的，我就会烦躁起来。所以我一向搞不好家务，因为我的心总一半在旁处，并且一路上在咒诅我干着的活儿——然而我又很喜欢干这种家务，有时还干得格外出色。反之，每当我在认真写着点什么或从事这一类工作，同时意识到我在怠慢了家务，我就一点也不感到不安。老实说，我倒挺快活，觉得我很明智，觉得我是在做着一件更有意义的事。只有当孩子们生了病或减轻了体重时，我才难过起来。有时午夜扪心自问，又觉得对他们不公道。

“七七”事变那天，当日本军人在卢沟桥全面发动侵略战争时，这对夫妇正在山西五台山一座古庙里工作着哪。徽因谈起来非常得意，因为那天是她从一座古寺的罩满灰尘和蛛网的梁上，发现了迄今保存得最完整的古老木结构的建造年月。

亲爱的北平践踏在侵略者的铁蹄之下了，思成和徽因当然决不肯留在沦陷区。像当时北平的许许多多教授学者一样，他们也逃出敌占区。

一九三七年深秋，我们见过一面，在武汉还是长沙，现在记不清了。当时我正在失业，准备随杨振声师和沈先生去大西南后方。那时同住在一起的，记得还有丁西林、朱自清和赵太侔三位先辈。后来买到了汽车票，我们就经益阳去了沅陵。

我们去湘西后不久，长沙就开始被炸。那时，徽因同思成正好在那里。一九三七年十一月她在致费正清夫妇的信中写道：

> 昨天是长沙第一次遭到空袭，我们住的房子被日本飞机炸了。炸弹就落在离我们住所的大门约十五码的地方。我们临时租了三间房。轰炸时，我妈妈、两个孩子、思成和我都在家，两个孩子还在床上生着病。我们对于会被炸，毫无准备，事先也完全没发任何警报。

谁也不知道我们怎么没被炸个血肉横飞的。当我们听到落在左近的两颗炸弹的巨响时，我同思成就本能地各抱起一个孩子，赶紧奔向楼梯。随后，我们住的那幢房子就被炸得粉碎。还没走到底层，我就随着弹声摔下楼梯，怀里还抱着小弟。居然没受伤！这时，房子开始坍塌，长沙的大门、板壁，甚至天花板上都嵌有玻璃，碎片向我们身上坠落。我们赶紧冲出旁门——幸而院墙没倒塌。我们逃到街上。这时四处黑烟弥漫。

当我们正扑向清华、北大、南开三家大学合挖的临时防空壕时，空中又投下一颗炸弹。我们停下了脚步，心想，这回准跑不掉了。我们宁愿一家人在一起经历这场悲剧，也不能走单了。这颗炸弹落在我们正跑着的巷子尽头，但并没爆炸。我们就从碎玻璃碴里把所有的衣物（如今已剩不下几件了）刨了出来，目前正东一处西一处地在朋友们家里借住。

抗战期间，有个短时期我们曾同住在大后方的昆明。当时，我同杨振声师、沈从文先生住在北门街，徽因、思成和张奚若等则住在翠湖边上。她有个弟弟在空军里。那时，她家里的常客多是些年轻的飞行员。徽因就像往时谈论文学作品时那样，充满激情地谈论着空军英雄们的事迹。我也正是在她的鼓励下，写了《刘粹刚之死》。

三八年夏天我去香港继续编《文艺副刊》，她仍然遥遥地给我指点和支持。三九年，我去英国了，这一别就是七年。

一九四七年我从上海飞到北平。事先她写信来说，一定得留一个整天给她。于是，我去清华园探望她了。

当年清华管总务的可真细心，真爱护读书人。老远就看到梁思成住宅前竖了块一人高的木牌，上面大致写的是：这里住着一位病人，遵医嘱她需要静养，过往行人，请勿喧哗。然而这位“病人”却经常在家里接待宾客，一开讲就滔滔不绝。

徽因早年在英国读过书，对那里的一切她都熟稔，关切。我们真的足足聊了一个整天。

徽因是极重友情的。关于我在东方学院教的什么，在剑桥学的什么，在西欧战场上的经历，她都一一问到了。而她也把别后八年他们一家人的经历，不厌其详地讲给我听。

最令她伤心的一件事是：一九三七年他们全家南下逃难时，把多年来辛辛苦苦踏访各地拍下的古建筑底片，全部存在天津一家银行里。那是思成和她用汗水换来的珍贵无比的学术成果。她告诉我，再也没有想到，天津发大水时，它们统统被泡坏了。

关于友情，这里我想再引徽因在胜利后返北平之前，一九四六年二月二十八日从昆明写给费慰梅的信：

我终于又来到了昆明！我来这里是为了三件

事，至少有一桩总算彻底实现了。你知道，我是为了把病治好而来的，其次，是来看看这个天朗气清、熏风和畅、遍地鲜花、五光十色的城市。最后但并非最不关紧要的，是同我的老友们相聚，好好聊聊。前两个目的还未实现，因为我的病情并未好转，甚至比在重庆时更厉害了——一到昆明我就卧床不起。但最后一桩我享受到的远远超过我的预想。几天来我所过的是真正舒畅而愉快的日子，是我独自住在李庄时所不敢奢望的。

我花了十一天的工夫才充分了解到处于特殊境遇的朋友们在昆明是怎样生活的，……加深了我们久别后相互之间的了解。没用多少时间，彼此之间的感情就重建起来并加深了。我们用两天时间交谈了各人的生活状况、情操和思想，也畅叙了各自对国家大事的看法，还谈了个人家庭经济以及前后方个人和社会的状况。尽管谈得漫无边际，我们几个人（张奚若、钱端升、老金和我）之间也总有着一股相互信任和关切的暖流。更不用说，忽然能重聚的难忘时刻所给予我们每个人的喜悦和激奋。

对于胜利后国民党发动内战，徽因是深恶痛绝的。写这封信之前不久，她在一九四六年一月从重庆写给费正清的一封信里，谈到自己当时的悲愤之情。

正因为中国是我的祖国，长期以来我看到它遭受这样那样的罹难，心如刀割。我也在同它一道受难。这些年来，我忍受了深重的苦难。一个人毕生经历了一场接一场的革命，一点也不轻松。正因为如此，每当我察觉有人把涉及千百万人生死存亡的事等闲视之时，就无论如何也不能饶恕他……我作为一个“战争中受伤的人”，行动不能自如，心情有时很躁。我卧床等了四年，一心盼着这个“胜利日”。接下去是什么样，我可没去想。我不敢多想。如今，胜利果然到来了，却又要打内战，一场旷日持久的消耗战。我很可能活不到和平的那一天了（也可以说，我依稀间一直在盼望着它的到来）。我在疾病的折磨中就这么焦躁烦躁地死去，真是太惨了。

从这段话不难推想出，一九四九年徽因看到了民族的翻身，人民的解放，是怎样的喜出望外。

开国前夕，我从香港赶到北平。当时思成和徽因正在投入国徽的设计。他们住在清华园，每天都得进城来开会。幸而思成当时有辆小型轿车。他的残疾就是在去美国留学前遇上车祸造成的，但他并没有因而害怕开车。两个人就这样满怀激情，在为着革命大业而发挥着他们的才智。

我同徽因最后一次见面，是在二次文代会上。有一天在会场上，她老远向我招手。我坐到她身边，握握她的手，叫了她一声：“小姐。”她不胜感慨地说：“哎呀，还小姐哪，都老成什么样子啦。”语调怪伤感的。我安慰她说：“精神不老，就永远也不会老。”

但仅仅过了一年，噩耗就传来了。

这位出身书香门第，天资禀赋非凡，又受到高深教育的一代才女，生在多灾多难的岁月里，一辈子病魔缠身，战争期间颠沛流离，全国解放后只过了短短六年就溘然离去人间，怎能不令人心酸！我立即给思成去了一封吊唁信。思成的回信我原以为早已烧毁于一九六六年八月那场火灾，但据文洁若说，十一年前它曾奇迹般地重新出现过一次。

一九七三年，文物局发还了一些十年动乱期间查抄的书物。当时我们全家人挤在东直门内一条小巷的一间八米斗室里，文洁若只得“以社为家”，住在办公室，还把家中堆不下的书也放在一只破柜子里。一天，她偶然发现一本书中夹着这封信，她还重读了一遍。信一共有两页，是用蝇头小楷直书的，字迹非常工整。思成首先感谢我对他的慰问，并说他一直在害病，所以拖了这么久才写回信。徽因与世长辞时，他自己也正住在同仁医院，躺在她隔壁的病房里。信中以无限哀思回忆了他们共同生活和工作过来的几十年，是一位丈夫对亡妻真诚而感人的赞颂。可惜这次动手写此文时，怎么也没找到这封珍贵的信。

八三年我第三次访美之际，除了在圣迭戈承卓以玉送来徽因年轻时的照片两帧，又蒙费正清赠我一本他的自传《五十年回忆录》，其中有一段描绘抗战期间他去李庄访问思成和徽因的情景。

> 徽因瘦极了，但依旧那么充满活力，并且在操持着家务，因为什么事她都比旁人先想到。饭菜一样样端上。然后，我们就聊起来。主要是听徽因一个人谈。傍晚五点半，就得靠一支蜡烛或者一盏油灯来生活了。八点半就只好上床去睡觉。没有电话，只有一架留声机和几张贝多芬、莫扎特的唱片。有热水瓶，可没有咖啡。毛衣也不少，就是没有一件合身的。有被单，但缺少洗涤的肥皂。有笔，可没有纸。有报纸，可都是几天以前的。

最后，费正清慨叹道：

> 住了一个星期，大部分时间我都在患重感冒，只好躺在床上。我深深被我这两位朋友的坚毅精神所感动。在那样艰苦的条件下，他们仍继续做学问。倘若是美国人，我相信他们早已丢开书本，把精力放在改善生活境遇上去了。然而这些受过高等教育的中国人却能完全安于过这种农民的原始生活，坚持从事他们的工作。

这个集子里所收的作品，从数量上来说，同徽因从事文艺写作的漫长岁月确实是很不相称的。一方面，这是由于她一生花了不少时间去当啦啦队，鼓励旁人写，另一方面，也是因为她的兴趣广泛，文艺不过是其中之一。她在英美都学过建筑，在耶鲁大学还从名师贝克尔教授攻过舞台设计。我在她家里曾见过她画的水彩，一九三五年秋天，曹禺在天津主演莫里哀的《悭吝人》时，是她担任的设计。

我不懂建筑学，但我隐约觉得徽因更大的贡献，也许是在这一方面，而且她是位真正的无名英雄！试想以她那样老早就被医生宣布患有绝症的瘦弱女子，却不顾自己的健康状况，陪伴思成在当时极为落后的穷乡僻壤四处奔走，坐骡车，住鸡毛小店，根据地方县志的记载去寻访早已被人们遗忘了的荒寺古庙。一个患有残疾，一个身染重痼，这对热爱祖国文化遗产的夫妇就在那些年久失修、罩满积年尘埃的庙宇里，爬上爬下（梁柱多已腐朽，到处飞着蝙蝠）去丈量、测绘、探索我国古代建筑的营造法式。费慰梅在她的《梁思成小传》中曾引用梁思成于一九四一年所写而从未发表过的小结说：截至一九四一年，梁思成所主持的营造学社已经踏访了十五个省份里的两百个县，实地精细地研究了两千座古建筑，其中很大一部分林徽因大概都参加了的。

徽因的这些作品，有一部分是我经手发表的，如《模影零篇》。我不懂诗，但我十分爱读她的诗。她的小说，半个世纪前读的，至今仍留有深刻印象。这里，我再一次表示遗憾：她写得太少、太少了。每逢我聆听她对文学、对艺术、对社会生活的细腻观察和精辟见解时，我心里就常想：倘若这位述而不作的小姐能像十八世纪英国的约翰逊博士那样，身边也有一位博斯韦尔，把她那些充满机智、饶有风趣的话一一记载下来，那该是多么精彩的一部书啊！

一九八四年七月三日

忆白石老人

艾 青

一九四九年我进北京城不久，就打听白石老人的情况，知道他还健在，我就想看望这位老画家。我约了沙可夫和江丰两个同志，由李可染同志陪同去看他，他住在西城跨车胡同十三号。进门的小房间住了一个小老头子，没有胡子，后来听说是清皇室的一名小太监，给他看门的。

当时，我们三个人都是北京军事管制委员会的文化接管委员，穿的是军装，臂上戴臂章，三个人去看他，难免要使老人感到奇怪。经李可染介绍，他接待了我们。我马上向前说："我在十八岁的时候，看了老先生的四张册页，印象很深，多年都没有机会见到你，今天特意来拜访。"

他问："你在哪儿看到我的画？"

我说：“一九二八年，已经二十一年了，在杭州西湖艺术院。”

他问：“谁是艺术院院长？”

我说：“林风眠。”

他说：“他喜欢我的画。”

这样他才知道来访者是艺术界的人，亲近多了，马上叫护士研墨，戴上袖子，拿出几张纸给我们画画。他送了我们三个人每人一张水墨画，两尺琴条。给我画的是四只虾，半透明的，上画有两条小鱼。题款“艾青先生雅正八十九岁白石”，印章“白石翁”，另一方“吾所能者乐事”。

我们真高兴，带着感激的心情和他告别了。

我当时是接管中央美术学院的军代表。听说白石老人是教授，每月到学校一次，画一张画给学生看，做示范表演。有学生提出要把他的工资停掉。

我说：“这样的老画家，每月来一次画一张画，就是很大的贡献。日本人来，他没有饿死；国民党来，也没有饿死；共产党来，怎么能把他饿死呢？”何况美院院长徐悲鸿非常看重他，收藏了不少他的画，这样的提案当然不会采纳。

老人一生都很勤奋，木工出身，学雕花，后来学画。他已画了半个多世纪了，技巧精练，而他又是个爱创新的人，画的题材很广泛：山水、人物、花鸟虫鱼。没有看见他临摹别人的。他具有敏锐的观察力，记忆力特别强，能准确地捕捉形象。他有一双显微镜的眼睛，早年画的昆虫，纤毫毕露，我看见他画的飞蛾，伏在地上，满身白粉，头上有两瓣触须；他画的蜜蜂，翅膀好像有嗡嗡的声音；画知了、蜻蜓的翅膀像薄纱一样；他画的蚱蜢，大红大绿，很像后期印象派的油画。

他画鸡冠花，也画牡丹，但他和人家的画法不一样，大红花，笔触很粗，叶子用黑墨只几点；他画丝瓜、倭瓜；特别爱画葫芦；他爱画残荷，看着很乱，但很有气势。

有一张他画的向日葵，题“齐白石居京师第八年画”，印章“木居士”。题诗：“茅檐矮矮长葵齐，雨打风摇损叶稀。干旱犹思晴畅好，倾心应向日东西。白石山翁灯昏又题。”印章“白石翁”。

有一张柿子，粗枝大叶，果实赭红，写“杏子坞老民居京华第十一年矣丁卯”，印章“木人”。

他也画山水，没有见他画重峦叠嶂。多是平日容易见到的。他一张山水画上题：“予用自家笔墨写山水，然人皆以余为糊涂，吾亦以为然。白石山翁并题。”印章“白石山翁”。

后在画的空白处写“此幅无年月，是予二十年前所作者，今再题。八十八白石”，印章“齐大”。

事实是他不愿画人家画过的。

我在上海朵云轩买了一张他画的一片小松林，二尺的水墨画，我拿到和平书店给许麟庐看，许以为是假的，我要他一同到白石老人家，挂起来给白石老人看。我说：“这画是我从上海买的，他说是假的，我说是真的，你看看……”他看了之后说：“这个画人家画不出来的。”署名齐白石，印章是“白石翁”。

我又买了一张八尺的大画，画的是没有叶子的松树，结了松果，上面题了一首诗：“松针已尽虫犹瘦，松子余年绿似苔。安得老天怜此树，雨风雷电一起来。阿爷尝语，先朝庚午夏，星塘老屋一带之松，为虫食其叶。一日，大风雨雷电，虫尽灭绝。丁巳以来，借山馆后之松，虫食欲枯。安得庚午之雷雨不可得矣。辛酉春正月画此并题记之。三百石印富翁五过都门。”下有八字：“安得之安字本欲字。”印章“白石翁”。

他看了之后竟说：“这是张假画。”

我却笑着说：“这是昨天晚上我一夜把它赶出来的。”他知道骗不了我，就说：“我拿两张画换你这张画。”我说：“你就拿二十张画给我，我也不换。”他知道这是对他画的赞赏。

这张画是他七十多岁时的作品。他拿了放大镜很仔细地看了说：“我年轻时画画多么用心呵。”

一张画了九只麻雀在乱飞。诗题：“叶落见藤乱，天寒入鸟音。老夫诗欲鸣，风急吹衣襟。枯藤寒雀从未有，既作新画，又作新诗。借山老人非懒辈也。观画者老何郎也。”印章“齐大”。看完画，他问我：“老何郎是谁呀？”

我说：“我正想问你呢。”他说：“我记不起来了。”这张画是他早年画的，有一颗大印“甑屋”。

我曾多次见他画小鸡，毛茸茸，很可爱；也见过他画的鱼鹰，水是绿的，钻进水里的，很生动。

他对自己的艺术是很欣赏的，有一次，他正在画虾，用笔在纸上画了一根长长的头发粗细的须，一边对我说："我这么老了，还能画这样的线。"

他挂了三张画给我看，问我："你说哪一张好？"我问他："这是干什么？"他说："你懂得。"

我曾多次陪外宾去访问他，有一次，他很不高兴，我问他为什么，他说外宾看了他的画没有称赞他。我说："他称赞了，你听不懂。"他说他要的是外宾伸出大拇指来。

他多天真！

他九十三岁时，国务院给他做寿，拍了电影，他和周恩来总理照了相，他很高兴。第二天画了几张画作为答谢的礼物，用红纸签署，亲自送到几个有关的人家里。送我的一张两尺长的彩色画，画的是一筐荔枝和一枝枇杷，这是他送我的第二张画，上面题"艾青先生齐璜白石九十三岁"，印章"齐大"，另外在下面的一角有一方大的印章"人犹有所憾"。

他原来的润格，普通的画每尺四元，我以十元一尺买他的画，工笔草虫、山水、人物加倍，每次都请他到饭馆吃一顿，然后用车送他回家。他爱吃对虾，据说最多能吃六只。他的胃特别强，花生米只一咬成两瓣，再一咬就往下咽，他不吸烟，每顿能喝一两杯白酒。

一天，我收到他给毛主席刻的两方印子，阴文阳文都是毛泽东（他不知毛主席的号叫润之）。我把印子请毛主席的秘书转交。毛主席为报答宴请他一次，由郭沫若作陪。他所收的门生很多，据说连梅兰芳也跪着磕过头，其中最出色的要算李可染。李原在西湖艺术院学画，素描基础很好，抗战期间画过几个战士被日军钉死在墙上的画。李在美院当教授，拜白石老人为师。李有一张画，一头躺着的水牛，牛背脊梁骨用一笔下来，气势很好，一个小孩赤着背，手持鸟笼，笼中小鸟在叫，牛转过头来听叫声……白石老人看了这张画，题了字："心思手作不愧乾嘉间以后继起高手。八十七岁白石甲亥。"印章"白石题跋"。

一天，我去看他，他拿了一张纸条问我："这是个什么人哪，诗写得不坏，出口能成腔。"我接过来一看是柳亚子写的，诗里大意说："你比我大十二岁，应该是我的老师。"我感到很惊奇地说："你连柳亚子也不认得？他是中央人民政府的委员。"他说："我两耳不闻天下事，连这么个大人物也不知道。"感到有些愧色。

我在给他看门的太监那儿买了一张小横幅的字，写着："家山杏子坞，闲行日将夕。忽忘还家路，依着牛蹄迹。"印章"阿芝"，另一印"吾年八十乙矣"。我特别喜欢他的诗，生活气息浓，有一种朴素的美。早年，有人说他写的诗是薛蟠体，实在不公平。

我有几次去看他，都是李可染陪着，这一次听说他搬到一个女弟子家——是一个起义的将领家。他见到李可染忽然问："你贵姓？"李可染马上知道他不高兴了，就说："我最近忙，没有来看老师。"他转身对我说："艾青先生，解放初期，承蒙不弃，以为我是能画几笔的……"

李可染马上说："艾先生最近出国，没有来看老师。"他才平息了怨怒。他说最近有人从香港来，要他到香港去。我说："你到香港去干什么？那儿许多人是从大陆逃亡的……你到香港，半路上死了怎么办？"他说："香港来人，要了我的亲笔写的润格，说我可以到香港卖画。"他不知道有人骗去他的润格，到香港去卖假画。

不久，他就搬回跨车胡同十二号了。

我想要他画一张他没有画过的画，我说："你给我画一张册页，从来没有画过的画。"

他欣然答应，护士安排好了，他走到画案旁边画了一张水墨画：一只青蛙往水里跳的时候，一条后腿被草绊住了，青蛙前面有三个蝌蚪在游动，更显示青蛙挣不脱去的焦急。

他很高兴地说："这个，我从来没有画过。"

我也很高兴。他问我题什么款。我说："你就题吧，我是你的学生。"他题："青也吾弟小兄璜时同在京华深究画法九十三岁时记齐白石。"

一天，我在伦池斋看见了一本册页，册页的第一张是白石老人画的：一个盘子放满了樱桃，有五颗落在盘子下面，盘子在一个小木架子上。我想买这张画。店主人说："要买就整本买。"我看不上别的画，光要这一张，他把价抬得高高的，我没有买；马上跑到白石老人家，对他说："我刚才看了伦池斋你画的樱桃，真好。"他问："是怎样的？"我就把画给他说了，他马上说："我给你画一张。"他在一张两尺的琴条上画起来，但是颜色没有伦池斋的那么鲜艳，他说：“西洋红没有了。”

画完了，他写了两句诗，字很大：“若教点上佳人口，言事言情总断魂。”他显然是衰老了，我请他到曲园吃了饭，用车子送他回到跨车胡同，然后跑到伦池斋，把那张册页高价买来了。署名“齐白石”，印章“木人”。

后来，我把画给吴作人看，他说某年展览会上他见过这张画，整个展览会就这张画最突出。

有一次，他提出要我给他写传。我觉得我知道他的事太少，他已经九十多岁，我认识他也不过最近七八年，而且我已经看了他的年谱，就说：“你的年谱不是已经有了吗？”

我说的是胡适、邓广铭、黎锦熙三人合写的，商务印书馆出版的《齐白石年谱》。他不作声。

后来我问别人，他为什么不满意他的年谱，据说那本年谱把他的“瞒天过海法”给写了。一九三七年他七十五岁时，算命的说他流年不利，所以他增加了两岁。

这之后，我很少去看他，他也越来越不爱说话了。

最后一次我去看他，他已奄奄一息地躺在躺椅上，我上去握住他的手问他：“你还认得我吗？”他无力地看了我一眼，轻轻地说：“我有一个朋友，名字叫艾青。”他很少说话，我就说：“我会来看你的。”他却说：“你再来，我已不在了。”他已预感到自己在世之日不会有多久了。想不到这一别就成了永诀——紧接着的一场运动把我送到北大荒。

他逝世时已经九十七岁。实际是九十五岁。

京都旧梦

北京乎

孙福熙

北京乎！别来五年了。

经过丰台以后，火车着慌，如追随火光的蛇的急急游行。我，停了呼吸，不能自主地被这北京的无形的力量所吸引。

一片绿色中远见砖砌的城墙隐现，而黄瓦红墙的城楼并耸在绿叶的波涛中，我能辨别这是正阳门，这是紫禁城与别的一切。

回忆离京时，行至东华门边，我对二哥说，我舍不掉北京的伟大。我很不能抑制地想念了五年，现在，侥幸地又得瞻仰他而濡染其中了。

在绍兴县馆中，大清早醒来，老鸹的呼声中，槐花的细瓣飘坠如雪，两株大槐树遮盖全院，初晴的日光从茂密的枝叶缺处漏下来，画出轻烟颜色的斜线，落在微湿而满铺槐花的地上，留下蛋形与别的形状的斑纹。新秋的凉爽就在这淡薄的日光中映照出来，我投怀于我所爱的北京。

离别以后，我曾屡登阿尔卑斯高山，我曾荡漾在浩瀚的印度洋中，固然，我不能懂得他们的好处，但阿尔卑斯山的崇高与印度洋之广大远过于北京城，这是无疑的。然而我不因他们而减少对于北京城的崇高与广大的爱慕。

回忆初到北京时，出东车站门，仰见正阳门楼昂立在灯火万盏的广场中，深蓝而满缀星光的天，高远地衬托在他的后面，惯住小城的我对之能不深深地动感呢！

在北京大学中我望见学问的门墙，而扩大我的道德者是这庄严宽大的北京城。

我以前没有见过如北京所多的长街。小城市中所称为大街大路的都可从这一头望见那一头，而所谓大者，就是说有一来一往的人相遇可以不擦肩不踏破脚趾而已。北京的长街望之如没有尽头的，只见远远地消失在隐约中，徒令人恨自己目力之不足。左右又很宽敞，使因为闷在井底一般的小城中而呼吸急促的我扩大了胸腹。北京的天永远是这样高的，为长而宽的北京的街道凑趣。

我之所以爱北京的原因还不只此哩。北河沿的槐树与柳树丛中我常于晚间去散步，枝条拂我的头顶，而红色的夕阳照在东安门一带的墙上，使我感觉自己的渺小，于是卑劣社会中所养成的傲慢完全消融了，然而精神上增加十分的倔强，我从此仍旧觉得自己的高大了。

那时的每礼拜早晨，我与二哥必往教育部会场听杜威先生的教育哲学讲演。冬季的寒风侵面，且带灰沙，我们步行经北上门，穿三海，望见北海中结着雪白的冰，而街上的水车所流出的水滴结成琳琅。这种一切都给我警惕。

以前的城南公园中我曾读过书。暑假时节，我与二哥夹书同往，早晨的太阳已颇猛烈了，我们就钻入紫藤棚中。北京的特色，一到荫中就生凉风。这花荫卫护读书的我们，直至晚上。

我现在来重温旧梦，而且将以我的微力表现他改善他，增加我及一切市民对于北京的好感。

北京乎！我投怀于我所爱的北京。

一九二五年八月十三日

话故都

吴伯箫

一别两易寒暑，千般都似隔世，再来真是万幸了。际兹骊歌重赋，匆匆归来又匆匆归去的时候，生怕被万种缱绻，牵惹得茶苦饭淡。来！尔座苍然的老城，别嫌唠叨，且让我像自家人似的，说几句闲杂破碎的话罢。——重来只是小住，说走就走的，别不理我！连轻尘飞鸟都说着，啊，你老城的一切人，物。

生命短短的，才几多岁月？一来就五年六载地拖下去，好不容易！耳濡目染，指磨踵接，筋骨都怕涂上了你的颜色罢；不留恋还留恋些什么？不执着还执着些什么？在这里像远古的化石似的，永远烙印着我多少万亿数的踪迹；像早春的鸟声，炎夏的鸣蝉，深秋的虫吟似的，在天空里也永远浮荡着我一阵阵笑，一缕缕愁，及偶尔的半声长叹。在这里有我浓挚的友谊，有我谆谆然师长的训诲，有我青年的金色的梦境，旷世的雄心，及彻昼彻夜的挣扎与努力；也有我掷出去，还回来，往返投报的情热，及情热燃炙时的疯狂。还有，还有很多；我知道那些逝去了的整整无缺的日子，那些在一生中最可珍贵的朝朝暮暮，我是都给了你了，都在你和平而安适的怀抱里，消磨着，埋葬了。

因此，我无论漂泊到天涯，或是流浪到地角，总于默默中仿佛觉得背后有千万条绳索在紧紧地系着，使我走了一段路程，便回转头来眺望你一番，俯下头去想念你一番，沉思地追忆关于你的一切：当我于风雨凄凉，日晚灯昏，感到苦寂的时候，我想到在你这里那五六个人围炉话尽的雪夜，和放山石，采野花的那些春秋佳日。当我进退维谷，左右皆非，感到空虚的时候，我想到在你这里过骆驼书屋，听主人那忘情的娓娓不倦的谈话，和那巍然宏富的图书馆里，引人入胜的各家典籍的涉猎。在异乡受了人家的欺骗，譬如那热血所换到的冷水的欺骗，我只要忆起你这儿的友人曾信托我，帮助我，在极危急的时候拯救我的各种情形，我便得到很多的安慰；即使抚今追昔，愈想愈委屈，而终于落泪罢，但内心是充满了喜悦的，说：“小气的人呀！我是有朋友的，你其奈我何！”

因此，我念着你西郊的山峦，那里我们若干无猜的男女，曾登临过，游览过，啸遨过：大家争着骑驴，挨了跌还是止不住笑。我念着你城正中昂然屹立的白塔，在那里我们曾俯瞰过你伟大的城阙，壮丽的宫院，一目无边的丰饶的景色。我念着坐镇南城的天坛，那样庄严，使你立在跟前，都不放大声说话。我念着颐和园昆明湖畔的铜牛，最喜欢那夕阳里骄蹇的雄姿；我念着陶然亭四周的芦苇，爱它那秋天来一抹的萧索。我念着北城的什刹海，南城的天桥，拥着挤着的各色各样的人，各色各样的事。我念着市场的那些旧书摊，别瞧，掌柜的简直就是饱学。我念着，啊，这个账怎么开呢：那些残破的庙宇，那些苍翠的五六百年的松柏，那些灰色的很大很大的砖，一湾臭水的护城河，沿河走着的骆驼同迈着骆驼一样脚步的牵骆驼的人。真是！什么我都想念呢！只要是你苍然的老城的，都在我神经的秘处结了很牢的结了。说来你不信，连初冬来呼呼的大风，大风里飞扬着的尘土，我都想。

苍然的老城，我觉到，绵亘在兴安岭以南，喜马拉雅以北，散布在滚滚的黄河，滔滔的长江流域的，星罗棋布，是多少城池，多少市镇，多少名胜古迹啊，但只有你配象征这堂堂大气的文明古国。仿佛是你才孕育了黄帝的子孙，是你才养长了这神明华胄，及它所组成的伟大民族。虽然我们有长安，有洛阳，有那素以金粉著名的南朝金陵，但那些不失之于僻陋，就失之于嚣薄；不像破落户，就像纨绔子；没一个像你似的，既素朴又华贵，既博雅又大方；包罗万象，而万象融而为一；细大不捐，而巨细悉得其当：真是，这老先生才和蔼得可亲，庄严得可敬呢。

华夏就是这样的国家，零星的干犯，是惹不起她的气忿的，她有海量的涵容；点滴的创伤，她是不关痛痒的，她有百个千个的容忍；不过一朝一夕，时光慢慢地过去，干犯她的，要敬畏她了，要跪倒在她的面前，求她的宥恕了；一处处创伤要渐渐地复原，渐渐地健康起来了。如檐滴之穿阶石似的，一切铟障都在时光的洗练中屈服在她的腕下了。苍然的老城，你不也正是这样的么？多少乳虎样的少年，贸贸然地走了来，趾高气扬；起初是目空一切的，但久了，你将他的浮夸，换作了沉毅。忽而一天，他发现了他自己的无识，他自己的藐小；多少心胸狭隘的人，米大的事争破天，不骄即谄，可是日子长了，他忽然醒过来，带着满脸的惭愧，他走上那坦荡的大方的道路。芝兰之室怕连砖瓦都是芬芳的罢，蜜饯金枣酸瓤也发起甜来。饱有经验的老人是看不惯乳臭的孩子的，富有历史涵养的地方草木都是古香古色。不必名师，单这地方彩色的熏陶，就是极优越的教育了。何况，在这里，街街巷巷都住持着哲人，诗家，学者呢！对你，不只是爱慕，简直是景仰。“我懂什么呢？”有人这样说；“在此老死罢！”也有人这样说：是大有来历的。

晨昏相对者六年，在第六个夏天，我因为什么事情不得已而将远去，那时我是怎样的愁着，依依的可怜啊！为了你这儿的人们，使我眷恋不舍，一壁整着行囊，一壁落着眼泪，就像第一次离开慈母准备远行一样，那滋味是够凄凉的。脚步迟滞地踏上火车，心随了车轮的辗转而步步沉重，彼此间的牵线，步步加紧，那是不多不少的永诀的情况啊！长年漫漫，悬想之情总算够受了：地方愈远，思念愈深；时日愈久，思念愈切；直将这重负继续担下来，到今天，我有了归来的机会。

旅途上我是怎样的喜欢，又怎样的惧怕呀！喜着眼前的重逢，怕着久别的生疏。提心吊胆，终于到“家”了。望见你那更加苍老了的城垣，还带着亲熟的容光，仿佛说：“来了么？……”那一阵高兴是说不出来的。我知道敌人的炮火，曾给你过分的虚惊，我见了一砖一石一草一木，都郑重地问“别来无恙”的话。及至看见你依旧那样镇静，那样沉着的时候，我便禁不住手舞足蹈了。可是你的确又苍老了许多呢。虽说老当益壮罢，但那加添了的一条条皱纹，总不能不使爱你的人们增加几分担心。

现在几天的光阴，又轻轻度过了，梦一般。在几天之中，我温习了多少陈迹，访问着你的每一条大街，每一条小巷，抚摩着往日的印痕，追忆着那些甜的酸的苦的故事，又是一度欢欣，又是一度唏嘘，又是一度疯狂。我很满足，因为你没把我忘记。

展眼我又要走了，那怎么办呢？在这临行时的前宵，听着你午夜的市声，熙攘攘，喘着和平的气息，我怀了万分惆怅。但想到你的长存，比得过日月的光辉时，我也知道自慰。后会有期，珍重罢！希望再度我来，你矍铄依然，带着你永恒的伟大与壮丽，期待我，招呼我。

明朝行时，但愿你满罩了一天红霞，光明里，照顾我到远远的天涯。

一九三三年夏

北平的印象和感想

沈从文

油在水面，就失去了黏腻性质，转成一片虹彩，幻美悦目，不可仿佛。人的意象，亦复如是。有时平匀敷布于岁月时间上，或由于岁月时间所做成的幕景上，即成一片虹彩，具有七色，变易倏忽，可以感觉，不易揣摩。生命如泡沤，如露亦如电，唯其如此，转令人于生命一闪光处，发生庄严感印。悲悯之心，油然而生。

十月已临，秋季行将过去。迎接这个一切沉默但闻呼啸的严冬，多少人似乎尚毫无准备。从眼目所及说来，在南方有延长到三十天的满山红叶黄叶，满地露水和白霜。

池水清澄明亮，如小孩子眼睛。一些上早学的孩子，一面走一面哈出白气，两只手玩水玩霜不免冻得红红的。于是冬天真来了。在北方则大不相同。一星期狂风，木叶尽脱，只树枝剩余一二红点子，挂枝柿子和海棠果，依稀还留下点秋意。随即是负煤的脏骆驼，成串从四城涌进。从天安门过身时，这些和平生物可能抬起头，用那双忧愁小眼睛望望新油漆过的高大门楼，容许发生一点感慨："你东方最大的一个帝国，四十年，什么全崩溃下来了。这就是只重应付现实缺少高尚理想的教训，也就是理想战胜事实的说明，而且适用于任何时代任何民族。后来者缺少历史知识，还舍不得这些木石砖瓦堆积物，重新装饰它们，用它们来点缀政治，这有何用？……"也容许正在这时，忽然看到那个停在两个大石狮子前面的一件东西，八个或十个轮子，结结实实，一个钢铁管子，斜斜伸出。这一切，虽用一片油布罩上，这生物可明白，那是一种力量，另外一种事实——用来屠杀中国人的美国坦克。到这时，感慨没有了。怕犯禁忌似的，步子一定快了一点，出月洞门转过南池子，它得上那个大图书馆卸煤！还有那个供屠宰用的绵羊群，也挤挤挨挨向四城拥进。说不定在城门洞前时，正值一辆六轮大汽车满载新征发的壮丁由城内驶出来。这一进一出，恰证实古代哲人一生用千言万语也说不透彻的"圣人不仁"和"有生平等"——于是冬天真来了。

就在这个时节，我回到了一别九年的北平。心情和二十五年前初到北京下车时相似而不同。我还保留二十岁青年初入百万市民大城的孤独心情在记忆中，还保留前一日南方的夏天光景在感觉中。这两种绝不相同的成分，为一个粮食杂货店中收音机放出的京戏给混合了，第一眼却发现北平的青柿和枣子已上市，共同搁在一辆手推货车上，推车叫卖的“老北京”已白了头。在南方，时常听人作新八股腔论国事说：“此后南京是政治中心，上海是商业中心，北平是文化中心。”话说得虽动人，并不可靠。政治中心照例拥有权势，商业中心照例拥有财富，这个我相信。因为权势和财富都可以改作“美国”，两个中心原来就和老米不可分！至于文化中心，必拥有知识才得人尊敬，必拥有文物才足以刺激后来者怀古感情因而寄希望于未来。北平的知识分子的确不少，但是北平城既那么高，每个人家的墙壁照例又那么厚，知识能否流注交换，能否出城，不免令人怀疑。历史的庄严伟大，在北平文物上，即使不曾保留全部，至少还保留了一部分。可是这些保留下来的，能不能激发一个中国年青人的生命热忱，或一种感印、思索，引起他对祖国过去和未来一点深刻的爱？能不能由于爱，此后即活得更勇敢些，坚实些，也合理些？若所保留下来的庄严伟大和美丽缺少对于活人的教育作用，只不过供游人赏玩，供党国军政要人宴客开会，北平的文物，作用也就有限。给于多数人的知识，不过是让人知道前一代满人统治的帝国，奴役人民三百年，用人民血汗建筑有多大的花园，多大的庙宇宫殿，此外实在毫无意义可言。一个美国游览团的团员，具有调查统治中国兴趣的美国军官眷属，格利佛老太太，阿丽思小姐，可以用它来平衡《马可波罗游记》所引起她灵魂骚乱的情感。一个中国人，假如说，一个某种无知自大的中国人，不问马伕或将军，他也许只会觉得他占领征服了北京城，再也不会还想到他站到的脚下，还有历史。在一个虽有历史却无从让许多人明白历史的情形下，北平的文化价值，如何使中国人对之表示应有的关心尊敬和重视，北平有知识的人，教育人的人，实值得思索，值得重新思索，北平的价值和意义，似乎方有希望让人稍稍明白！

北平入秋的阳光，事实上也就可以教育人。从明朗阳光和澄蓝天空中，使我温习起住过近十年的昆明景象。这时节的云南，雨季大致已经过去，阳光同样如此温暖美好，然而继续下去，却是一切有生机的草木枯死。我奇怪北平八年的沦陷，加上种种新的忌讳，居然还有成群白鸽，敢在用蓝天作背景寒冷空气中自由飞翔。微风刷动路旁的树枝，卷起地面落叶，窸窸窣窣如对于我的疑问有所回答："凡是在这个大城上空绕绕大小圈子的自由，照例是不会受干涉的。这里原有充分的自由，犹如你们在地面，在教室或客厅中……""你这个话可是存心有点……""不，鲁迅早死了。讽刺和他同时死去了已多年。"可是你必然完全同意我说及的事实。这个想象的对话很怪，我疑心有人窃听。试各处看看，没有一个人。街上到处走的是另外一种人。我起始发现满街每个人家屋檐下的一面国旗，提醒我这是个节日，问铺子里人，才知悉和尊师重道有关，当天举行八年来第一回的祭孔大典。全国将在同一日举行这个隆重典礼。我重新想起苏州平江府那个大而荒凉的文庙，这一天文庙两廊豢养的几十匹膘壮日本军马，是不是暂时会由那一排看马的病兵牵出，让守职二十年饿得瘦瘪瘪的苏中苏小那一群老教师，也好进孔庙行个礼，且不至于想到用讲堂作马厩而情感脆弱露出酸态？军马即可暂时牵出，正殿上那些无法计数身份不明的蝙蝠，又如何处理？中国孔庙廊庑用来养马的，一定不止平江府，曲阜那一座可能更甚。这也正说明，北平、南京，师道在仪式上虽被尊敬，其他地方的教师，却仍在军马与蝙蝠之中讨生活，其无从生活也可想而知。

我起始在北平市大街上散步。想在地面发现一二种小小虫蚁，具有某种不同意志，表现到它本身奇怪造型上，斑驳色彩上，或飞鸣宿食性情上。毫无满意结果。人倒很多，汽车，三轮车，洋车，自行车上面都有人。街路宽阔而清洁，车辆上的人都似乎不必担心相互撞碰。可是许多人一眼看去样子都差不多，睡眠不足，营养不足。吃得胖胖的特种人物，包含伟人和羊肉馆掌柜，神气之间即有相通处，俨然已多少代都生活在一种无信心、无目的、无理想情形中，脸上各部官能因不曾好好运用，都显出一种疲倦或退化神情。另外一种，即是油滑，市侩乡愿官僚侦探特有的装作憨厚混合谦虚的油滑。他也许正想起从什么三郎小村转手的某注产业的数目，他也许正计划如何用过去与某某有田、有岛活动的方式又来参加什么文化活动，也许还得到某种新的特许……然而从深处看，这种人却又一律有种做人的是非与义利冲突，羞耻与无所谓冲突而遮掩不住的凄苦表情。在这种人群中散步，我当然不免要胡思乱想。我们是不是还有方法，可以使这些人恢复正常人的反应，多有一点生存兴趣，能够正常地哭起来笑起来？我们是不是还可望另一种人在北平市不再露面，为的是他明白羞耻二字的含义，自己再也不好意思露面？我们是不是对于那个更年青的一辈，从孩子时代起始，在教育中应加强一点什么成分，如营养中的维他命，使他们生长中的生命，待发展的情绪，得到保护，方可望能抗抵某种抽象恶性疾病的传染，方可望于成年时能对于腐烂人类灵魂的事事物物，能有一点抵抗力？

我们似乎需要“人”来重新写作“神话”。这神话不仅是综合过去人类的抒情幻想与梦，加以现世成分重新处理，还应当综合过去人类求生的经验，以及人类对于人的认识，为未来有所安排，有个明天威胁他，引诱他。也许教育这个坐在现实滚在现实里的多数，任何神话都已无济于事。然而还有那个在生长中的孩子群，以及从国内各地集中在这个大城的青年学生群，很显明的事，即得从宫殿、公园、学校中的图书馆或实验室以外，还要点东西，方不至于为这个大城中的历史暮气与其他新的有毒不良气息所中，失去一个中国人对人生向上应有的信心，要好好地活也能够更好地活的信心！

在某种意义上说来，这个信心更恰当名称或叫作“野心”。即寄生于这一片黄土上年青的生命，对社会重造国家重造应有的野心。若事实上教书的，做官的，在一切社会机构中执事服务的，都害怕幻想，害怕理想，认为是不祥之物，决不许与现实生活发生关系时，北平的明日真正对人民的教育，恐还需要寄托在一种新的文学运动上。文学运动将从一更新的观点起始，来着手，来展开。

想得太远，路不知不觉也走得远了些。一下子我几乎撞到一个拦路电网上。你们可曾想得到，北平目前还有什么地方没有不固定性的铁丝网点缀胜利一年后的古城？

两个人起始摸我的身上，原来是检查。从后方昆明来的教师，似不必需要人用这种不愉快的按摩表示敬意。但我不曾把我身份说明，因为这是个尊师重道的教师节，免得在我这个“复杂”头脑和另一位“统一”头脑中，都要发生混乱印象。

好在我头脑装的虽多，身上带的可极少，所以一会儿即通过了。回过头看看时，正有两个衣冠整齐的绅士下车等待检查，样子谦和而恭顺。我知道这两位近十年中一定不曾离开北平，因为困辱了十年，已成习惯，容易适应。

北平的冬天来了，许多人都担心御寒的燃料会有问题。然而，北平十分严重地缺少的不仅仅是煤。煤只能暖和身体，却无从暖和这个大城市中过百万人的疲惫僵硬的心！我们可曾想到在一些零下三十度的地方，还有五十万人在冰天雪地中打仗？虽说那是离北平城很远很远地方的事，却是一件真实事，发展下去可能有二十万壮丁的伤亡，千百万人民的流离转徙，比缺煤生火炉严重得多！若我们住在北平城里的读书人，能把缺煤生大火炉的忧虑，转而体会到那零下三十度的地方战事如何在进行，到十二月我们的课堂即再冷一些，年青学生也不会缺课，或因缺少火炉而生埋怨。因为读书人纵无能力制止这一代战争的继续，至少还可以鼓励更年青一辈，对国家有一种新的看法，到他们处置这个国家一切时，决不会还需要用战争来调整冲突和矛盾！如果大家苦熬了八年回到了北平，连这点兴趣也打不起，依然只认为这是将军、伟人、壮丁、排长的事情，和自己全不相干，很可能我们的儿女，就免不了会有一天以此为荣，参加热闹。为人父或教人子弟的，实不能不把这些事想得远一点，深一点！

一九四六年八月九日作

回来杂记

朱自清

回到北平来，回到原来服务的学校里，好些老工友见了面用道地的北平话道：“您回来啦！”是的，回来啦。去年刚一胜利，不用说是想回来的。可是这一年来的情形使我回来的心淡了，想象中的北平，物价像潮水一般涨，整个的北平也像在潮水里晃荡着。然而我终于回来了。飞机过北平城上时，那棋盘似的房屋，那点缀着的绿树，那紫禁城，那一片黄琉璃瓦，在晚秋的夕阳里，真美。在飞机上看北平市，我还是第一次。这一看使我连带地想起北平的多少老好处，我忘怀一切，重新爱起北平来了。

在西南接到北平朋友的信，说生活虽艰难，还不至如传说之甚，说北平的街上还跟从前差不多的样子。是的，北平就是粮食贵得凶，别的还差不离儿。因为只有粮食贵得凶，所以从上海来的人，简直松了一大口气，只说“便宜呀！便宜呀！”我们从重庆来的，却没有这样胃口。再说虽然只有粮食贵得凶，然而粮食是人人要吃日日要吃的。这是一个浓重的阴影，罩着北平的将来。但是现在谁都有点儿且顾眼前，将来，管得它呢！粮食以外，日常生活的必需品，大致看来不算少；不是必需而带点儿古色古香的那就更多。旧家具，小玩意儿，在小市里，地摊上，有得挑选的，价钱合适，有时候并且很贱。这是北平老味道，就是不大有耐心去逛小市和地摊的我，也深深在领略着。从这方面看，北平算得是“有”的都市，西南几个大城比起来真寒碜相了。再去故宫一看，吓，可了不得！虽然曾游过多少次，可是从西南回来这是第一次。东西真多，小市和地摊儿自然不在话下。逛故宫简直使人不想买东西，买来买去，买多买少，算得什么玩意儿！北平真“有”，真“有”它的！

北平不但在这方面和从前一样“有”，并且在整个生活上也差不多和从前一样闲。本来有电车，又加上了公共汽车，然而大家还是悠悠儿的。电车有时来得很慢，要等得很久。从前似乎不至如此，也许是线路加多，车辆并没有比例地加多吧？公共汽车也是来得慢，也要等得久。好在大家有的是闲工夫，慢点儿无妨，多等点时候也无妨。可是刚从重庆来的却有些不耐烦。别瞧现在重庆的公共汽车不漂亮，可是快，上车，卖票，下车都快。也许是无事忙，可是快是真的。就是在排班等着罢，眼看着一辆辆来车片刻间上满了客开了走，也觉痛快，比望眼欲穿地看不到来车的影子总好受些。重庆的公共汽车有时也挤，可是从来没有像我那回坐宣武门到前门的公共汽车那样，一面挤得不堪，一面卖票人还在中途站从容地给争着上车的客人排难解纷。这真闲得可以。

现在北平几家大型报都有几种副刊，中型报也有在拉人办副刊的。副刊的水准很高，学术气非常重。各报又都特别注重学校消息，往往专辟一栏登载。前一种现象别处似乎没有，后一种现象别处虽然有，却不像这儿的认真——几乎有闻必录。北平早就被称为“大学城”和“文化城”，这原是旧调重弹，不过似乎弹得更响了。学校消息多，也许还可以认为有点生意经；也许北平学生多，这么着报可以多销些？副刊多却决不是生意经，因为有些副刊的有些论文似乎只有一些大学教授和研究院学生能懂。这种论文原应该出现在专门杂志上，但目前出不起专门杂志，只好暂时委屈在日报的余幅上：这在编副刊的人是有理由的。在报馆方面，反正可以登载的材料不多，北平的广告又未必太多，多来它几个副刊，一面配合着这古城里看重读书人的传统，一面也可以镇静镇静这多少有点儿晃荡的北平市，自然也不错。学校消息多，似乎也有点儿配合着看重读书人的传统的意思。研究学术本来要悠闲，这古城里向来看重的读书人正是那悠闲的读书人。我也爱北平的学术空气，自己也只是一个悠闲的读书人，并且最近也主编了一个带学术性的副刊，不过还是觉得这么多的这么学术的副刊确是北平特有的闲味儿。

然而北平究竟有些和从前不一样了。说它“有”罢，它有贵重的古董玩器，据说现在主顾太少了。从前买古董玩器送礼，可以巴结个一官半职的。现在据说懂得爱古董玩器的就太少了。礼还是得送，可是上了句古话，什么人爱钞，什么人都爱钞了。这一来倒是简单明了，不过不是老味道了。古董玩器的冷落还不足奇，更使我注意的是中山公园和北海等名胜的地方，也萧条起来了。我刚回来的时候，天气还不冷，有一天带着孩子们去逛北海。大礼拜的，漪澜堂的茶座上却只寥寥的几个人，听隔家茶座的伙计在向一位客人说没有点心卖，他说因为客人少，不敢预备。这些原是中等经济的人物常到的地方；他们少来，大概是手头不宽心头也不宽了吧。

中等经济的人家确乎是紧起来了。一位老住北平的朋友的太太，原来是大家小姐，不会做家里粗事，只会作作诗，画画画。这回见了面，瞧着她可真忙。她告诉我，用人减少了，许多事只得自己干；她笑着说现在操练出来了。她帮忙我捆书，既麻利，也还结实；想不到她真操练出来了。这固然也是好事，可是北平到底不和从前一样了。穷得没办法的人似乎也更多了。我太太有一晚九点来钟带着两个孩子走进宣武门里一个小胡同，刚进口不远，就听见一声“站住！”向前一看，十步外站着一个人，正在从黑色的上装里掏什么，说时迟，那时快，顺着灯光一瞥，掏出来的乃是一把明晃晃的尖刀！我太太大声怪叫，赶紧转身向胡同口跑，孩子们也跟着怪叫，跟着跑。绊了石头，母子三个都摔倒；起来回头一看，那人也转了身向胡同里跑。这个人穿得似乎还不寒碜，白白的脸，年轻轻的。想来是刚走这个道儿，要不然，他该在胡同中间等着，等来人近身再喊“站住！”这也许真是到了无可奈何才来走险的。近来报上常见路劫的记载，想来这种新手该不少罢。从前自然也有路劫，可没有听说这么多。北平是不一样了。

电车和公共汽车虽然不算快，三轮车却的确比洋车快得多。这两种车子的竞争是机械和人力的竞争，洋车显然落后。洋车夫只好更贱卖自己的劳力。有一回雇三轮儿，出价四百元，三轮儿定要五百元。一个洋车夫赶上来说：“我去，我去。”上了车他向我说要不是三轮儿，这么远这个价他是不干的。还有在雇三轮儿的时候常有洋车夫赶上来，若是不理他，他会说：“不是一样吗？”可是，就不一样！三轮车以外，自行车也大大地增加了。骑自行车可以省下一大笔交通费。出钱的人少，出力的人就多了。省下的交通费可以帮补帮补肚子，虽然是小补，到底是小补啊。可是现在北平街上可不是闹着玩儿的，骑车不但得出力，有时候还得拼命。按说北平的街道够宽的，可是近来常出事儿。我刚回来的一礼拜，就死伤了五六个人。其中王振华律师就是在自行车上被撞死的。这种交通的混乱情形，美国军车自然该负最大的责任。但是据报载，交通警察也很怕咱们自己的军车。警察却不怕自行车，更不怕洋车和三轮儿。他们对洋车和三轮儿倒是一视同仁，一个不顺眼就拳脚一齐来。曾在宣武门里一个胡同口看见一辆三轮儿横在口儿上和人讲价，一个警察走来，不问三七二十一，抓住三轮车夫一顿拳打脚踢。拳打脚踢倒从来如此，他却骂得怪，他骂道："× 你有民主思想的妈妈！"那车夫挨着拳脚不说话，也是从来如此。可是他也怪，到底是三轮车夫罢，在警察去后，却向着背影责问道："你有权力打人吗？"这儿看出了时代的影子，北平是有点儿晃荡了。

别提这些了，我是贪吃得了胃病的人，还是来点儿吃的。在西南大家常谈到北平的吃食，这呀那的，一大堆。我心里却还惦记一样不登大雅的东西，就是马蹄儿烧饼夹果子。那是一清早在胡同里提着筐子叫卖的。这回回来却还没有吃到。打听住家人，也说少听见了。这马蹄儿烧饼用硬面做，用吊炉烤，薄薄的，却有点儿韧，夹果子（就是脆而细的油条）最是相得益彰，也脆，也有咬嚼，比起有心子的芝麻酱烧饼有意思得多。可是现在劈柴贵了，吊炉少了，做马蹄儿并不能多卖钱，谁乐意再做下去！于是大家一律用芝麻酱烧饼来夹果子了。芝麻酱烧饼厚，倒更管饱些。然而，然而不一样了。

一九四六年十月二十八日

北平之恋

谢冰莹

凡是到过北平的人，没有不对她留下深刻的印象；离开北平以后，没有不常常怀念她的。

北平，好像是每个人的恋人；又像是每个人的母亲，她似乎有一种不可思议的魔力在吸引着每个从外省来的游子。住在北平时还不觉得怎样，一旦离开她，便会莫名其妙地想念起她来。无论跑到什么地方，总觉得没有北平的好，这原因，概括起来，不外乎下面两点：

第一，故都的风景太美了！不但颐和园、景山、太庙、中南海、北海、中山公园、故宫博物院、天坛、地坛……这些历史上的古迹名胜又伟大又壮观，使每个游客心胸开朗，流连忘返；而且整个的北平市，就像一所大公园，遍地有树，处处有花；每一家院子里，不论贫的富的，总栽得有几棵树，几盆花。房子的排列又是那么整齐，小巧。那些四合院的房子看来似乎很简单，其实很复杂；房子里面还有套房，大院子里面还有小院子，小院的后面还有花园。比较讲究点的院子，里面有假山，有回廊，有奇花异木；再加上几套古色古香的家具，点缀得客厅里特别幽静，古雅，所以谁都说北平最适宜住家。在胡同里的小院子里，你和孩子们一家过得很清静，很舒服，绝对没有人来打扰你；即使住在闹市附近，也没有那么多的车马声，传进你的耳鼓。

还有第二个原因：北平的风俗人情特别淳朴，没有上海、南京一带的喧闹、繁华；也没有青岛、苏杭一带的贵族化。在外表上，她是个落落大方、彬彬有礼的君子；在内心里，她像一个娉婷少女，有着火一般的热情；但并不表现在外面。她生来和蔼诚恳，忠实俭朴。我爱北平等于爱我的故乡；甚至觉得北平每一个名胜古迹，每一条胡同街道，都特别富有诱惑性似的；也许这是我的偏见，而“北平真好！”这是谁也不可否认的！

没有到过北平的人，你如果和他谈及北平，他总要感到遗憾地回答你：“真可惜，我还没有到过北平。”或者说：“胜利以后，我一定到北平去看看。”

朋友，看了上面那些我恭维北平的话，也许你还不感到满足，那么我再举几个例子在下面吧：

你初到北平，下了火车，假若没有朋友来车站迎接你的话，那么第一个和你发生关系的，是头戴红帽子，身穿蓝背心的脚夫。出了车站，你得雇车；要是遇着车夫是个年轻的小伙子，对于街道并不十分熟悉，那么你必定停车去问警察。提起北平的警察，真是有口皆碑，谁都说他们是全国最有礼貌，最热心服务的模范警察；不信，你且耐烦地去找一本初小的第五册国文常识课本来看，第十四课就是《警察是好朋友》，里面写着北平的警察如何客气，如何叫你不感觉麻烦。你向他询问道路时，他会用手仔细地指给你向东向西；甚至告诉你，走多少步，有一间卖香烟的小店；再往西拐，是一家理发店；再往南拐，穿过什么胡同，就是 ×× 胡同。倘若老太太们向他问路，而且正遇着他不在站岗，他也许还要陪她走一段路，一直把她送到目的地为止。

至于他们查户口的时候，更有礼貌了。他们来到你的门口，轻轻地敲着门环，你没有听见，他再轻轻地敲几声，绝对不着急，更不发脾气；他们进了你的院子，就站在那里微笑着向你问话；如果不是遇着大雨天，他绝不跑进你的客厅去的。你敬他香烟，他不抽；你给他倒茶，他也不喝；问完了他所要问的话，看完了他所要看的户口名簿册，主人盖好了章，他又谦恭地微笑着走了，临走时还像一个客人似的连声向主人说“打扰了！打扰了！”

因此，住在北平的人没有惧怕警察的；他们好像是你的兄弟，你的朋友；但当他站在十字路口，手拿着指挥棍在执行勤务的时候，他是严厉的，认真的，丝毫也不讲私情，只讲道理。北平的警察岗位很少；可是，谁都守法，依着红绿灯的指示或停止，或前进。西长安街和府右街口的十字路口有警察指挥楼一座，高高地悬在半空，交通警察坐在里面。我常常想：万一汽车压伤了人，等他下来，那凶手不知跑了几里了；然而你毋须杞人忧天，在北平绝不像在别处一样，一年之内难得有一两次车祸的；尤其不会有从车上把活人摔死的司机。好了，现在我再换一个题目，来谈谈风景吧。

秋天在北平是最适宜于游人享乐的季节，没有风，没有雨，太阳整天暖融融地照着；苍穹是那么高，那么澄清；浅灰的云，追逐着雪白的云，有时像在缓缓地散步，有时又像在相互拥抱。中午的太阳虽然也会晒得少女的脸上，泛起两朵红霞；一到傍晚，一阵阵凉风吹来，使你感到又舒服，又有点微寒。

漪澜堂和五龙亭以及沿着北海边的茶座，一到晚饭后，游客便坐满了。他们有的陪着女友，有的带着全家大小，有的邀集二三知己，安静地坐着，慢慢地喝着龙井香片，吃着北平特有的点心豌豆糕、蜜枣，或者油炸花生；他们的态度是那么清闲，心境是那么宁静。年轻的男女们，老喜欢驾一叶扁舟，漫游于北海之上；微风轻摇着荷叶，发出索索的响声，小鱼在碧绿的水里跳跃着；有时，小舟驶进了莲花丛里，人像在画图中，多么绮丽的风景！

有时风起了，绿波激荡着游艇，发出“的冻”“的冻”的响声，年轻的男女有的对着绿波微笑；有的轻吟低唱；有的吹奏口琴；或者哼着自己心爱的调子，他们真像天上的安琪儿那么无忧无虑，快乐非常。

北海是美丽的，醉人的，虽然经过几百年来的若干变化，她仍然丝毫无恙。极乐世界的佛像，还是那么端端正正地立在小西天，一个也没有损坏；九龙壁前还是站着那么多的游人在欣赏那精美的艺术；由漪澜堂过海到五龙亭去的游客，还是那么拥挤，忙得那些舟子们透不过气来；白塔更修理得壮丽了，粉刷得像琉璃世界；儿童体育场里充满了孩子们的笑声，也有不少的成人坐在旁边的椅子上，微笑地望着孩子，他们有的在追寻自己失去的童年，有的在分享孩子们的快乐。

游罢北海，要是你还有兴致的话，你不妨再到东安市场去逛逛；这里又是另一番情调。摆在水果摊上的一串串像水晶似的大白葡萄，像玛瑙似的紫葡萄，粉红色的苹果，水泱泱的大蜜桃，二三十斤一个的大西瓜，美丽的小沙果，新鲜的大红枣，又香又甜的良乡糖炒栗子……和冬天那些又好看，又好吃，最受孩子们欢迎的冰糖葫芦，真是应有尽有；至于景泰蓝的艺术品，用玻璃做的各种玩意儿，小姐太太们喜欢的那些扣花、耳环，更会令人看得眼花缭乱，恨不得把整个东安市场都搬到自己的屋子里来。

还有北平最大的特点，是全国文物的精华都荟萃在这里。你最好一辈子住在那儿，孩子们从小学、中学、大学都可以在那里完成；毕业后，他们也不愿离开北平到别处去了。北平图书馆里的书，也是全国首屈一指的，你可以在那里埋头研究数十年，包你会成为一个有名的学者。

上面我已说过，北平民风淳朴，我们不论在那儿做事或者住家，随便你穿什么破旧衣裳，绝对没有人耻笑你；出门你尽管安步当车；回到家来，尽管你吃棒子面、窝窝头，也绝不会有人奚落你；因此每个到过北平的人，不论贫富没有不赞美她，留恋她的。

一九四七年秋于北平

北　平

李健吾

北平的城像一个“凸”字，也像一辆铁甲车。平剧《梅龙镇》里面，明朝的正德皇帝用一个比喻说到他的住所，大意是：大圈圈套着一个小圈圈，小圈圈又套着一个小圈圈。所谓大圈圈，就是北平的外城，凸字的下半截；所谓小圈圈，就是北平的内城，凸字的上半截。城虽说分作内外，并不是圈圈，也并没有谁圈着谁。只有那个小而又小的圈圈，的确套在内城的中心，通常另有一个尊贵的名称，叫作紫禁城。

紫禁城又有一大一小：小的是禁城，里面住着一个皇帝，现在没有了皇帝，通常叫作故宫；大的是皇城，或者黄城，因为墙是土红色，仿佛庙宇的墙垣，其实颜色不是黄的，也不是紫的。

北平的美倒也不在这些里里外外的城堞。城楼大半做了鸽子窝，砖缝布满了荆棘，一个过去的世纪静静摆在你的眼前。

要想领略北平的美，最好是坐飞机来一个鸟瞰。否则站在禁城的午门上面，瞭望一下四野也就成了。一片绿意，我这个“野”字用得并不过分。房子隐隐呈现在枝叶下面，街道像似一条一条细流，粼粼散开，匀整而不单调，映着红墙碧瓦，仿佛一幅古色古香的锦缎金绿的底子。街道做成灰色的方格，有红花碧梗点缀。

外城天坛的祈年殿挡住你西南的视线。繁华平广的前门大街就从正阳门开始，笔直向南，好像通到中国的心脏。往东南望去，有一片阡陌，中间峙立着一座馆阁，便是过往诗人凭吊的陶然亭。从西到北，远处是绵延的西山，近处是白塔两座，遥遥承住晴空。正北有崇祯皇帝殉难的景山。东边似乎没有什么特别触目的建筑，但是那些树，你分不清它们是道貌岸然的松柏，还是摇曳多姿的柳槐，你也辨不出它们的岁月粗细。只是绿，不像巴黎绿得那样修饰，也不像巴黎那样压在高楼巨厦的两翼，漫空排去，家家有树，家家有树为荫，而绿海油然，三海和护城河的水色浮光，倒像或大或小的画舫了。

最后你不妨漫步踱上金鳌玉蛛桥，站在上面，你会忘记一切……一切是美。

替代夏天的绿树，有冬天的白雪。

灰色的是北平的风沙。它给你带来漠北的呼吸，骆驼的铃铛，挣扎的提示。尘土让你回到现实，胡同却是一部传奇。听听那些胡同的名字！恐怖的有鬼门关，可笑的有羊尾巴胡同，浪漫的有百花深处。

住久了北平，风沙也是清静。这里没有古刹的幽沉，租界的喧嚣，年轻人宜于读书，老年人便于休养。壮年人离开这里，走向人世的战场。失败了回来，它安慰你；胜利了回来，它把你需要的安逸给你。但是壮年的时候，你不要到这里来，你一不小心，它会吸了你去。它是一个摇篮，也是一座坟墓。每一个人有一个故乡。北平是你的第二故乡，你精神的归宿，所以是一个理想的故乡。

它属于人人，好比它大方的语言，是全中国的。所以我们不能没有它，它是中国和平的征象。

一九四八年十一月

默庐试笔

冰　心

一

我为什么潜意识地苦恋着北平？我现在真不必苦恋着北平，呈贡山居的环境，实在比我北平西郊的住处，还静，还美。我的寓楼，前廊朝东，正对着城墙，雉堞蜿蜒，松影深青，霁天空阔。最好是在廊上看风雨，从天边几阵白烟，白雾，雨脚如绳，斜飞着直洒到楼前，越过远山，越过近塔，在瓦檐上散落出错落清脆的繁音。还有清晨黄昏看月出，日上。晚霞，朝霭，变幻万端，莫可名状，使人每一早晚，都有新的企望，新的喜悦。下楼出门转向东北，松林下参差地长着荇菜，菜穗正红，而红穗颜色，又分深浅，在灰墙、黄土、绿树之间，带映得十分悦目。出荆门北上斜坡，便到川台寺东首，栗树成林，林外隐见湖影和山光，林间有一片广场，这时已在城墙之上，登墙，外望，高岗起伏，远村隐约。我最爱早起在林中携书独坐，淡云来往，秋阳暖背，爽风拂面，这里清极静极，绝无人迹，只两个小女儿，穿着橘黄水红的绒衣，在广场上游戏奔走，使眼前宇宙，显得十分流动，鲜明。

我的寓楼，后窗朝西，书案便设在窗下，只在窗下，呈贡八景，已可见其三，北望是“凤岭松峦”，前望是“海朝夕照”，南望是“鱼浦星灯”。窗前景物在第一段已经描写过，一百二十日夜之中，变化无穷，使人忘倦。出门南向，出正面荆门，西边是昆明西山。北边山上是三台寺。走到山坡尽处，有个平台，松柏丛绕，上有石礅和石块，可以坐立，登此下望，可见城内居舍，在树影中，错落参差。南望城外又可见三景，是龙街子山上之“龙山花坞”，罗藏山之“梁峰兆雨”和城南印心亭下之“河洲月渚”。其余两景是白龙潭之“彩洞亭鱼”，和黑龙潭之“碧潭异石”，这两景非走到潭边是看不见的，所以我对于默庐周围的眼界，觉得爽然没有遗憾。

平台的石墩上，客来常在那边坐地，四顾风景全收。年轻些的朋友来，就欢喜在台前松柏荫下的草坡上，纵横坐卧，不到饭时，不肯进来。平台上四无屏障，山风稍劲。入秋以来，我独在时，常走出后门北上，到寺侧林中，一来较静，二来较暖。

回溯生平郊外的住宅，无论是长居短居，恐怕是默庐最惬心意。国外的如伍岛（Five Islands）、白岭（White Mountains），山水不能两全，而且都是异国风光，没有亲切的意味。国内如山东之芝罘，如北平之海甸。芝罘山太高，海太深，自己那时也太小，时常迷茫消失于旷大寥阔之中，觉得一身是客，是奴，凄然怔忡，不能自主。海甸楼窗，只能看见西山，玉泉山塔，和西苑兵营整齐的灰瓦，以及颐和园内之排云殿和佛香阁。湖水是被围墙全遮，不能望见。论山之青翠，湖之涟漪，风物之醇永亲切，没有一处赶得上默庐。我已经说过，这里整个是一首华兹华斯的诗！

二

在这里住得妥帖，快乐，安稳，而旧友来到，欣赏默庐之外，谈锋又往往引到北平。

人家说想北平大觉寺的杏花，香山的红叶，我说我也想；人家说想北平的笔墨笺纸，我说我也想；人家说想北平的故宫北海，我说我也想；人家说想北平的烧鸭子涮羊肉，我说我也想；人家说想北平的火神庙隆福寺，我说我也想；人家说想北平的糖葫芦炒栗子，我说我也想。而在谈话之时，我的心灵时刻地自警说："不，你不能想，你是不能回去的，除非有那样的一天！"

我口说在想，心里不想，但看我离开北平以后，从未梦见过北平，足见我控制得相当之决绝——而且我试笔之顷，意马奔驰，在我自己惊觉之先，我已在纸上写出我是在苦恋着北平。

我如今镇静下来，细细分析：我的一生，至今日止在北平居住的时光，占了一生之半，从十一二岁，到三十几岁，这二十年是生平最关键，最难忘的发育，模塑的年光，印象最深，情感最浓，关系最切。一提到北平，后面立刻涌现了一副一副的面庞，一幅一幅的图画：我死去的母亲，健在的父亲，弟，侄，师，友，车夫，用人，报童，店伙……剪子巷的庭院，佟府堂前的玫瑰，天安门的华表，“五四”的游行，“九一八”黄昏时的卖报声，“国难至矣”的大标题，……我思潮奔放，眼前的图画和人面，也突兀变换，不可制止；最后我看见了景山最高顶，“明思宗殉国处”的方亭栏杆上，有灯彩扎成的六个大字，是“庆祝徐州陷落”！

北平死去了！我至爱苦恋的北平，在不挣扎不抵抗之后，断续呻吟了几声，便恹然死去了！

二十六年七月二十八早晨，十六架日机，在晓光熹微中悠悠地低飞而来；投了三十二颗炸弹，只炸得西苑一座空营。——但这一声巨响，震得一切都变了色。海甸被砍死了九个警察，第二天警察都换了黑色的制服，因为穿黄制服的人，都当作了散兵，游击队，有砍死刺死的危险。

四野的炮声枪声，由繁而稀，由近而远，声音也死去了！

五光十色的旗帜都高高地悬起了：日本旗，意大利旗，美国旗，英国旗，黄卐字旗，红十字旗……只看不见了青天白日旗。

西直门楼上，深黄色军服的日兵，箕踞在雉堞上，倚着枪，咧着厚厚的嘴唇，露着不整齐的牙齿，下视狂笑。

街道上死一般地静寂，只三三两两褴褛趑趄的人，在仰首围读着“香月入城司令”的通告。

晴空下的天安门，饱看过千万青年摇旗呐喊，高呼“打倒日本帝国主义”的，如今只镇定地在看着一队一队零落的中小学生的行列，拖着太阳旗，五色旗，红着眼，低着头，来“庆祝”保定陷落，南京陷落……后面有日本机关枪队紧紧地监视跟随着。

日本的游历团，一船一船一车一车地从神户横滨运来，挂着旗号的大汽车，在景山路东长安街横冲直撞地飞走。东兴楼、东来顺挂起日文的招牌，欢迎远客。

故宫，北海，颐和园看不见一个穿长褂和西服的中国人，只听见橐橐的军靴声，木屐声。穿长褂和西服的中国人都羞得藏起了，恨得溜走了。

街市忽然繁荣起来了，尤其是米市大街、王府井大街，店面上安起木门，挂上布帘，无线电机在广播着友邦的音乐。

我想起东京神户，想起大连沈阳，……北平也跟着大连沈阳死去了，一个女神王后般美丽尊严的城市，在蹂躏侮辱之下，恹然地死去了。

我恨了这美丽尊严的皮囊，躯壳！我走，我回顾这尊严美丽，瞠目瞪视的皮囊，没有一星留恋。在那高山丛林中，我仰首看到了一面飘扬的青天白日的旗帜，我站在旗影下，我走，我要走到天之涯，地之角，抖拂身上的怨尘恨土，深深地呼吸一下兴奋新鲜的朝气；我再走，我要掮着这方旗帜，来招集一星星的尊严美丽的灵魂，杀入那美丽尊严的躯壳！

想北平

老　舍

设若让我写一本小说，以北平作背景，我不至于害怕，因为我可以拣着我知道的写，而躲开我所不知道的。让我单摆浮搁地讲一套北平，我没办法。北平的地方那么大，事情那么多，我知道的真觉太少了，虽然我生在那里，一直到廿七岁才离开。以名胜说，我没到过陶然亭，这多可笑！以此类推，我所知道的那点只是“我的北平”，而我的北平大概等于牛的一毛。

可是，我真爱北平。这个爱几乎是想说而说不出的。我爱我的母亲。怎样爱？我说不出。在我想做一件讨她老人家喜欢的事情的时候，我独自微微地笑着；在我想到她的健康而不放心的时候，我欲落泪。言语是不够表现我的心情的，只有独自微笑或落泪才足以把内心揭露在外面一些来。我之爱北平也近乎这个。夸奖这个古城的某一点是容易的，可是这就把北平看得太小了。我所爱的北平不是枝枝节节的一些什么，而是整个儿与我的心灵相粘合的一段历史，一大块地方，多少风景名胜，从雨后什刹海的蜻蜓一直到我梦里的玉泉山的塔影，都积凑到一块儿，每一小的事件中有个我，我的每一思念中有个北平，这只有说不出而已。

真愿成为诗人，把一切好听好看的字都浸在自己的心血里，像杜鹃似的啼出北平的俊伟。啊！我不是诗人，我将永远道不出我的爱，一种像由音乐与图画所引起的爱。这不但是辜负了北平，也对不住我自己，因为我最初的知识与印象都得自北平，它是在我的血里，我的性格与脾气里有许多地方是这古城所赐给的。我不能爱上海与天津，因为我心中有个北平。可是我说不出来！

伦敦，巴黎，罗马与堪司坦丁堡，曾被称为欧洲的四大“历史的都城”。我知道一些伦敦的情形；巴黎与罗马只是到过而已；堪司坦丁堡根本没有去过。就伦敦，巴黎，罗马来说，巴黎更近似北平——虽然“近似”两字要拉扯得很远——不过，假使让我“家住巴黎”，我一定会和没有家一样地感到寂苦。巴黎，据我看，还太热闹。虽然，那里也有空旷静寂的地方，可是又未免太旷；不像北平那样既复杂而又有个边际，使我能摸着——那长着红酸枣的老城墙！面向着积水滩，背后是城墙，坐在石上看水中的小蝌蚪或苇叶上的嫩蜻蜓，我可以快乐地坐一天，心中完全安适，无所求也无可怕，像小儿安睡在摇篮里。是的，北平也有热闹的地方，但是它和太极拳相似，动中有静。巴黎有许多地方使人疲乏，所以咖啡与酒是必要的，以便刺激；在北平，是温和的香片茶就够了。

虽说巴黎的布置比伦敦罗马匀调得多了，可是比上北平来还差点事儿。北平在人为之中显出自然，几乎是什么地方既不挤得慌，又不太僻静：最小的胡同里的房子也有院子与树；最空旷的地方也离买卖街与住宅区不远。这种分配法可以算——在我的经验中——天下第一了。北平的好处不在处处设备得完全，而在它处处有空儿，可以使人自由地喘气；不在有好些美丽的建筑，而在建筑的四围都有空闲的地方，使它们成为美景。每一个城楼，每一个牌楼，都可以从老远就看见。况且在街上还可以看见北山与西山呢！

好学的，爱古物的，人们自然喜欢北平，因为这里书多古物多。我不好学，也没钱买古物。对于物质上，我却喜爱北平的花多菜多果子多。花草是费钱的玩意，可是此地的“草花儿”很便宜，而且家家有院子，可以花不多的钱而种一院子花，即使算不了什么，可是到底可爱呀。墙上的牵牛，墙根的靠山竹与草茉莉，是多么省钱省事而也足以招来蝴蝶呵！至于青菜，白菜，扁豆，毛豆角，黄瓜，菠菜等等，大多数是直接由城外担来而送到家门口的。雨后，韭菜叶上还往往带着雨时溅起的泥点。青菜摊子上的红红绿绿几乎有诗似的美丽。果子有不少是由西山与北山来的，西山的沙果，海棠，北山的黑枣，柿子，进了城还带着一层白霜儿。哼，美国的橘子包着纸，遇到北平的带霜儿的玉李，还不愧杀！

是的，北平是个都城，而能有好多自己产生的花，菜，水果，这就使人更接近了自然。从它里面说，没有像伦敦的那些成天冒烟的工厂；从外面说，它紧连着园林，菜圃与农村。采菊东篱下，在这里，确是可以悠然见南山的；大概把“南”字变个“西”或“北”，也没有多少了不得的吧。像我这样的一个贫寒的人，或者只有在北平能享受一点清福了。

好，不再说了吧；要落泪了，真想念北平呀！

出版说明

“城市映像”系列包括《北京：四九城里的风流岁月》《上海：灯红酒绿下的沪上风情》《南京：桨声灯影里的金陵旧梦》《杭州：烟柳画桥中的写意时光》四册。在即将付梓之际，我们真诚地感谢编者在编选过程中付出的辛苦劳动，也向各位作者致以最诚挚的谢意。

由于本系列图书作者众多，出版前未能全部取得联系，恳望作者或相关著作权人提供准确联系方式，以便补奉稿酬。